# EL MOTOCICLISTA

# EL MOTOCICLISTA

## Víctor Quintanilla

"el arquitecto"

Número de Control de la Biblioteca del Congreso de EE. UU.:      2013905278
ISBN:              Tapa Dura                           978-1-4633-5435-0
                   Tapa Blanda                         978-1-4633-5434-3
                   Libro Electrónico                   978-1-4633-5433-6

Este libro fue impreso en los Estados Unidos de América.

Fecha de revisión: 26/04/2013

**Para realizar pedidos de este libro, contacte con:**
Palibrio
1663 Liberty Drive, Suite 200
Bloomington, IN 47403
Gratis desde EE. UU. al 877.407.5847
Gratis desde México al 01.800.288.2243
Gratis desde España al 900.866.949
Desde otro país al +1.812.671.9757
Fax: 01.812.355.1576
ventas@palibrio.com
456579

# ÍNDICE

A mi madre y amiga fiel; a mis amigos de siempre:
cómplices leales y compañeros de carretera, y a Ariel
Berretta por su motivador apoyo.

# PROLOGO

Algunos definen al motociclismo como un estilo de vida, otros lo ven como una pasión, habrá quienes le tienen por un simple gusto; por otro lado, para muchos tan solo es un medio de transporte mientras que para otros tantos es la mezcla de los anteriores.

El concepto sobre el tema, es tan indefinido por los matices que cada persona le da. Los mismos motociclistas entre sí, tienen una percepción distinta sobre lo que para ellos es viajar en un vehículo de dos ruedas; independientemente, la sensación de movimiento al descubierto y sentir el motor en las manos es algo único que no se puede describir si no hasta que se experimenta. Me refiero a ello, querido lector porque me excuso de no poder trasmitirle en palabras el sentimiento que se palpa en el conducir esos geniales inventos tan bellos y divertidos.

Pienso en los motociclistas de carreras, en los de las grandes motos equipadas para viajes transcontinentales, en los que hacen acrobacias; pero también pienso en aquellos que las usan en su trabajo para repartir el periódico, o en ellos para los que de ellas dependen transportarse de un pueblo a otro para llegar a la escuela, al trabajo o llevar a la familia de paseo a la feria. Los motociclistas son personas como todas las demás, no son una especie aparte, ni pertenecen a un sector social independiente, solo usan un vehículo motor de dos ruedas (generalmente) al que cada quien le da un propósito y un concepto diferente de lo que para ellos representa. Con esto quiero decir que el libro no se escribió únicamente para motociclistas y que cualquiera puede serlo; incluso si usted, apreciable lector, goza de las aventuras de viajes o si tan solo tiene interés en descubrir algunos rincones de México, o bien si se está iniciando como motociclista o es de aquellos experimentados viejos jinetes del asfalto, estoy

9

seguro que en estas páginas encontrará entretenidas historias, consejos útiles y paisajes que visitar cuando menos en la imaginación.

Esta pequeña obra no tiene grandes pretensiones sobre el motociclismo. De ello seguramente hay muchos y mejores tratados, no aspira ni por poco a ser una biblia sobre el tema, simplemente se pretendió abordar varios tópicos en derredor a él y abordarlos de una forma entretenida a manera de relato, como son, entre otros: consejos de seguridad, puntos de vista sobre los moto-clubes, sobre las concentraciones y en especial sobre viajar por algunas carreteras de nuestro país. Al respecto cabe decir que la información geográfica e histórica es real: todos los lugares que se mencionan existen y las distancias son verídicas.

Lo que viene a ser en parte ficción, es la historia y los personajes, pues no era la intención hacer una autobiografía. Ella y estos, fueron muchos inspirados en la realidad, incluso algunas cosas ciertamente pasaron tal cual lo que le dejaré a usted imaginar cuales lo fueron así.

# CAPITULO 1

# GENEMOTOSIS

En la radio fuerte sonaban las grandes leyendas del rock and roll que enmarcarían toda una cultura, por generaciones inspiraría sentimientos de libertad, rebeldía y una pasión por la aventura de vivir. Terminaban los años sesenta, los dorados años del rock and roll estaban en su apogeo, el mundo respiraba un cambio, un espíritu fresco, una especie de revolución que envuelve a los jóvenes con coloridos vestidos, autos potentes de diseños vistosos, y sonido de guitarras eléctricas. Eran los años mozos de Ricardo Estrada: un joven estudiante de ingeniería de una familia del norte de México.

A Ricardo no le faltaba nada que cualquier joven podría desear: gozaba de carisma y por ende de buenos amigos; zapatos tenis, peine de bolsillo, libros bajo el brazo, malteada los jueves y cervecita los sábados. Digamos que era un tipo normal quien disfrutaba como el que más de oír el buen rock and roll, así como de conducir su Chevrolet Impala 61 verde con franjas negras que sus padres le habían comprado para ir a la universidad; paseaba orgulloso y de cuando en vez, se echaba unas "picas" con sus cuates en calles poco transitadas, de lo que la autoridad no se molestaba en detener pues en aquellos años de tan poco tráfico se toleraban los arrancones.

Una de esas calurosas tardes de Marzo, Ricardo y sus amigos sentados en su acostumbrada banca del parque frente del cual se organizaban aquellos duelos de velocidad y tomando su típica malteada, vieron llegar a Efraín Salazar: un vecino de una colonia contigua, que si bien no era de los amigos cercanos de Ricardo, se conocían y se saludaban; él llegó en una flamante Triumph Boneville 65 color rojo con mucho cromo. La curiosidad y contento de

ver aquel vehículo atrajo de inmediato a los jóvenes que a convivir se juntaban en la plaza, incluido Ricardo que no dejó de sorprenderse de aquella pieza de ingeniería. En llegando a donde Efraín paró su motocicleta, Ricardo le preguntó que de dónde había sacado aquellos "fierros", Efraín con gusto le contestó que la había comprado a un tío de él el día anterior. Ricardo que era algo impulsivo y por algún extraño sentimiento de atracción hacia aquella máquina tan ligera y sencilla, sentía casi la necesidad de poseer aquel caballo de acero y no vaciló en ofrecerle a Efraín una atractiva suma, procedente de sus ahorros, por su recién adquirida Triumph, a lo que éste se negó cortésmente, pero Ricardo no era fácilmente resignante, de manera que insistió obteniendo la misma respuesta, pero esto no le hiso cejar en su deseo por tener aquella pieza, de manera que intentó otro ardid menos ortodoxo pero en el que podría perder su tan querido Impala: Ricardo sabía que Efraín tenía un potente Falcon 62 negro pero que con suerte podría dejarle atrás con su Impala y fue que le propuso a Efraín una apuesta:
– Si no me la quieres vender te propongo algo Efra: va mi Impala contra tu Triunfo si me ganas con el Falcon. – Las apuestas de carro contra carro eran comunes pero sería una desventaja correr un carro contra una moto de esa cilindrada, así que ante la concurrencia de los que se acercaron a ver la moto y que atentos a la plática de los dos aficionados pilotos estaban, Ricardo sabía que Efraín no podía negarse a aceptar la apuesta primero por el temor de parecer medroso y segundo por ser un negocio en el que podría perder poco pero ganar mucho, aunque sabía que el Impala era ciertamente rápido, su Falcon no le iba en zaga y con un apretón de manos cerraron la apuesta. En eso, Efraín se retiró en su Triumph y al cabo de unos minutos volvió con el Falcon.
Los pseudopilotos tomaron los acostumbrados lugares de arranque al tiempo que aceleraban los motores

despertando la adrenalina con el rugir de las máquinas como dos toros bramando antes de envestir, la congregación de jóvenes emocionados que estaban en la plaza se acercaron para atestiguar aquella contienda. En aquel entonces la ciudad era pequeña y era normal que casi todos los muchachos se conocían y especulaban sobre quien ganaría. Era impulsiva la propuesta de Ricardo y no dejaba de sorprender el arrojo de aquellos muchachos pero era común ese tipo de desplantes de aquellos jóvenes que todo se les hacía fácil.

Entre el tronido de las máquinas se escuchaban los vítores y porras hacia uno y otro corredor, la carrera se pactó hasta 10 cuadras. Los carros ya estaban en la línea de salida, el ruido de motores se escuchaba a cuadras de distancia; Gustavo Salazar, primo de Efraín y buen amigo de Ricardo se ofreció para dar el banderazo de salida: en alto levantó los brazos, miró a Ricardo que estaba a su izquierda, este asintió con la cabeza, luego vio a su primo y este hiso el mismo gesto, cuando de pronto... dejó caer ambos brazos de golpe momento en que los aceleradores se pisaron a fondo acompañado de su respectivo estremecedor ruido y humareda de patinar de llanta; raudos los dos bólidos salieron disparados, por instantes el Falcon se quedó patinando, mientras el Impala ganaba terreno pero al meter segunda velocidad se le empareja rápidamente, Ricardo siente la presión cerca y mete cambios con el acelerador a fondo pero Efraín no se queda atrás, la mitad del camino ha sido devorado en segundos y no se ve un claro ganador; como estirando la nariz el Impala comienza a ganar delantera a un par de cientos de metros antes de llegar, el Falcon no puede hacer nada, va con el acelerador a fondo pero el Impala se ha desmarcado ya y súbitamente pasan por frente al poste de luz que marcaba la línea de meta: el Impala de Ricardo primero y a casi medio carro el Falcon. Efraín se sentía morir, sintió un dolor en el pecho, como si le arrancasen una esperanza. Su recién adquirida Triunfo con la que se soñó paseando a las chicas mas lindas del barrio, se le iba de las manos sin haberla disfrutado tan si quiera dos días, pero hay que saber perder, son fierros nada mas, "ya vendrá otra" se decía.

Ricardo no se lo podía creer, en el momento de la carrera no pensaba en la moto, cuando sintió cerca los pasos del Falcon se arrepentía de su impetuosa apuesta, "¿Quién me manda?" se decía -¿qué le diré a mi papá y cómo me voy a ir a la Uni? Vamos vamos!! le decía a su carro apretando los dientes cuando Efraín le venía dando alcance; sintió que lo perdería y ya al final de la carrera su pensamiento se nubló, no sabía si había dejado atrás al Falcon o lo había rebasado y solo se concentraba en el volante y en la meta con el pié tendido en el acelerador.

Los corredores se vieron las caras en la plaza de nueva cuenta, Ricardo no era mal ganador y no quiso hacer alarde de su victoria aunque por dentro, después de asegurarse que había ganado, estallaba de contento, no podía ni imaginar lo que haría con su recompensa de la apuesta, solo que la había ganado y es todo. Efraín se sentía frustrado, casi no levantó la mirada aunque los amigos trataban de animarle con palmaditas en la espalda. "Buena carrera" le decían. Se dirigió pasivo hacia Ricardo, le extendió la mano y con voz parca le dijo:

– Bien jugado, te espero en la casa para darte la llave – y se dio la media vuelta.

Al cabo de un rato, Toño, amigo de Ricardo, le llevó a casa de Efraín para recoger la moto, este salió a recibirles con los papeles y la llave en la mano.

– Aquí tienes Rica, esta recién lavada y con gasolina. Cuídala mucho. – Pero había un pequeño detalle: y es que Ricardo en su vida se había subido a una moto.

– debe ser como andar en bici – se dijo, pero ni idea tenía de cómo prenderla.

– Muchas gracias Efraín, la trataré muy bien, oye pero ¿y cómo se prende esta cosa?

– ¡ha! Ese es tu problema, mi buen – le contestó con una sonrisa sardónica. – Ahí te la dejo y con permiso que tengo tarea que hacer, ¡suerte y que las disfrutes!. – Terminó diciendo en un tono ligeramente sarcástico y con sorna, dio la vuelta y entró a su casa sin decir más. Le consolaba un poco saber que no la disfrutaría tanto como él y que en un descuido regresaría a vendérsela. – Pobre Rica – Decía para sí mientras entraba a su casa por la puerta que daba al pórtico – ahí se quedó con su juguete sin poderlo usar, pobre güey, pero se lo gana por ambicioso y de hacerme manita de puerco para vendérsela, pero ¿quién me manda a mi aceptarle la apuesta? ¿Y si decía que no? No me bajarían de cobarde mis amigos y vecinos del barrio. ¡En fin!, luego me compro otra mejor. – La verdad fue en que jamás volvió a tener una motocicleta, vivió con la ilusión de comprar otra algún día pero los años pasaron hasta que una noche cuando llovía, murió en un accidente de carretera a sus treinta y dos años en una Torino café, solo se supo que venía tomado con otros amigos.

Quedose Ricardo Estrada frente a casa de Efraín sin saber cómo llevarse su moto, no se daría por vencido, tan de terco era su fama que no pensó ni por poco que el no saber manejar le llevaría a deshacerse de su Triunfo. Antes prefería soportar la pena de rodarle empujando embarazosamente hasta su casa y resolver luego el problema de aprender a conducirla, que a deshacerse de ella. Así fue cómo sufrió la novatada.

Toño estaba junto a él con la misma cara de interrogación, dilucidando cómo prenderla y cómo habrían de llevar la moto a casa de Ricardo, pensaba que reclamarle a Efraín por dejarles así a su suerte sin siquiera decirles cómo encenderla, sería un acto humillante y ambos sabían que el anterior poseedor no estaría de humor ni muy contento de ayudarles en su cuita, así que decidieron agenciárselas por cuenta propia. Al cabo de un rato de tratar de entender el encendido, los cambios y el clutch, (que del acelerador y frenos a ciencia cierta les tenían) optaron mejor por llevarla empujando esperando que nadie les viese, total que no faltaría quien luego le diera a Ricardo alguna clase de manejo.

\*　　　　　　　　　　\*　　　　　　　　　　\*

Como la ciudad chica era en aquel entonces, no tardó en correrse el rumor de aquella apuesta y del penoso desenlace del empujar la moto, lo que no a pocos causó risa pero que en realidad poco le importaba a Ricardo siendo que hasta él mismo contaba con gracia de su suceso. Tocó la suerte que uno de los amigos de Ricardo, Manuel; hijo de Don Manuel Botello, quien había sido Policía Federal de Caminos y que muchos años patrulló en motocicleta; mas ahora retirado, no dejaba el gusto por la velocidad en dos ruedas y lo hacía manejando una Indian Chief 1960 color guindo con negro que atesoraba.

A los pocos días se encontraba Ricardo contando la irrisoria anécdota a unos amigos entre los que se encontraba Manuel Jr. en un negocio de hamburguesas al que iban a menudo por las tardes después de la universidad.

– ¡Qué bárbaro Richard! ¡Cómo no me dijiste que te ayudara! ¿a poco crees que mi papá habiendo sido federal de caminos toda la vida, no iba yo a saber manejar moto? Si desde los quince, no'mas que mi viejo no me la suelta, hasta que no junte para la mía no me veré en una, pero ya mero, ya mero – Comentó Manuel.

– Vieras que la verdad nunca se me ocurrió, compadre pero ya que lo dices, te voy a tomar la palabra. – ¡hombre, claro! Yo te digo como la prendas, la muevas y todo pero quien te puede decir mejor es mi viejo. Mira: es algo cuadrado y reseco, pero le encantan las motos; tú dile que le quieres aprender y con tal de sentirse maestro, no creo que te diga que no, es más, al rato te hago la segunda y me compro la mía. Porque no'mas de ver a mi jefe que agarra carretera en la suya, me dan ganas de hacerme de una, de hecho ya le eché el ojo a una Honda 305 Dream Touring que me venden bara. Vamos y a ver que te dice, tú no te apures – concluyó diciendo.

Don Manuel no era una persona muy obsequiosa ni efusiva y menos si se trataba de hacerle un favor a uno de esos chamacos rebeldes rockanroleros "sin oficio ni beneficio" pero con todo y eso, Manuel le propuso a Ricardo si gustaría de hablar con su papá para que le diese algunos consejos sobre el motociclismo, además, no había muchas alternativas y no se perdía nada.

Para este entonces, tres días habían pasado ya desde aquel cuando la Triumph fue desplazada un buen trayecto por la potencia de dos güeyes de fuerza. Ricardo como era de novedoso y por la habilidad e inquietud propia de la carrera que estudiaba, no tardó mucho en ingeniárselas para encender la moto y dar por lo menos un par de serpenteantes vueltas a la manzana con tropiezos naturales de un primerizo, lo que le causaba grande emoción y nerviosismo a la vez. De igual forma no era un malagradecido y le dio gusto que Manuel su amigo le ofreciera su ceñudo padre como fuente de consejos.

– Pues muchas gracias, la verdad es que ya me estoy enseñando solo y ni tan difícil que fuera, pero no voy a desaprovechar cualquier tip que me pasen tú y tu papá, lo que me diga seguro me caerá muy bien.

– Seguro que sí. Pero deja le pregunto primero a ver si no se arruga, ya ves como es la momiza[1]. Mañana te digo en que queda. – Gracias carnal, ojala se pueda, si no, no te preocupes.

---

[1]  "momiza" término que usaban los jóvenes para referirse a la gente mayor.

Al día siguiente era jueves y los amigos se vieron donde mismo.

– ¿Qui'hubo? – Le pregunta Ricardo a Manuel junior después de saludarse. – ¿cómo te fue con tu viejo?, ¿qué te dijo? ¿No te dijo que mejor me dejara de andar de vago y que tu también te pusieras a estudiar?. – Alegó riendo.

– Pues casi, casi, pero le dije que le agradecerías mucho cualquier recomendación, se quedó cayado pensando por un momento y dijo: ¿qué moto es la de tu amigo?, una Triunfo Boneville, le dije, es buena moto, dijo. Que venga el sábado a las 10 y fue todo.

– ¡qué bien! – Dijo Ricardo esbozando una sonrisa. – Muchas gracias mi hermano, sé que tu papá no es una persona fácil, lo que me guste decir sin preguntarle mucho, con eso me basta. Ahí nos vemos el sábado.

La razón por la que a estos muchachos, a los que parecía importarles poco las consecuencias, se portaban como púberes con su primera novia, era porque de alguna manera eso les inspiraba en el fondo: una nueva experiencia, una desconocida emoción en el vientre por la sensación de dominar un aparato, que no es propiamente la cosa más segura del mundo, la vibración del motor y el viento en la cara son como cuando tomas de la mano por primera vez a una chica: no sabes si de pronto te puede desdeñar y dar con tu corazón en la banqueta pero mientras, tú sientes que vuelas. Así sucede que mientras tengas más confianza en ti mismo, tengas mayor control y no hagas cosas que te pongan en peligro, disfrutarás mucho de la sensación casi de volar. De manera que veían en Don Manuel Botello a un viejo lobo quien por lo menos les podría decir hasta donde apretarle la mano a la chica y contarles las maravillas que pueden hacer con ella.

Don Manuel Botello hombre de tez y manos curtidas por el sol, robusto de espalda y poco más de abdomen, nariz chata, bigote entrecano y cabellera más cana y ojos hundidos; unos cincuenta y cinco o sesenta años tendría para aquel entonces.

El sábado de aquella mañana de abril estaba despejado, Manuel Jr. y su papá platicaban en el zaguán junto a la cochera de su casa al tiempo que el Sr. Botello lubricaba la cadena de su Indian:

– ¿En qué quedó con lo de la Honda? – Preguntó Don Manuel a junior en su tono serio característico dejando entrever su interés en aquello que le aficionaba tanto a su hijo como a él, hablándole de usted como era la costumbre, prosigue: – debe revisarle que no traiga golpes ni que tire aceite... y que la patada de arranque no esté aguada.

– Sí, papá, ya la probé. El martes le llevo el dinero y me la traigo rodando.

– Muy bien mi'jo, ya lo quiero ver con su padre viajando en carretera con su mochila en hombros. Alcánceme esa estopa que tiene junto por favor. – En diciendo esto, se oyó el ruido de una motocicleta a casi dos cuadras que se acercaba.

– Ese debe ser Ricardo. – Infirió junior.

Salieron Don Manuel y su hijo a la banqueta a recibir al pipiolo motociclista que se apeaba del ciclomotor. – Buenos días – exclamó Ricardo a sus convidantes.

– Buen día – Le contestó Manuel junior mientras que su padre asintió cortésmente y prosiguió: – veo que ya le vas hallando el modo ¿batallaste para prenderla?

– Sí, ya se lo voy hallando pero se me hace que le voy a tener que poner un par de rueditas atrás porque parece que me vengo cayendo en cada esquina pero al menos no se me mata cuando saco la primera... bueno, casi. – Y se dirigió a Don Manuel que sonreía ligeramente del comentario y la modestia del amigo de su hijo. – ¿Cómo está señor Botello?. Disculpe que le vengo a dar lata, ojala no lo encuentre muy ocupado.

– Don Manuel tenía por vagos revoltosos a los amigos de junior, pero de entrada aquel joven le parecía educado.

– Bien gracias, jovencito. Mi'jo dice que estas en la facultad de ingeniería civil, ¿Cómo va la escuela?

– Muy bien señor, ya me faltan dos años para terminar.

-¡Qué bueno! Usted no vaya a dejar los estudios por andar en la moto. Me contaron que la ganó apostando y eso no me parece nada bien. – Dijo en tono ceñudo. – Para andar en motocicleta se tiene que ser responsable por muy libre que se sienta usted, empezando porque arriba del aparato la única persona que va a cuidar de usted, es usted mismo. Así que olvídese de esas tonterías inmaduras que no le traen nada de provecho.

– Me queda claro Don Manuel, y tomaré cual debe sus recomendaciones – No creo que Don Manuel ande como "el salvaje"[2] con un grupo de pandilleros, habiendo sido Federal de Caminos y tan cuadrado que era – Pensaba para sí. Solo alguien igual le tendría por compañero de carretera. Y así que lo era, solo que Don Oscar Moreno también policía de caminos retirado y compañero de aventuras de Don Manuel, era de un carácter más accesible y relajado.

– Y dígame Don Manuel (volviéndose a dirigir al papá de su amigo, siempre con esa formalidad de respeto del "don") ¿Desde hace cuánto maneja usted motocicleta?

– Don Manuel se quedó pensativo unos instantes con la vista como buscando una nube lejana, pareciendo que quería recordar en dos segundos, treinta y tres años de su vida desde el primer instante que le entrenaron para patrullar en una Harley Davidson.

---

[2] El Salvaje "The Wild one" película de 1953 estelarizada por Marlon Brando, Mary Murphy y Robert Keith, dirigida por Laso Bendek en la que dos pandillas de motociclistas aterrorizan un pueblo.

– Desde 1935, contestó el hombre. Tenía más o menos la edad que tienen ustedes ahora.

– Manuel hijo acercó unas mecedoras para los tres y así, a la sombra de unas jacarandas, estuvieron platicando por varias horas en las que Don Manuel les contó a Ricardo y a su hijo algunas anécdotas de sus viajes de las que estuvieron atentos, aunque Manuel Jr. ya las había escuchado en varias ocasiones, la verdad no le empachaba volverlas a oír pues le recordaban en cierta forma el porqué estaba orgulloso de su viejo.

– Mi compadre Oscar y yo entramos juntos a la federal de caminos que antes se llamaba Policía de caminos, nada más. Andábamos por la zona del Bajío pero luego nos mandaron al destacamento en la zona norte y acá nos quedamos.

En el cuarenta y siete más o menos, me salí de la federal siendo capitán. Entonces yo tenía una Harley Davdson modelo 46 que luego vendí y mi compadre traía una Indian modelo 45. Hubo gente que se nos fue uniendo hasta que hicimos un grupo de unos quince integrantes. Nos íbamos de viaje a Tampico, a Nuevo Laredo, a Torreón; hasta Acapulco fuimos a dar en una ocasión. Esa vez, antes de regresarnos un domingo, me voy dando cuenta que le faltaba un pedazo de hule a la llanta, se le había desprendido un gajo y entonces esas llantas nada más se conseguían en la ciudad de México. Nos pusimos a buscar en todas la vulcanizadoras y de pura suerte hayamos una usada, nos la montaron y así nos vinimos.

Los viajes eran mucho más largos, las carreteras eran bien angostas y la ingeniería de las motos era muy rudimentaria; se descomponían a cada rato. Tenía uno siempre que traer platinos, cadena, bujías, y una bola de refacciones por lo que se llegara a descomponer.

Hoy todavía existen las de encendido de patada pero antes tenías que atrasarles la chispa manualmente antes de prenderla; si no hacías esto era muy peligroso porque la patada se te regresaba y salías volando o hasta te podías romper una pata. A mí me pasó varias veces y me tocó ver a varios salir volando por enfrente de la moto. A parte los cambios se metían con una palanca por un lado y le llamábamos cambio suicida por lo peligroso de soltar el manubrio para meter el cambio. Ahora ya se han estandarizado y vienen con los cambios en el pedal izquierdo.

Cuando viajábamos en grupo había que irse parando porque no faltaba que a uno se le descompusiera una cosa o a otro, otra. Un viaje que hacíamos de doscientos kilómetros, por decir de aquí a Nuevo Laredo, salíamos a las siete de la mañana y veníamos a llegar allá hasta las cinco de la tarde.

– ¿tanto así? – pregunta Ricardo.

– Sí: si no era que a alguno le tronaba una cadena, a otro le fallaba la transmisión o simplemente por cansancio. A veces nos parábamos a descansar. Algunos usábamos una faja de cuero debajo de la chamarra, en aquel entonces las hacían de piel de caballo.

En una ocasión íbamos mi compadre Oscar, otro amigo y yo a Torreón y estaba helando. Allá después de pasar Paila, que me truena la cadena primaria. Total que tratando de arreglarla nos alcanzó la noche; hacía un frio de los mil demonios, así que para no morirnos de frio, hicimos unos pozos en la tierra para meternos ahí y dejamos una lucecita prendida. Al cabo de un rato, un trailero se paró a ver qué pasaba. Ya le dije que se nos había descompuesto la moto y que nos habíamos metido en unos pozos para guarecernos del frio y dijo: están locos, ni así con eso la van a librar, mañana no amanecen vivos. Entonces subimos las motos al tráiler y nos llevó hasta Torreón.

– ¿Hacía usted acrobacias como en las películas?

– Sí, en el escuadrón nos poníamos a hacer una bola de piruetas, las más comunes eran subirse parado arriba del asiento o levantar la moto en una llanta, aunque para eso

necesitabas a alguien que te ayudara porque las motos
eran muy pesadas. Luego, después las hemos seguido
haciendo de puro gusto nomas. Incluso a veces nos han
invitado a desfilar el veinte de noviembre o el dieciséis
de septiembre[3] o a otros eventos cívicos, gente que nos
conoce y vamos a varias ciudades.
Eran otros tiempos pero el espíritu del motociclismo es el
mismo – Concluyó diciendo Don Manuel. – ¿Y a usted qué
le dio por aventarse así nada mas por apostar su carro
y arriesgarse a perderlo por una moto? ¿Pues qué tiene
en la cabeza hijo? ¿Qué les dijo a tus padres o qué les
pensaba decir si perdía? – Inquirió en tono severo – No
están las cosas así como para despilfarrar los bienes.
– Ricardo se quedó cayado por un instante, sabía que el
viejo no se guardaría su opinión y que habría de escuchar
una perorata, que la verdad le tenía sin cuidado, pero
como su plan no era ir a escuchar alegatos y más bien
tener un acercamiento con alguien que le dejara algo
positivo; con premeditación tenía que si el carácter de
Don Manuel se ponía pesado con su regañona cuadradéz,
daría las gracias y se retiraría cortésmente con algún
pretexto; ya que si ni en su casa le habrían reprendido,
menos habría de esperar que en casa ajena le llamaran la
atención y así respondió:
– Mi papá tampoco le gustó mucho la idea, nada más me
dijo "tú sabes lo que haces Ricardo, ahí te lo hayas. Ya
estas grandecito", le dije que pasé aceite y que jamás en
la vida lo volvería a hacer.
– Don Manuel se llevó los dedos en la barbilla – ¿Y no te
podías esperar a juntar para comprar una como Manuel
mi'jo?
– No lo sé – Contestó – Creo que nunca se me hubiera
ocurrido comprar una moto, pero la vi tan impresionante,

---

[3]    Celebraciones de la Revolución e Independencia Mexicana
       respectivamente

no sé cómo decirlo, me imaginé manejando como Marlon Brando.

– El veterano asintió y como si profetizara un conjuro gitano exclamó: – La moto te elige a ti.

– Manuel junior que hasta entonces solo había estado escuchando, le dice a Ricardo con sonrisa sardónica: – ¿Y cómo le hiciste para arrancarla y darle el primer volteón? ¿No te caíste a la primera esquina?

– Pues casi, casi. Primero me metí como media hora para entenderle al encendido pero luego ya para meterle los cambios con el clutch en la mano en vez de con el pie y los cambios con el pié en lugar de con la mano, si me destanteé; pero ahí lo fui soltando despacito y me la llevé una cuadra en primera todo tembloroso.

– Pues no está mal para enseñarte solo, al rato vas a andar para donde quiera en ella.

– Eso espero.

– Lo primero y más importante que debe usted saber – Agregó Don Manuel – Es que el día que se sienta usted muy chingón para la moto, el día que le pierda el respeto; ese día se va usted a dar en la madre; así que nunca se confíe. Así como ahora anda con toda precaución, así debe andar siempre y va a evitar un accidente. – Y recargándose hacia atrás en su mecedora mientras se mecía lentamente, prosiguió diciendo: – La forma en que disfrute con seguridad de su moto depende del dominio, no nada más de su manejo de la moto, sino también del tráfico alrededor suyo; todos cometemos errores y es que nadie nace sabiendo conducir motocicleta, es algo que tiene usted que aprender y más aun si le quiere sacar el mayor provecho a esto.

Lo primero que necesita es saber que llevar puesto y de eso lo más importante es el casco. En mis tiempos no se usaba; al principio hubo unos cascos de cuero como los que usaban los aviadores, fue hasta apenas en la década pasada de los cincuentas cuando empezaron a salir ya los cascos duros hechos en serie.

Así vaya a dar la vuelta a la manzana, usted no sabe cuándo puede tener un percance. Haga de cuenta que parece que lo primero que cae al suelo en un accidente es la cabeza; búsquese uno cómodo porque lo va a llevar puesto un buen rato, y que le quede bien: ni muy apretado ni muy flojo. Al ponérselo que quede bien abrochado o no le va a servir de nada. Además le sirve para cortar el aire y le cubre del ruido. – Y continuó diciendo: – A parte del casco también son bien importantes unos lentes y una chaqueta: de repente se puede topar con alguna piedrita, mosco o avispas en la cara o el cuerpo, si se cubre los ojos, se evita que le dé una infección como una conjuntivitis. Y una buena chaqueta le protege de raspaduras graves en caso de un accidente. Busque una, a ver si puede, que esté ventilada porque con estos calores que a veces tenemos se va usted ir horneando, aunque ya andando en la moto no se siente tanto.

Me acuerdo que una vez que íbamos mi compadre Oscar y yo a Durango cuando de pronto vimos unos carros más delante que se estaban parando, como a treinta kilómetros antes de llegar. Irían a ser las seis de la tarde, no hicimos mucho caso y le seguimos pero cuando los alcanzamos, nos embarramos con una nube de moscos: intempestivamente, en unos segundos se nos taparon los lentes sin dejarnos ver nada y nos tuvimos que orillar de volada. Unos en la chamarra y otros en las manos y en la cara; traíamos esos bichos pegados por todo el cuerpo, hasta por las orejas y quién sabe cuántos habremos tragado. De plano tuvimos que parar para limpiar los lentes porque ya no se veía nada, los pantalones y la chaqueta ni se les veía de qué color era por delante, de buenas que traíamos unos paliacates para cubrirnos la boca y así le pudimos seguir, llegamos a Durando y la gente se nos quedaba viendo todos embarrados de moscos de pies a cabeza al igual que las motos. Todavía le puedes ver a la moto mía pedacitos de moscos en algunos rincones después que la he lavado quien sabe cuántas veces. Por eso es importante que lleves también un pañuelo o paliacate.

– Oiga Don Manuel y ¿que hay sobre las botas?

– Ha pues también son parte muy importante del atuendo junto con los guantes: piense que el pavimento es la cosa más rasposa del mundo, o'ra imagínese que se llega a caer y viene en huaraches y mete la mano pelona. Para empezar la bota le protege de lastimarse el talón, luego unos guantes de cuero le evitarán que se despelleje las manos hasta el hueso, independientemente que no falte una piedrilla que salga volando y le dé a usted en los meros dedos haciendo frio, como una vez me pasó. Incluso consiga también si puede, unos pantalones de cuero o chaparreras. O'ra, busque que las botas no vengan con una suela resbalosa, de repente puede llegar a una gasolinería y pisar una mancha de diesel y hasta el suelo puede ir a dar con todo y moto.

– ¿Hay mucha diferencia entre manejar una moto de una marca y otra?

– Las motos de antes eran muy diferentes a las de ahora. Como te decía: la ingeniería era muy rudimentaria. Hoy realmente todas tienen el mismo principio pero a la hora del manejo unas son más duras o más pesadas que otras, unas tienen mejor frenado o con un centro de gravedad más alto o bajo lo que le permite acostar la moto en las curvas unas más que otras. Ahí sí, usted tiene que conocer bien su moto, la va a manejar tan fácil dependiendo de que tanto la conozca y su destreza. Encuéntrele todas sus mañas, revísale la cadena, el cable del clutch, los frenos, las terminales de la batería, luces, todo. Haga de cuenta que la moto es como un guante de beisbol, es algo muy personal, usted se va a amoldar a ella pero ella también va usted a irla arreglando a como mejor le acomode y lo más recomendable es que no la preste.

Familiarícese con los controles: si las palancas o pedales no le quedan fácilmente al alcance de los dedos es que no están a la medida correcta suya pero se pueden ajustar. Ubique bien las direccionales y el claxon con los dedos para accionarlos sin necesidad de voltear a verlos. Igual con la válvula del tanque de reserva si la tiene, para que donde sienta que ya se le viene acabando la gasolina, ahí mismo baje la mano y la encuentre en pleno movimiento para no detenerse. Asegúrese de que la perilla de la válvula nunca apunte al tanque de reserva más que cuando se necesite porque ya varias veces nos ha pasado que se nos acaba la gasolina pensando que todavía nos queda la reserva y luego ahí viene uno empujando la moto o pidiendo quien le regale un poco con bote y manguera para llegar.

– Fíjese que ahí es donde se me complica un poco, con la metida de los cambios.

– Es solo cuestión de coordinar la palanca del clutch, el acelerador y la palanca de los cambios.

– Sí, pues ahí es más o menos como cualquier carro pero en diferente posición: lo que hice fue irme acostumbrando a la zona de fricción soltando el clutch despacio y dándole gasolina para que ni se me matara ni se revolucionara demasiado.

– Muy bien, nada mas como consejo, procure no meter cambios en una curva, si puede antes o después, pero lo más recomendable es no hacerlo o de plano evitarlo y mucho menos bajar cambio. E igual como con su carro, escuchar las revoluciones es mejor que ir viendo los instrumentos para meter los cambios.

– ¿Por qué no conviene bajar cambio en curva?

– El frenado para mayor seguridad debe hacerse 70 porciento con el de adelante y 30 porciento con el de atrás. Si va a buena velocidad y frena únicamente con el de atrás, se va usted a dar cuenta como coletea la moto y como la tracción es en la llanta trasera, al momento que frene con cambio repentinamente en curva, va a coletear y perder el control.

Los frenos deben siempre jalarse al mismo tiempo, pero como le digo: 70 porciento mas fuerte el delantero aunque sea solo para bajar velocidad. Si frenas de golpe vas a bloquear los frenos y te puede derrapar la moto, practique su frenado siempre que pueda.

– En ese momento sale al pórtico la Sra. Botello, mujer de rostro amable, con tubos para rizar su ya encanecido cabello y en sus manos una charola con una jarra de limonada fresca y vasos para su esposo, hijo y visita. – Gracias vieja – Dice Don Manuel en su grave voz pero con cariño hacia su mujer, ella complaciente, los coloca sobre una mesita metálica al centro.

– Si gustan algo más ahí voy a estar adentro muchachos.

– Al tiempo que los tres hombres agradecían aquel fresco convite, la doña se retiró de vuelta al quehacer de su casa.

– Es bien importante – Prosiguió el viejo – Que no baje los pies de los pedales hasta que la moto no la detenga por completo y debe subirlos inmediatamente cuando arranque.

– Hace rato me mencionaba algo sobre no frenar en curva, ¿tiene que ver con que uno inclina la moto al voltear?

– Así es Ricardo: el ir curveando es una de las cosas más agradables y fundamentales de andar en moto pero aunque es algo como que instintivo, tiene su gracia, la forma de hacerlo es girando el manubrio en la dirección de la curva y mantenga el curso sin hacer mucha presión y la moto sola se irá inclinando como contrapeso a la inercia. Otra forma es girando el manubrio en dirección opuesta a la curva al tiempo que inclina el peso hacia el lado de la curva, esto le ayudará a reincorporarse a la posición vertical más rápido al salir de la curva pero se requiere de mucha práctica y control.

29

Algunos tips importantes son:

Como le decía: baje la velocidad antes y no ya habiendo entrado a la curva, mantenga la velocidad o si a caso acelere un poco.

No vaya tan rápido que al no ver que hay detrás de la curva, no le dé espacio ni tiempo para reaccionar, trate de ver lo más adelante posible.

Inclínese junto con la moto, hay quienes incluso sacan todo el cuerpo para compensar la inercia de tan rápido que van.

Vaya haciéndose a la idea que los fierros no tienen palabra, le pueden dejar tirado donde y cuando menos se lo espere. Pero es parte de la aventura aunque la verdad no es agradable. Para evitar que esto suceda hasta donde sea posible, siempre revise su moto antes de salir y dele mantenimiento, con eso, la probabilidad de que pase penurias será mucho menor.

– ¿Recuerdas la vez aquella que se te reventó el cable del clutch cuando fueron a Matamoros papá? – dice Manuel Jr.

– Ha sí mi'jo, y no fue la última vez: andábamos mi compadre Oscar en una Norton modelo 62, Neto Chapa en una Harley Davidson Duo Glide 60 y yo. Fuimos a Matamoros a saludar a Pepe "la Morsa" y ya para venirnos de regreso en domingo, no'más nos paramos en una gasolinera antes de salir, cuando jalo el clutch para meter primera y arrancar, en eso... ¡pas! Que me revienta el cable. No me quedó más que meter los cambios de oída, al cabo agarramos carretera y no hubo tanto problema. Pero si lo hubiera revisado antes de salir, tal vez hubiera conseguido un cable prestado y no hubiera batallado. Luego a mi compadre una vez le tronó el candado de la cadena... son cosas que pasan pero si está usted al pendiente de su moto puede prevenirlas. Lo más importante antes de salir siempre, para que se lo grave es:

1.– Revisar las llantas: que lleven la presión de aire adecuada, que no tengan algún clavo o presenten algún desgajamiento

2.– Las luces, todas: faro, direccionales, freno.

3.– Los controles que se vea que operan normalmente, que no estén rígidos o retorcidos los cables.

4.– El nivel de aceite y el radiador si tiene.

5.– Que la cadena esté tensionada adecuadamente y lubricarla de vez en cuando

6.– El posa pié o como le dicen también, el caballete, que no esté dañado, que el resorte lo mantenga bien arriba sin que se baje.

7.– Y los frenos, que no rechinen las balatas, que no necesites bombear dos o más veces porque quiere decir que le falta líquido y/o hay que purgarlos.

Eso es lo indispensable siempre antes de subirse.

– Pero ¿ya eso es todo el mantenimiento?

– Por supuesto que no, contesta el Sr. Botello. – Es solo la revisión antes de salir, el mantenimiento no es algo que lo tenga que hacer todos los días pero si periódicamente igual que un carro.

– Ho si, la afinación: cambio de aceite y filtros, bujías, limpieza de carburador, etc.

– Así es joven Ricardo, además de revisar el líquido a la batería una vez al mes.

– ¿Y que hay sobre cambiar una llanta Don Manuel?

– Mire: lo mejor es que alguien que sepa se la cambie, a menos que aprenda y practique en su casa, que no está de más, por cierto.

No se usa llevar llanta de refacción como se dará usted cuenta; si le llega a pasar que se le ponche la llanta muy lejos de casa, lo mejor será que busque una vulcanizadora cerca a que regrese a su casa por todo lo necesario a menos que sea la única opción. Es preferible en todo caso, retacar la llanta con periódico o en el último de los casos hasta con zacate o hierba.

– Bien, ¿me recomienda llevar algo de herramienta?

– Por supuesto que sí, lleve: desarmadores de cruz y planos, pinzas mecánicas, pinzas de corte, dados de las medidas más comunes, una navaja y cinta, entre otras cosas, pero depende de la moto. Busque una cajuela que traiga la moto para eso o mándele hacer unas alforjas donde echar eso que además le serán útiles cuando viaje.

– El veterano motociclista hiso una pausa, dio un trago a su vaso de limonada y contempló por un instante su majestuosa Indian Chief aparcada a unos pasos también bajo la sombra de las jacarandas. Como repasando rápidamente las memorias de aventuras no del todo airosas, naturales de este arte y protagonizadas por lema de "todo por servir se acaba", hiso un recuento de los posibles problemas que en los fierros se presentan y la solución inmediata posible sin requerir de mecánica más avanzada, y prosiguió diciendo:

– A veces las situaciones más obvias y simples son la solución a los problemas, por ejemplo:

Si la moto no enciende puede ser que:

1.– la llave no está puesta en encendido.

2.– Le falte gasolina

3.– la carga de la batería esta débil

4.– se haya zafado algún cable de las bujías

5.– Los postes de la batería están sueltos.

6.– el ahogador no está en posición adecuada

7.– La válvula de la reserva indica off

8.– el switch de encendido está apagado.

9.– se haya fundido el fusible maestro

Si la moto se apaga de pronto:

1.– Tal vez por accidente cortó el switch de encendido

2.– Se le acabó la gasolina

3.– O se fundió un fusible

Si siente la moto rara al ir manejando, sobre todo en las curvas, mejor deténgase en la primera oportunidad y revísele las llantas, que no tengan una ponchadura, y la suspensión.

Cualquier otro problema raro, que note como que vibra, que se sienta pesada, haga algún ruido o huela algo y no sepa de donde viene, llévela con el mecánico y cuéntele lo más descriptivamente posible qué tiene.

– Oye ap'a, ¿por cierto de Neto Chapa, ya no ha ido a dar la vuelta con ustedes desde hace rato, ¿se le descompuso otra vez la moto?

– No mi'jo lo que pasó ahora fue que lo atropellaron de noche al pendejo – Manuel junior hace un gesto como de asombro y extrañeza: primero por preocuparse de que algo le hubiese pasado al Sr. Neto y porque le parecía raro que su papá le llamara así a su amigo siendo que en todo caso hubiera dicho "un pendejo lo atropelló", además, Don Neto no conducía mal. El Sr. Botello entendió la expresión y antes que dijera nada más, agregó explicando: – No le pasó nada afortunadamente, lo que pasa es que no traía luz en la calavera y en una de esas, un carro no lo vio hasta que estuvo cerca, le dio un alcance y lo tumbó; de buenas que no venía recio pero pudo haber estado mal, o'ra hasta que no la arregle pero él está bien. Por güey sale de noche sabiendo que no trae luz atrás, por eso lo importante de traer siempre jalando luces: faro, calavera y direccionales. Y si lo que trae puesto ayuda a que lo vean, tanto mejor: los automovilistas no nos hacen en el mundo a los motociclistas; es más, ni los mismos motociclistas ven a veces a otros porque se vienen cuidando de los carros y no de otras motos; la ropa de colores brillantes es bien útil. Siempre use las direccionales al dar vuelta y al cambiar de carril, avise de sus movimientos y luego no se le olvide apagarlas.

También el claxon es parte de hacerse notar. Que no le de pena usarlo en algunos casos cuando vea que un baboso le va a echar el carro encima o que no lo ha visto. Conducir a la defensiva es ir un paso adelante, prever los movimientos de los demás, si ve que un conductor va a hacer una maniobra rara, usted pítele, avísele. Independientemente de eso, la clave de hacerse notar es manejar donde lo vean a uno: como no ir en el punto ciego de otro, no ir detrás de un camión, y agarrar un carril completo.

– A todo esto prestaba mucha atención Ricardo, miraba pensativo a Don Manuel Botello mientras le escuchaba como tratándose de imaginar las situaciones que el viejo narraba. Veía también a Manuel hijo que asentía con la cabeza de cuando en vez como si hubiese estado repasando un buen libro por tercera o cuarta ocasión de las veces que había oído a su padre comentar entre amigos aquellos consejos e historias. En eso sintió necesidad de evacuar el exceso de limonada que había tomado y solicitó pasar al baño.

– Claro Rica – Contestó su amigo – Estás en tu casa, ya sabes, es la puerta que está entrando a la izquierda

– Gracias – Y pasó mientras los anfitriones se quedaron en las mecedoras del pórtico esperando.

El recibidor era uno de esos típicos de la época, de forma circular con techo cónico de teja, de las paredes colgaban cuadros con fotos familiares a blanco y negro donde en una de ellas no podía faltar el retrato de Don Manuel cuando joven y apuesto era, portando orgulloso su uniforme de la Federal de Caminos, luciendo su quepí y corbata, con un bigote corto al estilo de Mauricio Garcés en un marco ovalado. También echó de ver, al salir del baño, otro retrato que en anteriores visitas a casa de su amigo no le había llamado la atención como ahora, en el que aparecían el señor Botello junto al resto de su escuadrón de patrulleros, parados en descanso junto a sus unidades Harley Davidson, formados en hilera uno a lado de otro en posición adelantada un poco el de atrás conforme al anterior, todos con su saco, corbata y quepí perfectamente alineados.

Al salir de vuelta al pórtico encontró a los Botello padre e hijo comentando que si bien debe uno hacerse visible es preciso mantenerse atento y ver todo cuanto pase alrededor. – Cada segundo es importante – Continúa diciendo Don Manuel – Debe ver más allá como le digo: revisar por los espejos siempre antes de cambiar de carril, incluso ver de reojo el punto ciego. Si va a 90 Km/hr y se distrae viendo una chamaca, en 2 segundos avanzó 50 metros y en 50 metros pueden pasar muchas cosas.

– Es la famosa regla de los 3 segundos – Agrega Ricardo

– Es correcto, igual como le hace al manejar su carro, deje 3 segundos de separación entre el de adelante y usted. Además, ir atento incluye ver los señalamientos y estar alerta en los cruceros; por cierto que la mayoría de accidentes que he visto con motociclistas son en los cruceros y casi siempre ellos son cuando el automóvil cierra el paso al de la moto virando hacia la izquierda.

– Escuchábanle los jóvenes al otrora Policía Federal de Caminos con interesante atención sus recomendaciones y anécdotas; no por nada había sido oficial patrullero por tantos años. Parecía que se las sabía todas y que "tiraba aceite" ya de tanto rodar.

Se levantó Don Manuel Botello de la mecedora en señal de que había concluido su discurso y aunque fuera de fastidiarse con la plática, más bien le satisfacía compartir con su hijo y su amigo algo de sus andares en motocicleta. Pero por ahora era suficiente y debía ocuparse en otros asuntos. Ricardo entendió claramente y aunque también había disfrutado de la convivencia del viejo lobo (no tan adusto como le prejuzgaba) y su amigo, ya le parecía hora de retirarse por no importunar más y se levantó también.

– Muchísimas gracias señor Botello, de verdad que me ha servido su plática, espero ir poniendo en práctica los consejos.

– No tiene de que agradecer hijo, me da gusto que se interese por las motos y que se preocupe por andar bien y no a lo tonto por ahí dándose en la madre. Aquí estamos por si otra cosa se le ofrece y a ver si o'ra que mi'jo se compre su moto lo invitamos a dar la vuelta con nosotros, ¿verdad Manuel?

– Si papá y que venga mi tío Oscar también.

– Antes de irse, Manuel padre detiene a Ricardo: – espera hijo, tengo algo para usted – se volvió a su casa; regresando, tomó la mano de Ricardo y puso en ella un pequeño crucifijo de madera tallada. – Tome, cuélgueselo a su moto, es de buena suerte. – Sin decir más, Ricardo dio las gracias tratando de disimular una iluminación en su rostro. No sabía nada de estas cosas pero le vino un profundo sentimiento de simbolismo en aquel acto tan simple, era como su bautizo, su iniciación. El veterano motociclista reconoció en la mirada del muchacho el honor que sentía, como si recibiese una pequeña medalla y sin expresión alguna sonrió en su interior como cuando recibió de su comandante las insignias que le reconocían como oficial del escuadrón de motociclistas de la policía Federal de Caminos.

# CAPITULO 2

# LA RANA MOTOCICLISTA

Entrada la tarde de aquel sábado de finales del verano de 1968: se pintaban de ocre las paredes de las casas al tiempo que comenzaban a alargarse las sombras de aquellos árboles del parque que no habían mudado de hoja todavía; la nevería de enfrente tenía a la acera de su puerta estacionadas la Triumph Boneville y una Honda Dream touring, alineaditas una junto a la otra, compañeras ya de un buen tanto de kilómetros. Dentro, una rockola tocaba el cover de Susie Q interpretado por Creedence Clearwather Revival que recién había salido alunos meses atrás. Ricardo, Manuel y dos amigos: Homero Sandoval, y Pedro Garza sentados en torno a una mesa de lámina, hacían planes para ir el próximo fin de semana al rancho de la familia de Homero quien los estaba invitando.

– La casa del rancho tiene un baño de pozo y no hay luz pero hay catres de lona, nos podemos bañar en el rio y pescar. – Decía Homero animando a sus cuates.

– ¿Y que llevamos de comer? – Pregunta Manuel

– ¡Olvídate de la comida! que no falte la cheve[4], de perdido un cartón por cabeza – Contesta riendo junto con los demás.

– Sí, pero ni modo que no echemos algo de botana – Agrega Ricardo. – Una carnita asada, unas tortillas, salchichas y para hacer un pico de gallo mínimo.

– Es cierto – Dice Pedro – y unos bolillos y aguacate para hacer unas tortas.

– Órale, ya quedó – Contesta Homero – Nos vamos el sábado después de medio día en mi camioneta, llegamos

---

[4]    "cheve" Vocablo coloquial con el que se refiere a la cerveza en estados del norte de México

al pueblo en la tarde a casa de mis papás y de ahí luego nos vamos al rancho. También va con nosotros mi primo Tacho que es a todo dar y toca la guitarra.

– Homero era un cuate algo fantoche pero buen amigo, folclórico como gente de pueblo que era. Sus papás eran dueños de ranchos ganaderos y lo habían mandado a la universidad a estudiar agronomía, cosa que le gustaba no más que empedarse con sus amigos.

– Entonces así le hacemos – Dijo Ricardo – Ustedes se van en la camioneta y Manuel y yo nos vamos en las motos. Nos vemos en casa de Pedro saliendo de la facu y de ahí, fierro.

– Y así, a la semana entrante, ansioso salió de la facultad Ricardo, yéndose de pinta una clase antes de salir para llegar a su casa y ver que no le faltara nada a la moto, dejó su impala, comió rápido un guisado, echó a la mochila unos tacos de frijoles con chorizo en tortilla de harina envueltos en papel aluminio que le preparó su madre; linterna, cantimplora, navaja, una sola trusa y un par de calcetas pues tan solo estarían por una noche; rápido revisó la Triumph, se puso el casco y se marchó rumbo a casa de Pedro donde ya lo esperaban él y Manuel.

– ¿Y Homero? – Dijo Ricardo

– No sabemos, ya ves que siempre llega tarde el cabrón

– Bueno pues a esperarlo – Contestó resignado y un poco enfadado.

Una hora después y ya algo molestos de que Homero no aparecía, por fin vieron llegar al susodicho en su Ford pick up 1956

– ¿Que pasó güey? Pensamos que eras puro pedo y nos ibas a dejar plantados. – Dijo Pedro

– Es que teníamos que entregar un trabajo de equipo en la facu y no lo terminábamos. Pero bueno, ya eché algo de lo que vamos a llevar y las hieleras con los cartones, no'mas llegamos por gasolina y ¡vámonos!

– Sale, Ricardo y yo nos adelantamos a la gasolinera y luego te seguimos – Dice Manuel.

– Tal cual era el plan: cargaron gasolina y partieron por ahí de las dos de la tarde. Ciertamente el paisaje se aprecia distinto cuando se viaja en motocicleta que a cuando vas en carro – Se decía Ricardo. En aquel entonces había menos tráileres transitando las carreteras que ahora, y solo alguna que otra tenía más de dos carriles. Una vez que se salía de los límites de la ciudad (como todavía en pocas de las carreteras del país podemos encontrar) el paisaje era de páramos despoblados, solo dejándose ver a lo lejos rancherías con papalotes. Ricardo Estrada respiraba esa magia que solo el motociclismo puede dar, cuando el aire fresco del campo pega en el rostro, sintiendo la velocidad en todo el cuerpo y el control en las manos de aquella máquina que nos lleva como deslizándonos por los caminos. Esa es la diferencia de ir en carro, se decía:

– En verdad que el carro es más cómodo y seguro y no deja de sentirse la emoción a alta velocidad, pero esto es muy distinto, esto es aventura, esto es... aventura, sencillamente eso.

Recordaba cuando empezó sus primeros recorridos con Manuel y su papá hacía unos meses atrás; ya le había tomado verdadero aprecio al viejo aunque no dejaba de ser un señor cascarrabias a veces. Bien hubiera valido la pena hacer este viaje con él y su compadre Oscar que le caía muy bien, pero esta vez solo nosotros, la momiza por ahora no.

¿Qué les esperaba en el rancho?, ¿Pasarían algún imprevisto? Eso no les preocupaba a Ricardo y a Manuel, por ahora solo se trataba de disfrutar el camino, el destino era lo de menos. Esa, es prácticamente una constante en el mundo del motociclismo, no importa el lugar donde se vaya, eso es hasta cierto punto irrelevante: un buen trayecto con algunas curvas interesantes, una moto confiable, una buena compañía (que es deseable cuando no alguno que gusta de ir solo), es todo lo necesario y era justo lo que tenían estos muchachos y lo sabían bien. Pareciera que lo comprobaban cuando en ocasiones volteaban a ver al compañero sonriendo al pasar acelerando sobre una recta. Delante, Homero y Pedro en la camioneta no parecían irla pasando menos bien. En ocasiones eran rebasados por Manuel y Ricardo, justo en el momento que les veía sobrepasar, Homero sacaba el brazo y la cabeza por la ventana haciendo un aullido que más que de lobo parecía alarido de perro. Luego, más delante, Homero volvía a tomar la delantera y en pasando la Ford 56 junto a la Triumph y la Honda bajo el cielo casi despejado de aquella tarde, Pedro les saludaba de la misma forma, emulando un grito apache, el juego causaba en la pandilla grande contento y entusiasmo.

Llegaron pues al pintoresco pueblo del que Homero es oriundo y sin más escala pararon en la hacienda de sus papás. La propiedad era sin duda grande y elegante para ser antigua y un poco rústica: en una amplia parcela rodeada de nogales y naranjos, fabricada con sillar, techos altos con vigas de madera y ventanas con altos enrejados. Apenas entró Homero y su recua por el empedrado camino de laja que separa la casona de la calle, cuando Iztok, Laika y Pirrin corrieron presurosos a recibir al "pequeño amo" y compañía: ladrando, moviendo la cola y brincoteando alrededor de la camioneta y las motos. Tras el alboroto una mujer madura, de tez aperlada con delantal salió a recibir a los recién llegados, bajó Homero del vehículo y fue de inmediato a abrazarla cariñosamente con un beso en la mejilla.

– ¡Mi'jito, qué bueno que ya llegaste! ¿Cómo les fue en el camino? ¿Vienen con hambre? ¿Ya comieron?

– No gracias madrecita, comimos antes de salir

– Pásenle muchachos, están en su casa. ¿De veras no gustan algo? ¿Un pan de pulque, una semita, un vaso de agua fresca? – Insistió animosamente la doña de rostro que reflejaba su dulce carácter, y la felicidad de ver a su retoño de vuelta en casa. Agradecieron todos la atención, pero no quisieron aceptar el ofrecimiento aunque si más tarde fuera y con apetito, sin duda alguno de ellos no hubiera reusado el convite. Invitándoles a pasar en eso Homero y su madre a los jóvenes, cuando se encontraron en el recibidor a Don Ramiro Sandoval, padre de Homero, que había oído la llegada de los muchachos y se aproximó desde el huerto donde andaba a darles la bienvenida, Homero abrazó y besó a su padre y acto seguido presentó a sus amigos: – Papá, mamá: ellos son Pedro, Ricardo y Manuel, mis amigos con los que voy al rancho, vamos a quedarnos hasta el domingo y luego nos regresamos.

– Muy bien mi'jo – Contestó Don Ramiro, – ¿Llevan todo lo necesario?

– Si papá, no'mas nos falta pasar por mi primo Tacho que también va con nosotros.

– Ah, por cierto, vino hace rato, hace como dos horas, pero se fue y dijo que al rato regresaba, anda en la yegua, no ha de tardar, creo, – Dijo Doña Consuelo, mamá de Homero – Pero pásenle a la sala en lo que llega – Cosa que agradecieron sobre todo Manuel y Ricardo que ya algo cansados venían del viaje en moto.

– Pasen, pasen, siéntense – Dijo Don Ramiro – ¿No gustan un vaso con agua o un café de hoya?

– Yo sí le agradezco un vaso con agua si no es mucha molestia, – Dijo Pedro

– Y yo otro por favor – Agrega Ricardo. En eso se retira doña Chelo por lo solicitado. Tomaron asiento en los sillones de brocado guindo con patas de madera tallada de aquel salón decorado con cabezas de venado y un retrato al oleo de Doña Consuelo de cuando era más joven. Don Ramiro, un hombre campirano, mostacho y cejas pobladas, rostro moreno por el sol curtido, usaba guayabera y pantalón de manta. Se apoltronó cómodamente y habiéndole llamado naturalmente la atención los vehículos

de los amigos de su hijo, no pudo evitar hacer plática al respecto: – ¿Y no es muy cansado andar en esas motos?
– Pues al principio casi no, pero ya de rato, como a las dos horas, se empieza a hacer pesado, pero se acostumbra uno – Responde Manuel.
Varias preguntas hiso Don Ramiro que independientemente de su sencillez de hombre de pueblo, era persona culta que gustaba de viajar, por ello sintió afinidad a los jóvenes motociclistas. Es que las almas viajeras encarnan en diferentes tipos de trotamundos: hay los navegantes de veleros, de globos, quienes viajan en avión, en barcos o trenes, en carro o autobús, hay quienes gustan de las casas rodantes, incluso en bicicleta o a pie, y claro está, en motocicleta.
¿A qué velocidad corren? ¿Gastan poca gasolina? ¿Qué hacen si llueve? ¿Y en cuánto anda más o menos una de esas? Inquiría Don Ramiro. No sería la última vez que escucharan esas preguntas. Al poco rato de estar conversando los muchachos con los señores Sandoval, asomó por la puerta del comedor una hermosa doncella de unos diecisiete años, de cara angelical, expresivos ojos negros como los de Doña Consuelo, cabello castaño obscuro, peinado con una diadema y vistiendo un sencillo vestido rosa con holanes; se acercó curiosa y tímidamente junto a Don Ramiro y él la presentó:
– Muchachos: ella es mi hija Cristina, la menor. Hija, estos son los amigos de tu hermano: Ricardo, Pedro y Manuel, vienen a pasar unos días al rancho
– Mucho gusto – Dijeron, la jovencita sonriente, saludó a los invitados, pero de ellos a Ricardo, al darle la mano y verle por un segundo a los ojos, disimuladamente sonrojada, se la retiró y rápidamente fue a sentarse junto a su madre.
Se escucharon los cascos de un caballo acercarse, adivinando todos que debía tratarse de Tacho que volvía, se levantó Homero a recibirle a la puerta pero

ya prácticamente venía entrando a la sala, en eso se saludaron efusivamente e hiso la presentación respectiva, de pie todos en señal de que solo le esperaban a él para partir

– Disculpen por la tardanza, ¿tienen mucho rato ya aquí de que llegaron?

– Como media hora nada más hijo – Contesta Doña Consuelo a Anastasio.

– Bueno pues a la hora que digan nos vamos, solo fui por la guitarra que se la había prestado a Juan Carlos pero ya estoy listo, aquí le dejo la palomina a mi tío.

– Total que subieron la maleta y guitarra de Tacho a la camioneta junto con algunas cobijas y cosas que faltaban y unos rollos de alambre de púas que aprovechaba Don Ramiro para mandar al rancho. Despidiéronse echándoles Doña Consuelo las bendiciones, mientras Cristina detrás de su padre quitaba la vista del joven Estrada solo cuando parecía ser descubierta: – Se ve guapo ese chico – Decía para sí. En fin que se marcharon alrededor de las cinco de la tarde rumbo al rancho que no estaba a más de 40 minutos de ahí.

Pronto salieron del pueblo por un camino sin pavimentar por cierto, así que no podían ir muy rápido; Homero dejó que Ricardo y Manuel fuesen por delante para no irles echando el polvo en la cara, solo les advirtió que estuvieran atentos al pasar el segundo vado, como a cien metros, verían la entrada del rancho con un portón rojo a lado derecho de la carretera con las letras "La Pintada" nombre que dio Don Ramiro a la propiedad por haber encontrado ahí en la pared de un cerro, unas pinturas rupestres. Durante el trayecto se deleitaron con el aroma de la tarde de otoño, las nubes aborregadas pintaban sus sombras en el llano y las colinas, como lunares sobre el suelo. Parecía que había llovido no hace mucho, manteniéndose todavía verdes los páramos.

Llegaron al susodicho portón, a no más de quinientos metros de la entrada, una venada salió de pronto de entre el monte asustada por el ruido de los vehículos, se siguió sobre la brecha dando largos saltos, luego brincó cual ligera sobre la cerca saliendo del camino y perdiéndose entre la maleza alzando su colita blanca.

Algo le tenía a Ricardo más contento que al resto, pero intrigado a la vez, pues aquella linda chica, hermana de Homero, le sacó chispas al cruce tan fugaz de miradas pero no estaba seguro si eran elucubraciones suyas o en verdad le parecía atractivo. Más tarde dejó de pensar en ello cuando empezaron a instalarse, pero claro que le estaría asaltando ese pensamiento en repetidas ocasiones.

La casa del rancho efectivamente era rústica, tal como la había platicado Homero: de robustos muros de sillar, techo alto de madera, había una hoguera donde se cocinaba con leña de mezquite y una tarja. Dentro podían apreciarse unas cuantas cabezas y copinas de venado. En llegando, se apresuraron para bajar todo e ir a tirar la caña un rato al rio y luego prepararse para recibir la noche que a pocas horas estaba ya. Para cuando el manto negro de estrellas desplazó al azul cielo, habían ya colocado troncos y piedras grandes en derredor de donde harían la fogata. De tarde templada pasó a fresca noche, las hojas de los mezquites se movían con un viento suave mientras una resplandeciente gibosa aparecía en el horizonte al cantar de grillos y sapos.

Cerveza en mano y alrededor de la fogata, el grupo de amigos cenaba de las viandas que habían llevado, convidáronse de los tacos de frijoles con chorizo que llevaba Ricardo, los de machacado que llevó Manuel, muy buenos también, y unos riquísimos de picadillo que trajo Pedro; todo lo calentaron en un pesado comal de fierro sobre la brasa y dejarían para el desayuno del día siguiente, unos exquisitos tamales caseros de venado que llevaron Homero y Tacho que aderezaron con una salsa de chile piquín.

Anastasio dio un trago a su cerveza, la colocó en el suelo junto de sí, tomó la guitarra, la colocó en su regazo y tocó unos acordes para ver que estuviese bien afinada mientras el resto le miraban en silencio a la expectativa de lo que iría a tocar... brotaron unas notas como de blues de entre los dedos del músico y así comenzó a cantar:

– "...ella me dijo tu sueño cual es?, le dije nena que noté, famoso artista muy pronto seré, y a ti mi chofer te dejare ser..." – el resto coreó al unísono: – mi auto puedes manejar, se que yo voy a triunfar... – pues bien era sabida por todos la letra de Drive my car versión en español, que cantaron al puro estilo de los Tijuana five[5].

Las horas pasaron entre cantos y risotadas, cerveza y fogata, estrellas y aullido de coyotes, hasta que la leña se fue agotando y apareció la llegada del sereno, aun poco después, ya acostados en los catres, siguieron platicando: de aventuras pasadas, resolvieron el mundo en especial el tema referente a los recientes sucesos de la marcha del silencio y las invasiones del ejercito en los campus de la UNAM y el Politécnico[6] y también claro está, que hablaron de carros y chicas. Más Ricardo no quiso ni mencionar una en particular que de hacía rato revoloteaba en su cabeza, no la conocía aun pero sus ojos le hicieron cautivo: pérfida fémina que en tu naturaleza de ser y sin intención, atribulas los corazones de los hombres dejándoles sin brújula en un mar sin respuestas, gestos indescifrables como acertijos

---

[5]   Los Tijuana five: grupo de rock mexicano de finales de los 60's que solo gravó un LP y un EP

[6]   El 18 y 24 de septiembre de 1968, el ejército invade la Ciudad Universitaria de la UNAM y el Casco de Santo Tomás, uno de los campus del IPN respectivamente. Actos que antecedieron a la matanza de estudiantes en Tlatelolco el 2 de octubre de 1968

de la esfinge: Cristina ¿eres coqueta o indiferente?
¿Pensarás en mí ahora como yo en ti? Quería sacarlo, que
sus cuates confirmaran o desmintieran sus pensamientos,
la levedad del alcohol empujaba las palabras a salir...
pero ¡no! Ricardo hiso acopio de sobriedad y se guardó
sus pensamientos. Aunque ganas tenía de abrirlos hacia
sus compañeros, no convenía por ahora, tal vez a Homero
no le caería en gracia y hasta podría volverse materia de
la que hacer burlona comidilla si tal vez les pareciera un
disparate.

*                    *                    *

Amodorrados, con dolor de cabeza y ganas de orinar,
despertaron a la mañana siguiente, con esa sensación de
falta de memoria. Lo mejor sería echarse algo a la panza
y más tarde un chapuzón en el rio para quitarse la cruda.
El sol radiaba en lo alto sobre la hierba y las piedras del
rio; de fondo el sonido de chapulines y el murmullo del
rio se escuchaba a lo ancho del paraje, el agua turquesa
rebozaba juguetona en las raíces de los sabinos que se
yerguen majestuosos por la rivera.
El pesado calor les hacía transpirar mas alcohol que sudor
y les apuraba más aun a quedar en trusa y aventarse
al agua fría, por lo que Tacho y Homero colgaron sus
pantalones en un huizache, Manuel y Pedro les imitaron
y antes que Ricardo empezara a hacer lo propio, sin más
pregunta ni pretexto, Homero lo ase de un brazo y grita: ¡al
agua!, ipso facto entendieron los demás los planes del pillo
quien ya forcejeaba con su víctima, mas no de mucho le
valieron sus fuerzas contra los cuatro que de columpio le
arrojaron al agua con todo y ropa. Entre carcajadas por la
travesura, emerge Ricardo empapado y contagiado de la
risa, amaga al primero que tiene delante: es Pedro quien
todavía está al borde de la peña y lo hace brincar al agua,
los demás le siguen por su voluntad ente gritos y risotadas.

A Ricardo no le queda más remedio que dejar su camisa y pantalones a secar sobre unas piedras donde les diera el sol.

Al cabo de varias horas de retozar y echar clavados de bombita desde lo alto de una peña, comenzó a caer la tarde y a llegar la hora de regresar. Cuando se empezaron a vestir, a Ricardo se le veía preocupado pues no encontraba su ropa donde la había dejado

– ¡Carajo!, se decía – Pues si aquí la dejé y no creo que estos cabrones me la hayan escondido, aquí los he visto todo el rato. ¡Oigan! ¿Quién agarró mis pantalones? – Preguntó serio solo para confirmar que no se tratase de otra broma.

– No, nadie, aquí hemos estado todo el rato Ricardo, ¿Qué pasó, pues dónde los dejaste? – Le contestaron preocupados, también de ver el rostro de Ricardo que no estaba nada contento.

– Aquí estaban, estoy seguro, ayúdenme a encontrarlos – Homero se quedó pensativo un instante y adelantó: – ¡Ay carajo!, han de haber sido un rebaño de cabras que oí pasar hace rato, se los han de haber comido – Se lamentaba.

– ¡Chingados! – Tronó Ricardo – ¡Pinches cabras!... ¡qué ca... cabronas! Hijas de su... ¡ja ja ja!

– Y la cólera se volvió en carcajada repentina de su espontanea locución e hilarante rabieta que contagió a los demás, maldecían a las canijas bestias que hicieron de las suyas, pero como eso no les fue a quitar la diversión, Ricardo se resignó pues total que no era la peor tragedia del mundo y no era como si anduviera completamente desnudo.

– No te preocupes Ricardo, ahí en la casa te presto camisa y pantalones para que llegues a tu casa, el problema será para llegar de aquí al pueblo, te vas a tener que llevar la moto en calzones porque ni Tacho, ni Pedro ni yo le sabemos.

– Sí – Dijo Anastasio. – Vas a parecer rana, encuerado arriba de la moto.

– No les acababa de pasar la risa todavía por la ocurrencia de Ricardo cuando nuevamente irrumpieron en sonoras risotadas por la dicha por Anastasio.

– Sí, dijeron – Vas a parecer una ranita pelona arriba de una moto, la rana motociclista.

– Esta vez Ricardo no reía tanto pero le daba igual, se le había pasado la preocupación y en vista que aquello no era mayor problema, no se molestó de la burla, pues efectivamente, ¿cuándo se había visto un motociclista semidesnudo? y hasta le daba risa que por aquel fortuito percance, hubiera que llegar en calzones a la casa de Homero... ¿Y Cristina? ¿y cómo me va a ver llegar así?

– Ahí fue cuando le empezó a dar pena y preocupación – Bueno, ya veremos cómo – Pensó para sí.

– Bien pues ya va a ser hora de irnos, está como que empezando a nublarse y a refrescar, y está largo el camino. – Dijeron. Pronto se vieron de regreso a casa de Homero, al llegar, Ricardo "la rana" paró la moto detrás de la camioneta mientras Homero entró por una muda de ropa para su amigo. Ricardo estaba temblando pues aparte de venir semidesnudo y después del remojón en el agua fría del rio, pronto bajó la temperatura pues recién entraba el otoño, no siendo raro aquello en esos lugares de clima extremoso.

Por un momento entraron todos a casa de Homero a merendar un pan de horno de leña acompañado de chocolate caliente, entre que platicaban con Don Ramiro, Doña Consuelo y Cristina de la aventura en el rancho, Ricardo no dejaba de temblar y aun por el contrario creía sentirse algo mal.

Habían pensado hacer una breve escala solo para dejar a Tacho, vestir a "la rana", despedirse y dar las gracias a los Sandoval; pero en ello el temblor de Ricardo se volvió malestar. – No es nada – Decía, – Seguro me va a dar gripa.

– Doña Consuelo le tocó la frente y confirmó que tenía fiebre. – Ay mi'jo ¿pero cómo te quieres ir así? Te va a dar una pulmonía, deja te preparo un tecito.

– No se moleste Doña Consuelo, estaré bien – Apenado le decía Ricardo pero en el fondo sabía que a cada momento la fiebre le subía.

Hubo que insistirle a Ricardo que sería más prudente irse al día siguiente ya que se sintiera mejor, quedarse a pasar la noche en el cuarto de Homero y perder un día de escuela, que a irse manejando en esas condiciones pues ya aparte les caería la noche a medio camino, de lo cual no tuvo más remedio que acceder; además Manuel también se quedaría de manera que no se regresara solo, total que él estaba en el turno vespertino y si Ricardo amanecía mejor, podrían llegar antes del medio día.

Quien estaba más contenta de que se quedasen Manuel y sobre todo Ricardo era Cristina pues tendría oportunidad de verle más tiempo. Cayada y discreta le miraba furtivamente durante la cena, su voz interior le hacía sentir nervios, curiosas cosquillas y latidos en el pecho, nada que pudiera notarse en su digna presencia de damisela ante los presentes en el comedor: ni su padre, ni sus hermanas que también ya se encontraban, ni Manuel ni el propio Ricardo. Solo su madre, a quien con su materno instinto no pudo engañar lo que sentía, ella, cual alcahueta celestina, no pareciéndole mal partido el muchacho hiso de cómplice de Cupido:

– Hijita, ofrécele más tamales a Ricardo; Cristina, sírvele más té al joven; pregúntale si no quiere un pan con nata de postre.

– Cuando no pudo ser más evidente su complot dijo:
– Hija, retírale el plato a Ricardo... y tu Marlem, el de Manuel. – Adelantó diciendo ya bajo la mirada de Don Ramiro que comenzaba a sospechar del ardid de su mujer.

# CAPÍTULO 3

# ESOS SON LOS AMIGOS

En un sublime recuerdo quedaron aquellos años de finales de los sesentas y principio de los setentas, lejanos atrás quedaron los años de Woodstock y Avándaro, el mismo movimiento del rock (en toda la extensión de la palabra, no solo como género musical si no como espíritu de una generación) es tan vertiginoso que se reinventa a cada instante, se come a sí mismo y evoluciona, es cambiado y a la vez provoca cambio, el tiempo es tan corto cuando corre pero a la vez tan largo cuando se vuelve la vista atrás y se cae en la cuenta que de pronto llegaron los ochentas, para cuando Ricardo ya tenía dos chicos adolecentes: Vicente y Cristina.

Algunas personas se aferran a la gloria de sus años mozos aunque el tiempo que a nada ni nadie perdona les oxide la carrocería y les cubra de canas, para ellos nunca habrá tiempos mejores como los de antaño, les sucede que en la vida se fueron llenando de equipaje y no pudieron evolucionar más y ahí se quedaron. Y se cargaron de trabajo, de matrimonio, de hijos y la moda y la música pasan al cajón de lo irrelevante, y se quedaron con lo que donde se quedaron.

Así que Vicente y Cristina Estrada desde la cuna libaron lo mejor del Rock clásico y el gusto por los autos antiguos y las motocicletas, sobre todo Vicente, claro está, pues en casa de los Estrada Sandoval se escuchaban a: The Doors, Rolling Stones, Eagels, y por su puesto a The Beatles, aunque también a los Rockin Devils, los Yaki o Los Dug Dug's que a la Sra. Cristina le encantaban pues las canciones en español les prefería un poco más que las en inglés por no hablar tal idioma. Los adolecentes: Vicente y su hermana vivieron la moda ochentera en su apogeo más fulgurante, con destellos de un pasado rico de ideas, filosofía, colores y sonidos; vio entrar y salir a su casa uno que otro auto clásico y varias motocicletas dado que su padre mantenía esa pasión que, sin saber si por casualidad o intencionalmente, le heredó a su hijo.

*                          *                          *

A la luz de unos focos amarillos en una quinta a las afueras de la ciudad, Manuel celebraba su cumpleaños con sus amigos de toda la vida: Ricardo, Pedro, Homero, Tacho, Toño y algunos más, disfrutando de un borrego a la griega y amenizado con un grupo de fara – fara, platicaban viejas anécdotas mientras Vicente escuchaba con atención.
– Cuéntala otra vez compadre, platícales la vez aquella que nos perdimos allá en San Miguel, cuéntaselas tú que te sale mejor – Decía Manuel, riendo de recordar lo que pasó en aquel viaje.
– Nada, pues que fuimos a Guanajuato a llevarle una moto a un amigo del papá de mi compadre, que habían dejado acá arreglando. Total que me invitaron y los acompañé para que este güey se viniera de parrillero[7] con alguno de nosotros y de pura suerte que me toca traérmelo a mí. Entonces ya que veníamos saliendo de San Miguel, de regreso para acá: Don Manuel, Don Oscar, y mi compadre y yo hasta atrás, y que me dice: oye, en la primera chance, te paras porque quiero miar, y yo: ha si, o'rita me paro más delante y que le sigo, y le sigo dando, metiéndole para no perder de vista a Don Manuel y al otro señor.
– Si güey, ¡te valió camote! y yo aguantándome como pendejo pensando: ¿a qué hora se irá a parar este cabrón? ¡¿y p'os a poco no podrá pararse en cualquier lugar a miar

---

[7] "parrillero" Término que se refiere a la persona que va sentada detrás del conductor de una motocicleta a raíz de que algunas llevan atrás una parrilla.

que ya me anda?! – Interrumpe Manuel, y prosiguiendo Ricardo dice.

– Y allá venimos como a 60 millas; al cabo como de una, hora me vuelve a decir este güey ya gritando desesperado: "¡ya cabrón, me vengo miando! ¿a qué hora carajo te vas a parar?!" Y yo: ¡en la madre! Se me había olvidado por completo, y no, pues que me paro porque este cabrón venía en un grito con la vejiga a reventar y ni chance de alcanzar a los demás para avisarles, bueno pues total que de seguro se paran más delante cuando no nos vean. Se baja mi compadre de la moto casi miándose los pantalones a lado de la carretera. Al fin, que ya le tira el agua a las aceitunas, nos subimos y en chinga me arranco para ver si alcanzo a los demás que por lo que parecía, les valió madre que de repente ya no nos vieran. En una de esas, al poco de haber arrancado, quien sabe donde fregados di vuelta en algún pinche entronque que no tenía señalamiento o que ni cuenta nos dimos si tenía porque para entonces ya estaba obscuro, y le dimos para quien sabe donde fregados pensando que íbamos bien. Para cuando acuerdo, que vamos viendo un letrero que decía "bienvenidos a San Miguel de Allende" ¡en la madre! Dije, ¿Y o'ra?

– Andábamos bien perdidos por culpa de este güey – Agrega Manuel sin parar de reír.

– Si pendejo, tú ni idea tenías de donde andábamos. – Contesta sonriente también Ricardo.

– Bueno ¿y luego que hicieron? Pregunta Anastasio.

– Pues no nos quedó de otra que regresarnos por donde mismo a ver si de casualidad nos encontrábamos al papá de Manuel y a Don Oscar, el pedo era que ya nos habíamos desviado un chingo y para saber si se habían regresado a buscarnos o de plano le habían seguido y nos estarían esperando más adelante.

Allá venimos de regreso, cuando llegamos al entronque. Para esto ya serían como las diez de la noche, ahí estaba

Don Oscar echándose un cigarrito bien a gusto esperando. "¿Qué pasó?" Dijo. "Tu papá se regresó a buscarlos porque de repente ya no los vimos y andaba bien preocupado". Le explicamos porqué los habíamos perdido. Ahí te encargo la pedorriza que nos puso cuando volvió.
– Vicente no la pasaba tan mal cuando llevaba a su padre a las borracheras con sus amigos aunque más bien la intención de éste era de contar con chofer para cuando se le pasaran las copas; aun con ello, Chente gustaba de oír los relatos y aventuras de su viejo y secuaces.
Era claro que Vicente tarde o temprano iba a sentir afición por las motocicletas y su padre lo sabía mas prefería que ese gusto no se le desarrollara pero igual tenía pensado que de salir bien en los estudios, haría un esfuerzo por comprarle una, aunque fuera pequeña 250cc.
Pasado el tiempo, para cuando tenía cumplidos los dieciocho años, Vicente ya conducía la moto de su padre dentro de la colonia aunque realmente no se la soltaba libremente, se decía que sería mejor que con la suya propia fuera y viniera a donde quisiera, cuando en una de esas, sucedió algo triste en la vida de Ricardo.

\*                    \*                    \*

Tomaban Ricardo y Manuel una rodada de esas de viernes por la tarde que ambos no tenían nada que hacer y decidieron salir a dar una vuelta a la carretera pero no muy lejos, solo para despejarse un rato. El clima estaba agradable, se antojaba para rodar un par de horas cuando mucho y regresar cada quien a su respectiva casa para antes de la cena. Manuel tomó la delantera; no habían salido todavía de los límites de la ciudad, cuando aun se dirigían por la avenida, donde había algo de tráfico; una camioneta asoma por una de las calles que cruzan y sin calcular la distancia y velocidad a la que venían las motos o posiblemente sin tan si quiera percatarse de que venían, el conductor sale intempestivamente no dando tiempo a que Manuel, que adelante venía, reaccionase a tiempo. Ricardo que le seguía, alcanzó a ver y pudo frenar, pero no se supo decir si Manuel aceleró antes para ganarle el paso al vehículo que se atravesaba o simplemente pensó que el conductor esperaría a que ellos pasaran para incorporarse a la avenida, solo alcanzó a ver que intentó frenar y esquivar el golpe en el último momento cuando ya de pronto habían sido invadidos los dos carriles, pero fue demasiado tarde y por la velocidad a la que iban que sería de unos 90 kilómetros por hora, la moto se impacta en la polvera, delante de la llanta delantera rebotando y saliendo de lado al tiempo que la humanidad de Manuel se golpea casi de frente mas el impulso le hace salir proyectado cayendo en el seco pavimento.

La escena es desgarradora: Ricardo reacciona por instinto, y alcanza a detenerse a tiempo sin recapacitar en lo que acaba de pasar pero así mismo transcurren por su cabeza miles de pensamientos en un parpadeo todos a la vez: miedo, Manuel, Dios, vida, muerte, ¡no!, huesos rotos, lesiones, maldito imbécil de la camioneta, moto en el piso, ¡Dios que esté bien! Es tal el susto que apenas sabe si alcanzó a apagar su moto, la deja caer al piso sin poner el posapié y corre para llegar a donde Manuel vadeando la camioneta. Manuel se halla en el piso inmóvil tendido bocabajo, en un pequeño charco de sangre con su casco aun puesto, Ricardo presuroso se arrodilla junto a él, le habla, le grita, no le responde y más crece su miedo y espanto.

– Manuel, respóndeme ¿estás bien? ¡Contesta! – Pero es inútil, pone su mano en el hombro y busca la manera de voltearle pero sabe que no debe, busca signos vitales pero su amigo no respira, no tiene pulso... se ha ido.

El golpe emocional es terrible, insuperable. Después de aquello, llegó la ambulancia, la policía, pasó lo que tenía que pasar y Ricardo volvió a su casa en la moto:

lento, nervioso como cuando la montó por primera vez, pensativo, lloroso. La estacionó en el pórtico de la casa como de costumbre, su familia lo recibió y hubo de darles la penosa noticia entre sollozos, vio su moto y en un cerrar de ojos se despidió de ella mientras abrazaba a su esposa e hijos.

De ahí que Ricardo se dijo nunca más volver a manejar motocicleta y ni mucho menos su hijo. Sabía que lo de su amigo fue un accidente y lo peor era que no fue por imprudencia de él, ni si quiera un factor como lluvia o malas condiciones del camino, había sido la culpa de un imbécil al volante y eso era lo que más le causaba impotencia y temor, que no por mucho que tomes precaución podrás evitar controlar lo que hagan los demás.

Así es que hay personas como Ricardo que son más aprensivos a situaciones como esa y reaccionan de manera drástica sin meditar que los hechos aislados no son ley, y claro que aunque llegar salvo a casa dependa mayormente de uno mismo, no lo es todo. Nunca podríamos definir hasta que punto nuestra integridad depende de nosotros y hasta qué punto nuestro destino está enteramente en nuestras manos. En verdad que en el camino de la vida puedes prepararte para ser el más cauteloso y diestro piloto, hacer de tu paso por este mundo una idílica rodada si uno se lo propone. Aunque no todo serán caminos recién asfaltados: hay ganado suelto, clima cambiante y fierros sin palabra que cambian nuestra suerte. Rodar es vivir, vivir es rodar: en ese sentido es casi literal porque cuando vives, le apuestas a tu pericia y tu cautela y entre mejor sepas rodar la suerte se juega menos, pero la suerte siempre ahí está, aunque poca pueda ser pero ahí está y hay que jugarla o quedarnos en el sofá de casa como vegetales. El motociclista es la personificación analógica de la vida, escenifica la existencia en una rodada, tiene mucho en que confiar pues es en sí mismo, y tan poco a sortear que le desprecia.

Pobres de aquellos que ponderan más los designios del destino que la competencia de su brazo.

Ricardo no quiso ni imaginarse si aquella tragedia hubiera sucedido en su propia sangre, de manera que no tomaría ningún riesgo, ni el más mínimo, pagaría el costo de cambiar el trepidante asiento de la moto por el del sillón, de los cielos brillantes por el fulgor del cinescopio, del viento natural por el del ventilador. El precio de vivir "sin aquella amenaza segura" para él y su familia, fue la condena de abandonar lo que tanta felicidad le daba, como si en el mundo no hubiese otro peligro existente.

Con lo que no contaba era si Vicente estaría dispuesto tomar esa herencia y secar aquella semilla germinada, regada con sueños de viajes y aventuras.

*                          *                          *

La mesa en casa de los Estrada Sandoval estaba servida para la comida, era un día como cualquier otro; Doña Cristina llama por tercera vez a Vicente para que baje a comer pero este sigue en el teléfono.

– Vicente, hijo, ya cuelga y baja de una vez, que se te va a enfriar.

Tenía que ponerse a hablar con sus amigos justo cuando vamos a comer – Rezonga.

– Déjalo mujer, tu siéntate que se te va a enfriar a ti también. – De mala gana, Cristina hace caso a su marido y toma su silla para acompañarle a él y a su hija cuando ya en eso ocurre Vicente con cierta expresión de contento.

– Parece que tus amigos siempre están esperando la hora de la comida para hablarte, ¿Qué querían ahora?

– Nada ma', era Raúl que quiere que lo acompañe mañana a unas vueltas al centrito y de pasada a la agencia a ver las motos. – ¿Y ya va a comprar? – Inquiere su padre.

– No lo sé, a penas las va a ver. Yo voy de alcahuete no'mas, a ver si no acabo yo comprando en una de esas.

– Estas loco, ¿que no te acuerdas lo que le pasó a mi compadre Manuel hace ocho años? ¿No ves cómo es aquí la gente tan pendeja para manejar? Ya no son las cosas como antes que podías andar seguro, ahora le sueltan un carro a cualquier salvaje bajado del cerro que se cree Fittipaldi[8]. Dile a Raúl que piense muy bien lo que hace y tú quítate esa idea de la cabeza.

– Oye apá, ¿pero pues que tú no anduviste mucho en moto? ¿Qué onda con aquellos viajes que te aventabas a todos lados y cuando ibas a ver a mi mamá? Nos has platicado mucho de lo padre que era andar con tus amigos con las mochilas al hombro recorriendo pueblos, ciudades y carreteras ¿y ahora me dices que yo no puedo disfrutar de eso?

– Tú no sabes lo que es perder un amigo en un accidente e imaginarte que eso le pueda pasar a tu hijo o a ti, por eso lo dejé y esperaba que a ti se te quitara de la cabeza. Hace mucho había pensado en regalarte una para que fueras a la universidad pero cuando perdí a tu tío Manuel me impactó mucho. Sí, era muy bonito andar de rock 'n roll, con las chamarras de cuero con la raza y llegar a los bailes en la moto. Cuando tu mamá y yo andábamos de novios me iba a verla en la moto en vez de en el Impala porque estaba muy mal visto que las señoritas se subieran a los carros de los novios y así lloviera o nevara, agarraba la mochila con unas dos mudas de ropa, unos diez pesos para la gasolina y comida, y la Triunfo y ¡vámonos! A tus abuelos les parecía la moto... no sé, como si la llevara en bicicleta o a caballo y eso como que les recordaba cuando ellos anduvieron de novios también, yo creo que por eso así sí me la soltaban.

Recuerdo que en algunas ocasiones si me agarraba el aguacero a medio camino, me paraba en la cuesta o

---

[8] Emerson Fittipaldi: piloto brasileño de Formula 1 ganador de 14 victorias en la época de los 70's

donde fuera y ponía las calcetas sobre el mofle a que se secaran. ¿Te acuerdas amor?

— Sí, y cuando llegaba por mí, yo ya estaba bien lista con peinado y toda la cosa para ir al baile, aunque claro que llegaba toda despeinada pero andábamos felices, yo me sentía soñada. Luego me llevaba a la casa antes de las diez como debía ser y ya más noche iba su papá por tu tío Tacho y sus amigos a llevarme serenata.

— No se habló más por ese día del tema aquel, Ricardo había expuesto claramente su punto y no estaría más a discusión, aunque sabía que su hijo no era ya un niño, que al final cada hombre toma sus decisiones, tenía solo la esperanza de se le pasara la comezón y tomara su consejo.

Tal como había quedado Raúl, pasó por Vicente a su casa, fueron a ver el asunto de aquel y de ahí se pasaron a la agencia donde en una moderna sala de exhibición, flamantes modelos se disponían uno más bello que el otro: serenos palafrenes de color esmaltado y cromo posaban como esfinges; por aquí una Road King, por allá una fat boy, más acá una V-road. Los muchachos curiosos eran niños en una juguetería, tranquilamente se dieron su tiempo para observar cada una sin que vendedor alguno se acercara a atenderles. De todas ellas Raúl se enamoró de una Roadster roja: la veía, la montaba, la volvía a observar de lejos, estaba dudoso; el precio en la etiqueta no sería problema pero se preguntaba si debía comprarla mientras se imaginaba rodando en ella. Como doctor había visto horribles casos de accidentes y sin embargo las manos le sudaban; Vicente allá soñando con la V-road pues el número de la etiqueta solo le daba para eso y la única vendedora, quitada de la pena platicando con unos juniors en el mostrador. Solo le faltaba un pequeño empujón para sacar la chequera y el empujón no llegó. La maldición gitana que Don Manuel sentenció alguna vez podría ser que no siempre se cumpliera: la moto podrá escogerte a ti pero debes ser tu quien esté preparado para ella y Raúl no lo estuvo, no al menos en ese momento, si tan solo Vicente hubiera sabido que tenía en la mano los recursos provenientes de una cirugía que acababa de cobrar, Raúl hubiese salido de ahí orgullosamente dueño de la rojita con tan solo una palabra de aliento o si la vendedora le hubiese atendido tan solo por educación, hubiera hecho su venta. Por algo pasan las cosas y por alguna razón no sintió Raúl más la tentación de volver a la agencia, el momento fue ese y lo dejó pasar. Solo fue cuestión de un par de años después para que Raúl se volviera a enamorar y esta vez de una Sportster verde con negro.

Vicente y Raúl Cantú eran amigos desde la pubertad, también Federico y Arnoldo le brindaban su amistad desde la secundaria pero con quién más largo tiempo llevaba de fraternal relación era con Marcelo García: cómplice de múltiples avatares desde la primaria y que tenía por costumbre usar el término "camaradita" cuando se dirigía a sus amigos más cercanos, vocablo que luego se contagió al léxico de sus compinches.

No fue que el motociclismo haya unido a esta pandilla de amigos si no que como por instinto, el hombre es afín a los individuos de su misma especie, (en especial si les encuentra un factor común). Lo que metafóricamente se entiende como una sub-especie o bien una raza, irónicamente "raza" es el termino que se usa en muchas partes para referirse al grupo de amigos y es que en el inconsciente reptiliano procuramos a nuestros amigos ya que así procuramos de nuestra propia genética, nuestra "raza". Es el sentido de pertenencia un sentimiento animal: los lobos, los elefantes, los jabalíes, etc. cuidan de su manada; no es de extrañarse que los humanos hagamos lo mismo, aunque nos matemos entre nosotros, el amor prevalece. Más si sentimos afinidad, si hay un factor común que nos identifica como puede ser el espíritu de aventura.

Fuera de la anterior visión tan poco romántica de la amistad, los actos de amistad son meramente conscientes y llevarlos a cabo son el resultado de una decisión, es ahí donde demostramos lo que llevamos dentro.

A Raúl le siguió Arnoldo con una Yamaha Virago y después Federico con una Suzuki Volusia y mientras Vicente hacía ya su proyecto de hacerse de su "Bika", las carreteras de la vida lo aventaron muy lejos de su natal ciudad en una inesperada curva.

Reunió Vicente a sus amigos para la despedida con una carne asada en el patio. También invitarían a Alfonso, Omar y Mario. Vicente, Marcelo y Federico estaban haciendo los preparativos en lo que llegaban los demás.

– Fede: háblale a Alfonso que no se le vaya a olvidar que es ahora al güey. Voy a poner unos cortes new york pa' que el pendejo ya pueda decir que los ha probado y no no'mas las pinches flechas de puro nervio que se come, de lo que desecha el carnicero. – alegó con chunga pues Alfonso es un tipo que se aprecia de tener finos gustos en cuanto a carros, ropa y vinos pero que le entra con singular alegría al chicharrón de puerco y a la música ballenata.

– ¿Poncho? Habla Fede, ¿qué onda? Oye ¿vas a venir?… órale, aquí te esperamos… no, no hace falta que traigas nada, aquí Marcelo y yo vamos y compramos todo… sí, de lo que sea, aquí nos repartimos la cuenta y te decimos de a como nos toca… ¿algo en especial que vayas a querer, algún corte?… – En eso Federico suelta tremenda carcajada… – A ver güey, deja pongo el altavoz, espera… ¿qué decías, que si traíamos qué?… – Y por el auricular con sonido deficiente del aparato se alcanzó a escuchar que decía:

– Unas flechitas compadre, unas flechitas ahí te encargo.

– La guasa no paró por un rato entre los presentes de la irónica puntada, pero se hiso todavía más grande cuando al regreso de traer los comestibles y bebestibles para el festín, Federico y Marcelo contaron lo que en la carnicería las sucedió:

Llegaron a la carnicería y, estando parados frente al mostrador, Federico, alzando el dedo índice, en forma flemática y arrogante se dirige al empleado carnicero cual lord inglés diciendo: "maestro, deme usted por favor el mejor y más selecto corte de carne que tenga"; sin haberse percatado casi de su presencia, un menudo hombrecillo harapiento, detrás de ellos, presto se acomide a sugerir: – ¡unas flechitas compadre, pide unas flechitas!.

A la mesa los amigos convidaron de la tradicional parrillada con algunas guarniciones también del asador: penca de nopal bien cocida a la brasa, con queso Chihuahua derretido y salsa de molcajete con chiles toreados, o con trocitos de chistorra, unas cebollitas cambray con limón y por su puesto los gruesos cortes new york (que no flechas): venían bien marmoleados, salieron chorreando jugo y agarraron un sabor supremo con el humo del carbón de mezquite; y desde luego helada cerveza para acompañar.

– Camaraditas: muchas gracias a todos por venir, no saben cómo me siento de bendecido por tantos y tan buenos amigos que tengo. Esta oportunidad de trabajo que me ofrecen en Los Cabos me duele tomarla porque creo que estoy dejando lo que verdaderamente me importa que es mi familia de la que ustedes son una parte. Independientemente que esté lejos, se que ahí estarán y no es como si me despidiera para siempre así que por eso no me agüito, sencillamente ahora nos veremos más a menudo.

– Camaradita. – Dijo Marcelo. – Ya sabes que cuentas con nosotros… para caerte de gorra a tu casa para no pagar hotel, así que más vale que tengas siempre el refri lleno de cheve y unas pieles listas por si te caemos de sorpresa.

– ¡chin camaradita! Qué lástima que te nos vas – agrega Raúl. – Justo cuando empezábamos a hacer nuestro

moto-club: Arnoldo, Federico y yo lo empezamos a formar y tu irías a ser el cuarto integrante pero ahora te nos vas.
– ¿A si? ¿Y cómo le piensan poner?
– Yo digo que "Los Demonios" pero estos maricones dicen que mejor nos llamemos "Los Camaradas Bikers"
– ¡Camaradita! Pues claro que mejor "Los Camaradas Bikers", así siempre nos hemos referido unos a otros, además tiene mucho sentido, ¿Qué la amistad no es uno de los valores más importantes del biker? O dime ¿cuándo nos hemos dicho "he demonio, pásame una cheve"?
– Bueno camaradita ahora que estés en Los Cabos y te compres una moto por allá, abres el capítulo Baja California Sur de Los Camaradas Bikers. – Si güey, el club de un solo pendejo, no quiero saber si me la hacen de pedo los de otro moto-club.
– Aquella noche cenaron y bebieron contando las anécdotas de algunos viajes que habían hecho, como el de la vez aquella que "el veinticuatro" (apodo que le daban al amigo de Raúl, Arnoldo y Federico por su afición a la tomada aludiendo a ser un te-por-ocho) los invitó a rodar a Nuevo Laredo y lo que sucedió al regreso. Federico hacía el relato con comentarios de Arnoldo y Raúl al resto de los presentes.
– El domingo pasado nos fuimos estos güeyes y yo con un cuate que conocimos allá por Linares. El bato nos invitó a que fuéramos a Nuevo Laredo y desde temprano le dimos por la autopista. Llegamos, cruzamos al otro lado, compramos algunas cosas y nos regresamos por la libre. Ahí veníamos cuando antes de pasar la cuesta, estaba una cola larguísima de carros y trailers parados, entonces nos adelantamos y nada, pues que había un accidente y los federales estaban acordonando el tramo. En eso el Veinticuatro nos dice "síganme yo sé por donde nos podemos meter a la autopista sin pagar".

– A mi no me pareció nada buena la idea de aquel güey pero ahí vamos de pendejos a seguirlo – irrumpe Raúl y continúa Federico:

– total que nos regresamos unos kilómetros y veo que el veinticuatro se sale de la carretera y se mete por una brecha.

– Arnoldo agrega: – ¿Cuál brecha? ¡Era puro monte! Muy apenas pasaba un cuatro por cuatro y nosotros metiendo las motos.

– ¿Y luego qué pasó? – pregunta Vicente y Federico prosigue.

– P'os ahí venimos bien despacito entre las piedras: el veinticuatro adelante, luego Arnoldo, después Raúl y yo al final. Íbamos subiendo por el camino escarpado, a lado de la autopista y en eso que veo a Raúl que se le empieza a ir de lado la moto y ¡riata! Que azota con todo y la moto; de volada me paro para ir a ayudar a este güey y Arnoldo y el veinticuatro de pedo también se paran y se regresan.

– ¡No mames! ¿y qué te pasó Raúl?

– donde sentí que se me empezó a ir de lado, que pego el brinco y dejo caer la moto, de buenas no me pasó nada pero la moto si se raspó.

– Luego para brincar la cuneta fue otro pedo, ya se nos andaba cayendo Arnoldo también. Todo por hacerle caso a aquel camarada. – Nada nos costaba habernos esperado o regresarnos hasta la caseta y pagar la cuota – Concluye Arnoldo.

A la mañana siguiente luego de aquella tertulia, Vicente partió en avión a las paradisiacas playas donde se unen el Pacífico y el Mar de Cortez, hacia su nuevo trabajo, nueva casa, nuevos amigos; su nueva vida. Mientras, los recién formados Camaradas Bikers harían de las suyas y quién sabe si después, en un futuro rodarían los cuatro.

# CAPÍTULO 4

# BIENVENIDO AL MOTOCLUB

Era uno de esos domingos especiales para salir a rodar por la mañana, solo alguna que otra nube errante como pincelazos brincaba en la bóveda azul; la carretera juega entre los cerros verdes y el vallecito: hace una recta luego se esconde en una aperaltada, sube y desciende, pasa sobre un rio verde; perfumada de zacate fresco y gobernadora. Entra luego al pueblo: ahora es el humo de mezquite a lo lejos, la tierra mojada de la calle que salió a regar la doña y el pan de elote. En el merendero Raúl y Arnoldo esperan a Federico que se quedó atrás.

Arrimaron unas sillas de plástico a la típica mesa de lámina con logotipos de alguna marca de cerveza que ya casi se habían borrado por el uso y el tiempo; cuando en eso entró Federico y se sienta junto a ellos. Pidieron un machacado con huevo y frijoles con chorizo, acompañados de tortillas recién hechas de harina y maíz, salsa con chile piquín y café.

– Me llegó la invitación para ir al evento de aniversario de los Calacos negros, parece que va a ser en una quinta por aquí cerca ¿se apuntan a ir? Dice Federico.

– Yo si quisiera ir. – Dice Arnoldo. – Necesito saber cuándo es para salir con mi esposa unos días antes y me pueda ir sin que me la haga de jamón, así ya no va a tener pretexto para reclamarme; pero cuenta conmigo.

– Es de este fin de semana al otro, hay donde acampar y un hotelito cerca, igual nos vamos desde el sábado y nos regresamos el domingo.

– Yo nada más tengo que dejar terminada una investigación que necesito entregar para el lunes que sigue, si lo acabo para ese día y no sale alguna urgencia, yo también voy, si no, me tendré que quedar a jalar el fin de semana pero creo que sí la hago. Por la familia no hay bronca, igual el próximo fin me los llevo al parque de diversiones y para el otro fin ya estoy libre; siempre y cuando acabe la chamba esa como te digo, camaradita. – Dijo Raúl.

A las dos semanas después de aquella rodada, tal como lo platicaron, acordaron de verse en su usual punto de reunión el sábado a las ocho y media de la mañana ya con el tanque lleno: Arnoldo fue el primero en llegar con no más de cinco minutos de retraso, Federico vino a llegar diez minutos después, pero Raúl arribó pasadas las nueve de la mañana. Le esperaban acompañados de un café y una dona. Para no variar, tampoco habían cargado gasolina; solo Federico había tomado la previsión acordada por lo que sin más remedio hubieron de llegar a la gasolinera que está pasando el puente para echar combustible y así fue.

Raúl tenía por costumbre llevar su Sporster a toda la velocidad que le permitía el motor, al igual que Arnoldo con su Virago. Ambos aman ir con el acelerador a fondo exigiéndole a sus máquinas la máxima capacidad, aun a sabiendas que no tienen las propiedades de una motocicleta deportiva como para llevar ese ritmo. No así Federico, aunque de inicio busca mantenerse en grupo, de rato desiste de perseguir a Arnoldo y a Raúl, quienes se han despegado ya muy adelante; y opta como siempre, de bajar su paso a unos 120 km/hr pues es así como disfruta realmente del camino.

Don Ricardo "la rana" algún día llegó a decir entre pláticas con Manuel y sus otros amigos: – Cada quien disfruta de esta actividad a su manera y eso se respeta: hay quienes disfrutan la calma de una rodada sin estrés y el placer del paisaje, otros aman la adrenalina y la emoción de la velocidad; pero cuando se trata de hacerlo en grupo, se debe tomar conciencia en que no vamos solos y buscar la unidad en muchos sentidos.

Los límites de velocidad están por algo y lo están para evitar accidentes. Son determinados pensando en el conductor en general (y aun así ocurren los accidentes). Desgraciadamente en México no hay una cultura responsable de manejo y mucha gente (tal vez la mayoría) no respeta esos límites de velocidad. Esa inmadurez que tenemos los mexicanos para tomar el volante da por resultado que se nos impongan límites que sean a penas "seguros" ¿qué pasaría si los límites fuesen más altos? Tal vez anduviéramos de todos modos a la velocidad que nos da la regalada gana ¿o sentiríamos restricción de violarlos en proporción del número en el señalamiento, cuando lo único que nos hace preocuparnos es ver una patrulla delante?

No somos un país donde la gente sepa conducir, que además respete la velocidad limite del carril en el que va y hasta donde haya carriles para ir a muy alta velocidad, así que por un lado tenemos amenazas potenciales al volante y por lo mismo, aunque tengas la pericia y responsabilidad para manejar rápido estarás infringiendo la ley. La laxitud con que se respetan los límites cuando no hay un oficial a la vista, puede ser que te permita extender la aguja del velocímetro hasta donde hagas el viaje a tu gusto pero te hace volverte tu propio enemigo cuando no sabes controlar y medir esa velocidad independientemente de que los demás harán lo mismo.

Decir cuál es la velocidad correcta es tan subjetivo como qué es lo que debe mezclarse con el alcohol y es que las bebidas alcohólicas se combinan con una cosa solamente. La respuesta a eso es: con lo que se nos dé la rechingada gana. La velocidad correcta es entonces con la que más disfrutes el viaje y te sientas seguro. Pero así mismo, si vamos a ir más allá de la velocidad que marcan los límites en las carreteras, autopistas y avenidas, no debemos olvidar que no deja de ser una infracción a la ley y es responsabilidad de cada quién obedecerlos.

— La quinta era de uno de los miembros de los Calacos negros: estaba plagada de frondosos nogales, había también una pequeña alberca con agua limpia con unos cuantos camastros alrededor, una palapa de concreto bien equipada con asador que ya despedía el suculento aroma de la carne y el humo de carbón de mezquite para cuando llegaron Los Camaradas Bikers. Una consola con grandes bocinas amenizaba con música regional norteña: redovas y corridos muy a la sazón de las fiestas rurales.

Se pidió a los participantes una cooperación para cubrir la gastronomía pero lo que habrían de tomar cada quién, correría por cuenta propia: Arnoldo que se distanció de Baco hacía ya tiempo, solo llevó un par de refrescos, Federico echó en sus alforjas dos six de cheve (más que suficiente para él mismo) pero Raúl, se aprovisionó de su acostumbrado potingue: un licor de dudosa procedencia presumiblemente mezcal, que se vendía a quince pesos en "elegante presentación" de bote de PET desechable.

Entrada la noche, a Raúl se le ocurrió una "brillante" idea:

– Camaraditas yo no vine aquí a estar sentado, me voy a dar un roll, aquí hay puro tornillo. Sin que se ofendan camaraditas, está muy chida la fiesta pero yo traigo ganas de rodar un rato y de ahí irme pa' la casa.

– Camaradita: yo te sigo, vámonos a un pueblito que está aquí cerca, la carretera está bien chida y tiene bastantes curvas. – Dijo Arnoldo, quién por aquella ocasión aceptó de las cervezas que le compartió Federico y un poco del mezcal de Raúl por lo que ya andaba también a tono; solo Federico había estado tomando tranquilo para no embriagarse mas que únicamente acompañar la velada con agua de malta.

– Camaraditas: mejor vamos a quedarnos, aquí estamos chupando muy a gusto ¿para qué le rascas los huevitos a Satanás? Ya andamos medio pedos y no tiene caso salir a rodar a esta hora, mejor que tal si nos quedamos y mañana en la mañana vamos a rodar a donde dice Arnoldo, luego llegamos al merendero y nos echamos unos tacos de machacado temprano.

– No sea mariquín, camaradita. Vamos, ándale al cabo no ha de estar lejos, si no pues ¿a qué venimos? Vamos, vamos – Dijo Raúl subiéndose ya a la moto quien evidentemente era el más intoxicado, Arnoldo no se quedaba atrás por mucho pero Federico que ya empezaba a preocuparse de la necedad de sus amigos, perdió el ligero estado etílico que tenía y recobrando casi por completo la sobriedad insistió.

– Camaraditas: yo se que ustedes manejan muy bien pero ya a esta hora peligro te sale una vaca saliendo de una curva, no la vas a ver y ahí quedas. Aquí la fiesta esta a toda madre, igual al rato y traen algunas teiboleras que nos bailen. – Sofisma que compuso pensando que les convencería de cejar en su empeño. Arnoldo ya también sobre su Virago dijo.

– Camaradita si no traes ganas, no hay bronca, nosotros ya de aquí nos vamos pa' la casa igual nos hablamos mañana, tú no te apures. Raúl y yo nos vamos tranquilos al cabo es aquí en corto.

– ¡qué tranquilos ni qué tranquilos, ustedes manejan como si trajeran un cuete en la cola! Voy con ustedes porque no se me hace onda dejarlos ir así como andan ¡canijos!

– Y los tres se arrancaron; como era de esperarse, Raúl y Arnoldo desaforados atacaban una y otra curva seguidos de cerca por Federico que venía empecinado en no perderles de vista. Las manos sudadas, los ojos bien abiertos, estrés en la sangre. No quería ni imaginar si uno de sus amigos perdiera el control y saliera volando por una curva... ¿y si hay un bache o una zanja? ¿O arena suelta o una mancha de diesel? ¿Y cómo le haré? ¿Habrá señal de celular aquí por si tengo que llamar por ayuda? ¿Con que cara le voy a decir a las esposas de estos güeyes que no pude evitar que se fueran a rodar como andaban de pedos si algo malo les pasa?, Dios no me oiga. – En aquellos pensamientos venía el buen Federico que no veía la hora en que sus amigos se detuvieran sanos y salvos: amargo el trago, amarga la angustia, cual si no se la deseara a nadie estar con el Jesús en la boca viendo a sus entrañables amigos al filo de la navaja... Pero eso sí, aquellos dos locos ebrios, gozando cual demonios en una bacanal, se regodeaban en su frenética carrera. Seguro que la providencia escuchó a Federico, quien suspiró de alivio cuando dejó a sus ebrios amigos en sus respectivas casas ya tarde por la madrugada, jurándose que no volvería a rodar con ellos, al menos no bajo esas circunstancias.

No pasó mucho tiempo antes de que Federico buscase otros compañeros de carretera, otros cómplices de aventuras, alguien con quien rodar sin presiones ni angustias, un club bien organizado donde sentirse respaldado y se conduzca bajo un código de manejo responsable y valores. No era que Federico desdeñase a sus amigos, simplemente no comulgaba con su forma de rodar. Don Ricardo tenía razón: que cada quien maneje como se le dé la gana pero a la hora de ir en grupo, la unidad es fundamental. No es solo cuestión de ir más rápido o más despacio, es cuestión de que la rodada sea agradable para todos. Tal vez es dejar el egoísmo un poco a un lado (que no debe darnos trabajo) y entender que nuestra forma de rodar puede incomodar a quien se supone viene a compartir una rodada agradable con nosotros. De eso se trata la unidad, pero para que no nos cueste mucho trabajo, lo mejor es buscar un grupo donde rueden como tú, bajo el mismo concepto de disfrutar el motociclismo. Si ya uno no tolera rodar en grupo, hacerlo en solitario no tiene absolutamente nada de malo, precisamente ese puede ser un gusto por rodar.

Tocó la casualidad que un compañero de trabajo de Federico pertenecía a uno de esos grandes moto-clubes con presencia en varios estados de la república. Le invitó a una reunión, a un par de rodadas y pronto se convirtió en miembro de Los Oráculos. En una pequeña ceremonia

de aquellas reuniones del club, Federico recibió los
emblemáticos parches que pronto pegó a su chaleco y
chamarra con entusiasmo pues ya pertenecía a un gran
moto-club donde hiso grandes amistades.

Entre tanto, Vicente seguía su vida en un lugar entre
el majestuoso azul del Pacífico, del Mar de Cortez y
un desierto pletórico de cardones; volvía a su ciudad
natal de cuando en vez, en especial durante las fiestas
decembrinas, ocasión que no desaprovechaba para ver a
sus amigos además de su familia.

– ¿Cómo ve camaradita Vicente? Fíjate que Federico nos
cambió a Arnoldo y a mí por una parvada de mariquines
porque aquellos son un montonal de gente y nosotros
no'mas tres gatos ¿qué anda haciendo allá? Aquí seremos
poquitos pero bien unidos, no tendremos página ni
organizamos eventos grandes pero aquí era un fundador
ya luego seremos miles.

– Por eso se hacen los chismes, Raúl. A mí lo que me
contó, fue que ustedes le meten muy recio y luego agarran
una guarapeta y la verdad es que yo lo entiendo.

– Bueno eso dice él, pero a fin de cuentas si quiere rodar
con otros no hay bronca, hemos sido amigos toda la vida
y aquí tiene las puertas abiertas, no'mas que ahora nos
llamamos Los Demonios y cuando tengas tu moto serás
demonio también, es más, tu ya eres demonio honorario.

– Muchas gracias camaradita, ya veremos mejor en su
momento.

– Por su parte, Federico platicaba de las bondades que
había recibido a lo largo de casi un año de rodar con Los
Oráculos, aunque últimamente habían pasado por algunas
desavenencias con algunos compañeros.

– Federico: creo que en toda relación humana es utópico
pensar que nunca habrá problemas, es de lo más normal
que tengamos diferencias pero igual se arreglan, hablando
se entiende la gente. Mira ya ves que onda con Arnoldo

y Raúl. Les hubieras dicho que no te gustaba rodar como ellos y todo en paz.

– Eso les dije pero no me quisieron entender, si ellos quieren ir hechos madre y ponerse bien pedos, es muy su gusto, lo respeto pero mí no me gusta y no quiero andar batallando. Pero bueno, acá andando con Los Oráculos es diferente: por ejemplo tienen sus preceptos publicados en su página (aunque a algunos les valga madre), hacen eventos con fines de caridad, si tuviera un accidente, tendría mucha gente que a lo mejor ni conozco pero que me apoyaría, por ejemplo: la vez pasada andábamos en Piedras Negras y a uno de nosotros se le fregó el alternador, nos pasaron el teléfono de un cuate que ni conocíamos del club pero que allá vive, le hablamos y de volada llegó con una camioneta para trepar la moto y llevarla a un taller. No, y vas a los eventos y es bien padre que volteas y ves chingo de raza con tu mismo parche; conoces mucha raza bien buena onda con los que platicas a toda madre y son buenos cuates. Lo malo es que hay también unas fichitas de pela'os de baja calaña ¿No crees que a unos les vale madre miar en la calle ahí delante con el chaleco puesto sabiendo que vienen señoras y chavas con algunos compañeros? Y excuso decirte el léxico de carretonero que se cargan, digo, acá entre la raza no hay pedo, pero ¿qué les cuesta un poco de respeto frente a las chavas? Ya puse mi queja con el comité nacional y el local, les dije: ¡he! ¿Pues qué no están ahí los estatutos? ¿Qué no es esto un ambiente familiar? ¿Qué van a decir cualquiera que nos vea con el logo del club? ¿Que somos todos unos gañanes?

– ¿Y qué te dijeron? – Los del comité nacional, la mayoría me mandaron al cuerno, que estaba yo pendejo, que cada quien es libre de hacer lo que le venga en gana y ni que los preceptos del club fueran los diez mandamientos, que si no me gustaba, que me fuera al carajo; unos pocos dijeron que yo tenía razón pero igual no hicieron nada.

Solo el presidente de aquí y unos cuantos más, están de acuerdo y nos vamos a salir a la fregada y hacer otro moto-club. Pero ahora si vamos a escoger bien a la gente que entre y aplicar unos lineamientos para llevar la fiesta en paz. Nos llamaremos El Pueblo Maldito.

— Vicente dejó la ciudad para volver a su trabajo en Los Cabos ¿quién no iba a disfrutar de vivir en aquellos parajes surrealistas y playas desoladas? de tequila por la noche y surfeo por la mañana. Añorando volar por aquellas carreteras sobre un corcel de acero como a muchos que veía, pero la oportunidad no se dio, al menos no por aquel entonces.

Pasado el tiempo y extrañando el terruño, hubo de volver a su ciudad natal con el propósito de que no pasaría mucho tiempo antes de que se hiciera de una motocicleta y hacer el recorrido por la Baja California entera.

*         *         *

— ¡Federico qué gusto de verte! ¿Cómo has estado? Te encuentro algo repuestito ¡he! Ya hace casi un año que no te veo ¿Qué dice la chamba? ¿Todavía sigues con aquella novia?

— De la chamba bien, Chente, ahí la llevo, no me puedo quejar, la novia la dejé hace un par de meses pero ando saliendo con otra ¿Y tú? ¡Vienes negro güey! Pareces lancherito, camaradita; andabas vendiendo cocos y moviendo la pancita ahí en la playa ¿verdad? ¿Qué tal Los Cabos?

— Bien a toda madre güey, estos últimos años para mi fueron como vivir de vacaciones casi, pura vida; todo es más relajado: Salía de la chamba y me iba a la playa surfear, Los fines de semana me iba a veces a La Paz que es una ciudad hermosa; las carreteras, no puedes creer lo hermoso de los paisajes, el pueblo de Todos Santos, los antros, todo está muy chido pero la verdad es que después de un tiempo te empiezas a hartar, todo es extremadamente caro y quieras que no, uno como quiera extraña la casa y los amigos.

Vale la pena ir eso te lo aseguro. Tengo un par de camaradas bikers allá de que a la hora que sea nos vamos a recorrer la baja. Ya tengo un ahorrito suficiente y a ver si en estos días me acompañas a checar algunas motos. Igual y en unos meses nos vamos pa'llá ¿qué onda jalas o te enclochas?

– Yo estoy puesto, no'mas vamos viendo las fechas y nos lanzamos.

– ¿Qué onda con los del Pueblo Maldito? ¿Qué dice tu raza?

– Pues fíjate que no muy bien ¿te acuerdas que una racita de los Oráculos se salió junto conmigo? Elegimos de presidente a un tal Damián, ahora resulta que se cree la mamá de Tarzán: está bien que haya un líder porque a huevo tiene que haber una cabeza si no, es un pinche desmadre y cada quien agarraría pa' su lado, pero este cuate se pasa de lanza a veces, se pone a querer dar órdenes y no'mas quiere que vayamos para donde él dice y muchos lo siguen como quiera.

– ¿Dictadorcito el güey?

– Haz de cuenta. Luego hicimos una colecta para ayudar a un camaradita que tuvo un accidente ¿y no crees que se quedó con lana el cabrón? Eso ya no me gustó y le entregué los parches a la fregada

– No pues de que los hay, los hay. Camaradita, por lo que he visto que has andado de un club para otro, lo que puedo decir es que: por un lado es muy bonito sentir el apoyo de un grupo y el sentimiento de pertenencia, que algunos tienen nobles propósitos sociales, cuando no la mayoría su propósito es juntarse a rodar y a chupar, pero por otro, lo malo es que si no estás con las personas indicadas luego se vuelve un enjambre de insidias; o igual podrás juntarte con muy buenos camaraditas pero lo conviertes en club o no hay una buena química para rodar y hasta la amistad sale raspada.

Creo que hay que ser muy cuidadoso para elegir los compañeros de un moto-club y eso se basa en que haya una buena convivencia dentro y fuera del camino: podrás tener unos hermanos leales hasta la muerte pero si a la hora de rodar, no se ponen de acuerdo, eso va a tronar; y si tienen igual una forma concordante de rodar pero luego acá afuera se dan por debajo de la mesa pues eso tampoco funciona. Si vas a meterte a una organización cualquiera que esta sea, es importante, y te das cuenta en la calidad de personas que son, si son coherentes de lo que dicen con lo que hacen. Vaya, si se dicen ser una bola de gandules: si te juntas con ellos, pues allá tú sabes o esperas que vas a andar en el desmadre. Pero si presumen de tener ambiente familiar, lo que esperarías es que tengan valores y puedas llevar a tu novia o familia. No dudo que haya moto-clubes de todo tipo, solo hay que encontrarlos. Así que lo mejor es conocerse antes de entablar una relación, porque igual puede ser que tú tampoco seas una joyita y digas ser quien no eres, debe ser parejo.

– Tienes razón camaradita. A mí me gusta rodar en grupo y tener mis camaraditas con quien salir a rodar, ya tengo un grupito de amigos con los que me junto y lo padre de todo es que no estamos atados a que hay que ir a las juntas, ni lidiar con que si dejar entrar a alguien al grupo o no, cuando queremos salir, nada más nos ponemos de acuerdo, nos hablamos, hacemos plan y listo. El que quiera venir bien, el que no, también, si alguien no me gusta como rueda o se pone necio o no me cae, pues ya no'mas no salgo con él y san se acabó.

Tengo muchos amigos que he hecho rodando, seguro que conservo muchas amistades en los Oráculos y en los del Pueblo Maldito. Tampoco me voy a enemistar por culpa de otros o por diferir en la forma de pensar y claro que cuando nos vemos nos da gusto y sé que a la hora que los necesite ahí van a estar como yo para ellos.

– Está bien eso, me gusta la idea porque a fin de cuentas son tus camaradas, y si preguntan ¿Qué con quién te juntas a rodar? Pues con mis camaradas bikers, ¿y cómo se llaman?: Vicente, Federico, fulano, mengano y perengano.

– Sí güey, todavía falta ver si me gusta rodar contigo, hasta ahora ni moto tienes y ya te estás apuntando ¿cómo sé yo si no eres otro Arnoldo o Raúl o si vas a venir a vuelta de rueda?

– Ya sé, bueno ya lo veremos, ya lo veremos.

# CAPÍTULO 5

# ENCENDIDO Y VÁMONOS

Buenas tardes, hablo para pedir informes de la moto que viene anunciada en el periódico.

– Perdone usted ¿Cuál de ellas?, es que tengo anunciadas varias.

– La Kawasaki roja.

– Ah sí, es la Vulcan Custom modelo 2000, máquina 800 c.c., trae sus alforjas, no tiene golpes, viene con su factura y pedimento de importación y estoy pidiendo $45,000.

– Me parece bien ¿y de refrendos cómo anda?

– Falta solo pagar el último.

– Okey ¿y dónde puedo pasar a verla?

– La calle es Río Guadiana número 1604 colonia Pedregal de sabinos: yendo por la avenida Loma, pasando la gasolinera, camina tres cuadras y voltea a la derecha, esa es Rio Guadiana.

– Muy bien, yo paso en la tarde.

– Perdone ¿cuál es su nombre?

– Vicente Estrada ¿y el suyo?

– Mariano Arueya.

– Gracias, por ahí paso como a las cuatro.

– Camaradita Raúl ¿qué onda cómo te va? Habla Vicente.

– ¡Qué ha'bido chente! Muy bien ¿y tú qué haciendo?

– Nada, aquí ando checando algunas motos en el periódico y quiero ver si me puedes acompañar a checar unas que tengo vistas.

– Claro que sí camaradita, pero depende a qué hora, si ando libre de consultas, cuenta con ello.

– Ya hablé a varias y quedé de ir a ver algunas a partir de las tres. ¿Tú cómo andas?

– Bien, nada más voy a comer a la casa y paso por ti. ¿Ya le hablaste a Federico? Él le sabe bien a la mecánica y te puede ayudar.

– Ya le hablé pero va a estar ocupado si no, que con todo gusto venía. Como quiera yo ya sé más o menos que revisarle. – Okey, bueno pues ahí te caigo como a eso de las dos y media.

– Sale.

– Bay.

– Raúl fue a pasar por Vicente a casi ya las tres de la tarde, iban platicando animosos recordando la vez aquella que fueron a la agencia. Por obvias razones Vicente se sentía emocionado pues estaba cerca de realizar sus anhelos y entrar de lleno al mundo del motociclismo pese a la desaprobación de su padre quien en su parecer, se oponía a la afición de su hijo mas no se apesadumbraba por haberle dado ese ejemplo, sentía que había puesto su cachorro a jugar con una máquina mortal, pero su crio ya era grande y esperaba confiadamente que aunque haya desatendido su petición de alejarse del motociclismo, seguiría sus consejos para llegar salvo a casa y eso le hacía por lo menos un poco menos angustioso.

Los ciclomotores son aparatos muy versátiles, vienen en muchas formas y estilos para diferentes propósitos dependiendo de los gustos y necesidades de cada usuario: las hay ligeras, otras veloces, otras cómodas, o potentes; sensuales, divertidas y útiles. Motos para el monte, para carreras, para viajar, para trabajar o simplemente para ser admiradas. En el mercado hay tantos modelos como estilos: desde las motos utilitarias, las cuatrimotos, las enduro; hasta las turismo, las deportivas; incluso las trikas (o trikes) de tres ruedas por mencionar solo algunas. Sin olvidar, claro está, las crucero a las que muchos mal llaman "choppers" pues las choppers y las crucero no son lo mismo: el término "chopper" y "bobber" provienen de las palabras "to chop" y "to bob" respectivamente, que en inglés significan cortar. Sucede que desde antes de los sesentas, los motociclistas les cortaban y quitaban piezas para hacerlas más ligeras y veloces, y así nacieron las Bobbers: motocicletas de marca hechas en serie o ensambladas artesanalmente y personalizadas quitándoles todo aquello de lo que se pueda prescindir para reducir el peso y aumentar la velocidad. Con ello vino la idea de además, alargar la horquilla delantera, luego instalar una llanta más delgada adelante y una más ancha atrás y esas son realmente las choppers; pero ya que la mayoría de las bobbers y choppers provienen de la modificación de una crucero, popularmente ahora se le dice "chopper" a cualquier cosa parecida. Incluso hoy en día, algunas marcas han sacado modelos con la horquilla alargada, y las llantas de forma similar a las chopper, y seguirán siendo crucero pues en honor a los primeros bikers que en sus cocheras crearon ese arte, a estas no se les ha cortado nada.

– Arnoldo ya vendió la Virago ¿Sí sabías?

– Sí Raúl, algo me había comentado.

– Ahora anda viendo lo de comprarse una deportiva. ¿Ya ves que aquél le encanta también ir hecho madre? Pues ahora quiere algo más de su estilo. La Virago le dio buen servicio y no estaba fea pero no era lo suyo ¿Tú ya sabes bien lo que quieres? Porque lo primero que tienes que pensar es ¿para qué la quieres?: si es para andar en ciudad o carretera, o para agarrar monte o si es para las dos cosas ahí están las doble propósito. Si vas a hacer viajes muy largos donde necesites llevar mucho equipaje e ir bien cómodo, te conviene una turismo, claro que no son lo ideal para andar en ciudad por lo grandes y brozosas pero tampoco quiere decir que no se pueda. – Yo tengo claro que voy por una crucero: es el estilo que me gusta y aunque pienso viajar mucho, le voy a poner unas buenas alforjas.

En la que sigue das vuelta a la derecha, aquí vamos a ver la otra, es una Kawasaki Vulcan, el pela'o me la describió bien, vamos a ver cómo está.

– Mariano salió a recibir al comprador y su amigo, enseguida les abrió la cochera donde tenía guardada la susodicha Vulcan junto con una motoneta muy bonita y una CBR 600 c.c. verde fosforescente preciosa. La sacó a la calle y al dar un pequeño piquete a la marcha, se escuchó el retumbar del motor y serenándose poco a poco de la súbita primer combustión, comenzó a ronronear como un rítmico galope de caballo.

En su vida Vicente había comprado una motocicleta pero había visto a su padre hacerlo en varias ocasiones así como comprar algunos carros, y tenía alguna noción, básica pero suficiente y comenzó a pasarla por su escrutinio:

Ruido extraño como de metales en los cilindros. – No

Humo visible por los mofles. – No

Golpes en la horquilla, rines, manubrio o tanque señal de alguna caída. – No, solo algunos rasponcillos leves en la pintura.

Sistema eléctrico de luces, direccionales, indicadores en el tablero, etc.– Todo en orden

La batería. – No presentan sarro las terminales

Llantas.– A más de medio uso, esas si ya hay que cambiarlas

Cadena. – No se le nota mucho desgaste pero ya tiene media vida pues la marca del ajuste se ha movido hacia atrás.

Fugas aparentes de aceite del motor o de anticongelante. – No, se ve relativamente limpio

En general la moto se veía bien y se escuchaba bien, ahora una prueba de manejo:

Los cambios entran bien, el clutch no se siente aguado y la palanca no tiene juego.

No se siente vibración alguna ni se va de lado, ¡eso es muy importante!

Los frenos, como deben: sin rechinidos y sin necesidad de bombear. El freno de atrás se siente como que le falta un poco de ajuste, ha de ser porque el dueño anterior estaba algo pasado de peso y al subirse, la horquilla se estira y eso hace que se frene, por ello lo traía ajustado a su peso pero no será problema.

Acelerador. – corre libremente

Suspensión. – parece ser que ya necesita mantenimiento.

Ella era la que le llamaba sin duda, no era perfecta pero cumplía las expectativas y estaba dentro de presupuesto, solo faltaría ver su situación legal antes de tocar el tema de la negociación.

– Me dices entonces que falta el último refrendo ¿no?

– Así es, y hay que renovar tarjeta de circulación y placas como la compré para venderla y no la muevo, mejor en el cambio de propietario que se haga el trámite. Del pedimento de importación y la factura aquí están los originales.

– Bien pues déjame checarlo. – Dijo Vicente mostrando artificiosamente desinterés para comenzar a negociar.

– A penas ando viendo motos y esta es la segunda, una Honda Shadow Aero 750 que vimos hace rato me gustó mucho y al rato voy a ver una Suzuki Intruder 800. – Evidentemente Mariano era un vendedor con colmillo, así que las imberbes argucias de Vicente no le valdrían de mucho. Sabía cuando un comprador estaba prendido y no dejaría ir la venta.

– Pues como gustes, ayer vino un chavo que le gustó mucho y quedó de que entre hoy y mañana me traía una lana en señal de trato y que para el lunes me traía el resto pero no ha llegado, igual al primero se la lleva.

– Vicente se quedó pensando por un instante, no sería tan ingenuo como para creer ese cuento de primera instancia ¿Pero y si fuera cierto? ¡Qué más da! Si me gusta la moto ésta. Pero a penas es la segunda que veo ¿y si la Intruder está mejor? La Shadow está muy buena, aunque ésta es más vieja pero me gusta más.

– ¿Cómo la ves Raúl, qué te parece?

– No sé camaradín, tú sabes.

– ¡Mmm'ta madre! ¡Valiente ayuda de este cabrón! Pa' eso lo traigo, algo que hubiera dicho me hubiera sido útil: si como negativa para ayudarme a bajarle el precio a este otro güey o en aprobación de perdido para animarme... bueno, a lo mejor no lo hiso para no confundirme. – Pensaba Vicente, sintiendo como que no tendría ya muchas armas para negociar y dijo:

– Bien, y así con ganas de hacer el trato de una vez, dime ¿Cuánto sería lo menos? Ya para llevármela rodando. – Era justo lo que Mariano quería oír y con eso le daría el tiro de gracia, tenía el as bajo la manga y un margen con el que podía jugar y hacer sentir al cliente que había hecho un excelente trato sin mermar su utilidad.

– Mira pues ya lo menos son cuarenta y dos quinientos.

– Traigo aquí los cuarenta y dos exactos, ¿Cómo ves, los tomas? – ¡Trato hecho!

\*                         \*                         \*

¡Por fin es viernes! Una larga semana de trabajo llegó a su fin, el peso de las horas acumuladas gota a gota se descarga al levantarse del escritorio y salir de la mazmorra, libre. El tan anhelado viernes por la noche se alza con una luna llena roja en el horizonte de la ciudad, es la Rapsodia en azul [9]: caos de la hora pico, hileras kilométricas de luces rojas y blancas, el monstruo hace gala de su sinfonía de cláxones; el pasivo alboroto que desaparece lentamente en cuestión de horas. De pronto la

---

[9]    Rapsodia en azul: melodía compuesta por George Gershwin para piano solo y banda de jazz, escrita en 1924

presión arterial de la urbe baja de ritmo, a un vals de neón y concreto, la cálida briza suave corre irreverente.

Por ahí de las diez de la noche, los camaradas van llegando al bar "la Kura" propiedad de Marcelo, que se ha convertido en la guarida oficial, el sonido tiene a Metallica en el ambiente y mientras en la mesa de siempre platican de los nuevos juguetes.

– ... ¡este güey no decía nada! No'mas "tú sabes camaradita" al menos hubieras dicho que la otra estaba mejor, chance y el bato se bajaba más. – Platicaba Vicente el suceso de su nueva adquisición en tono de guasa a los presentes: Marcelo, Arnoldo, Federico y Raúl.

– Güey, se me hacía buena moto pero como te veía indeciso, no quería confundirte y que se te fuera la oportunidad. Lo bueno es que ya compraste y Arnoldo también ya se hiso de una rila pero o'ra una deportiva ¿verdad?

– Sí Camaradita. Es una Yamaha YZF modelo 97. Me salió muy buena y corre a madres. A ver si el domingo nos vamos tempranito a rodar al merendero.

– Si güey, no'mas que ustedes siempre quieren ir a raja madres y ahora ni Raúl te va a alcanzar a ver, las motos de nosotros son pachorras. – Alega Federico.

– Le damos calmado un rato, luego de regreso ya le metemos Raúl y yo ¿cómo ven?

– Me parece bien, nada más que no he comprado casco todavía. A ver si consigo uno mañana. Digo, está con madre andar sin casco, la sensación es más natural y tiras más crema, pero la verdad, no me da mucha seguridad andar con la cabeza pelona.

– Justo lo que acabas de decir, has de cuenta que ponerte casco es como usar condón: claro que se siente mejor y "tiras más crema" pero es como jugar a la ruleta rusa: en una de esas acabas en el hospital o de plano ya no la cuentas.

Mira: tú no te preocupes camaradita, yo mientras te presto uno abierto que tengo, otro día vas y consigues alguno que te guste. Como quiera, cuando lo compres, asegúrate que sea de los que vienen certificados, por ejemplo, los que traen el sello que dice DOT, son aprobados por el departamento de transporte gringo, o cualquiera que diga que pasó por estándares contra impactos, esos son los buenos. Los otros son de adorno como para andar en bicicleta, en un accidente no te van a servir ni para juntar los pedazos de ceso.

– Okey, ¿y sabes qué? le quiero comprar algo de equipo para traer en la cajuelita y las alforjas; quiero meterle un estuche de herramienta pequeño, con lo básico, tú sabes: unas pinzas, desarmador de puntillas, rach y dados, llave perica, navaja y llaves allen. Ah! y una linternita.

– Conviene que traigas también unos cinchos, no sabes lo útiles que son, igual un tramo de cable, fusibles, y tú que traes espacio, si puedes una cruceta y un inflador de llantas en bote pero que sea de los que son para cámara. – Agregó Federico.

– Yo siempre traigo además unos lentes tranparentes o amarillos de esos que te venden en las ferreterías, porque si traes casco abierto y no traes windshield, de repente se te puede hacer de noche y así no tienes la bronca de que se te meta una basura o un bicho en el ojo. – Comenta Raúl.

– Yo que casi no tengo espacio más que una mini-cajuela para algo de herramienta, siempre llevo una red elástica por si tengo que amarrar algo y también cargo con un poncho. – Mencionando eso Arnoldo, Federico le alburea:

– cargas al poncho detrás, ¿verdad, liandro mugroso?

– No repartas lo que te toca camaradita. – Contestó siguiendo la guasa.

Marcelo que había estado atendiendo a otros clientes, se desocupa para acercarse a convivir con sus compinches por un rato. – A mí me gustan más como la moto de

Arnoldo, se me hacen más bonitas, aunque como la que se compró Vicente está chingona. Un vecino anda vendiendo una Suzuki Hayabusa 2005 pero yo no la quiero para ir hecho madres: a unos 120 – 130 para mi creo que está bien.

– Cada quien camaradita, mientras andes a gusto tu, que te valga madre los demás. – Dijo Arnoldo.

– ¿Y ya le compraste seguro?

– No he conseguido, las aseguradoras no quieren asegurar motos importadas o que no pasen de tal modelo o cilindrada, y esta pelón; ni el de responsabilidad civil consigues, ¡imagínate que le des un tallón a un meche!

– Luego te paso el dato de un cuate que sí te la asegura, tú no te apures por eso. Pero si te recomiendo que no andes sin seguro, a parte porque traes asistencia vial. No te vaya a pasar como un cuate que atropelló una viejita que se sintió atleta olímpica atravesándose en medio de los carros por una avenida de de seis carriles ¡y que le toca a este güey! Donde le sale al paso, delante de una camioneta (que ya mero se la echa) ya no la pudo esquivar.

– ¿Y qué le pasó?

– Nada grave, porque hasta eso no venía muy rápido: a la señora unos chichones en la cabeza, al cuate un esguince en un pié y a la moto, el manubrio doblado y raspones leves; el casco le salvó de romperse la maceta pero aunque solo se le ve un raspón, una vez golpeado, ya no sirve. Lo que sí, que ha sido la vieja más cara que se ha echado este güey; ya ves como es la gente de abusiva: aunque ella tuvo la culpa por atravesarse a lo pendejo y a ochenta metros de un puente peatonal, aquí en México hay leyes pero no hay justicia y aprovechándose de eso, el esposo lucrando con el accidente de la señora, una tal Francisca Hernández, le bajó una lana al camarada; aparte de lo que tuvo que pagar de corralón y reparaciones a la moto.

– ¡qué gacho!

– Sí, como quiera el bato organizó una rifa y como tenía muchos amigos en varios moto-clubes, lo ayudaron y se alivianó muy bien.

– Sale entonces ¿qué onda el domingo? – Preguntó Vicente a lo que Arnoldo contesta:

– Nos vemos en el punto de siempre, a las ocho y media, paso por ti, como a las ocho y cuarto ya con el casco porque me queda de pasada y de ahí al punto.

– ¿ocho y media normal u ocho y media hora biker? Porque ves que siempre salimos por lo menos media hora después de lo acordado, sobre todo porque "alguien" llega tarde y "no voy a decir nombres" para no quemar a Raúl.

– Alegó Federico con sorna, de lo que a Raúl no le quedó más remedio que sonrojarse.

– Está bien mariquín, te prometo que llegaré temprano ahora.

– Vamos a ir a un lugarcito que está en Allende Nuevo León, como eres el nuevo, te vas en medio: que Arnoldo y Raúl se vayan adelante, yo me voy hasta atrás y así veo como manejas. Te recomiendo que no tomes café o mucho líquido antes porque te vas a ir miando todo el camino y no nos vamos a parar, nada más vamos a echar gasolina antes de salir y de ahí hasta que lleguemos.

Antes decíamos que llegáramos al punto ya con el tanque lleno, pero si acaso solo uno que otro lo hace, así que si a uno le falta, como quiera nos vamos a parar, mejor de una vez. Pero si llegas con el tanque lleno, mejor.

– Sale, así le hacemos.

– Una razón por la que el motociclismo atrae tantos hombres independientemente de la magia que existe detrás de las emociones, es que les da un espacio propio, un escape: del trabajo, de los compromisos, incluso hasta de la familia; cuando no, muchos la aprovechan precisamente para salir con la esposa, la novia o alguno de los hijos. Es versátil porque si a la conyugue no le gusta, sin problema, el motociclista puede salir a disfrutar su hobby en un horario adecuado y prácticamente así, evita tanta soflama de la enfadosa consorte que demanda su presencia para: llevarlas de compras, a ver a la suegra, o ir al ballet, cosa que no le permitirían otros pasatiempos. Pero si por el contrario, el motociclismo aficiona a la compañera, pretexto se vuelve para el convivio y la unión familiar al grado que se dan casos en que exigen el paseo semanal o su propia motocicleta.

El domingo por la mañana es por antonomasia el horario más solicitado para rodar pues da la oportunidad para quienes tienen compromisos familiares, de hacerse de su espacio y volver al hogar temprano, independientemente, claro está, que hay menos tráfico de autos y tráileres. Si a ello le agregamos lo popular que es para los motociclistas de la región noreste, la carretera 85 entre los estados de Tamaulipas y Nuevo León, por su cantidad y amplitud de carriles, calidad del asfalto que recibe buen mantenimiento, su interesante trayecto de rectas y curvas, y sus paisajes; aquello es una multitud de equinos de acero multicolores que pasan rugiendo de allá para acá.

Cual novia de rancho, esperaba Vicente a Arnoldo en la puerta desde el filo de las ocho: no quería ser el que quedara mal en su primera salida en grupo con sus viejos amigos. Se puso un pantalón de mezclilla, su chamarra nueva de cuero, unas botas de trompa de marrano que tenía y lentes de sol. Arnoldo no se caracterizaba precisamente por ser impuntual, así que en aquella quieta alborada desde lo lejos de una manzana, poco más, se escuchó el zumbar fino y agudo de un motor 600 c.c. que venía bajando cambio para luego acelerar nuevamente en la última cuadra y acallarse a unas decenas de metros antes de la casa de Vicente.

– Buenos días camaradita.

– Buenos días Chente ¿ya listo?

– Listo, monta'o y arma'o.

– Toma, aquí tienes el casco, creo que te va a quedar bien.

-... Pues ni mandado a hacer, parece que es de mi talla, muchas gracias.

– No ¿de qué? Qué bueno que te queda, es más, ya es tuyo.

– ¡oh pues muchas gracias camaradita! ¡Qué detalle! Está muy chido la verdad, gracias.

– De nada camaradita, tiene poco uso y no trae piojos, lo compré cuando traía la Virago pero para andar en esta, le va más el casco cerrado a parte que te protege mejor, aunque ese te sirve muy bien. Bueno vámonos de una vez para esperar a aquellos maricones que de seguro van a llegar bien tarde.

– Y así se fueron al mentado punto, al que llegaron justo a la hora pactada y tal como Arnoldo vaticinara, hubieron de esperar a sus otros dos compinches; mas no por tanto esta vez como pensaban, sobre todo por Raúl: Federico llegó solo diez minutos tarde, como era de costumbre pero esta vez, Raúl les sorprendió llegando a tan solo quince minutos de la hora pactada, lo cual era ya de festejar. – ¿Y o'ra, te caíste de la cama? – Dijo Arnoldo irónico, y en el mismo tono, Raúl replicó:

– ¡mm'ta madre! Si llego tarde, pues porque es tarde, si temprano, porque es temprano, si me tiro un pedo, porque me tiro un pedo; ¡nadie les da gusto!

– Técnicamente como quiera llegaste tarde, pero ya no te diremos nada, con que hayas llegado ahorita se te agradece.

– Bien, pues si ya están todos listos ¿qué tal si nos arrancamos? – Deliberó Federico. – Cargamos en la gas de siempre que está a la salida y fuga.

– Arnoldo y yo los esperamos allá.

– Sale pues.

– Y a esa sazón, encendieron motores. Como afinando instrumentos antes de empezar una sinfonía, sin orden particular, anuncian su partida con pequeños acelerones:

un barítono aquí, un grave ahí, otro barítono de pronto y un contratenor acá. Rugidos sordos de diferentes tonos y uno que otro bramido revolucionado llenan la calle y se alejan... se alejan.

La carretera nacional 85 entre Nuevo León y Tamaulipas es, por como se dijo antes, un plácido recorrido; claro que en ciertos horarios lo es más que en otros, pues es de gran importancia para las poblaciones por donde pasa, que en algunos tramos se llega a hacer muy transitada pero no al grado de congestionarse. Solo se debe tener cuidado normal de algunos vehículos que puedan ir a muy alta velocidad pues por ser amplia vía en algunos tramos, la velocidad se siente menos.

En esta carretera se encontrarán con sitios interesantes en todo su trayecto que va desde la Ciudad de México hasta Nuevo Laredo pasando por Estado de México, Hidalgo, San Luis Potosí, Nuevo León y Tamaulipas. Ya sea sobre la misma vía o a una breve desviación, lugares atractivos para conocer hay muchos pero por ahora solo se mencionarán los del tramo anteriormente citado pues así la historia lo refiere.

Saliendo de Ciudad Victoria rumbo al norte, se ven los verdes campos de labor a uno y otro lado de la carretera. Al decir el kilómetro 19, puede uno desviarse por la carretera 48 donde a 12 kilómetros se llega al poblado cuna del mítico personaje: el Filósofo de Güémez [10]. Prosiguiendo por la 85, cruza el rio Corona pasando sobre un romántico puente de estructura metálica; más delante se encuentra el Barretal: aquí hay varias pequeñas fondas donde paran, traileros y otros viajeros a comer; lo típico de aquí que es el pollo asado. Llama particularmente

---

[10]   Filósofo de Güémez: Personaje que expone el pensamiento lógico y sencillo de la gente rural, en especial de los pueblos del noreste de México. Su historia ronda entre el mito y la leyenda.

la atención un pequeño establecimiento llamado "El Árbol" cual precisamente se encuentra a la sombra de un inmenso árbol junto a la carretera, tiene mesas al aire libre y ofrece comida típica regional. Ahora que si gusta del coctel de camarón, más delante, antes de pasar por Progreso Tamaulipas y antes de cruzar una vía férrea, hay unos puestos para satisfacer ese antojo.

A 38 kilómetros de El Barretal se encuentra Hidalgo Tamaulipas y si uno se puede desviar 22 kilómetros, llega a la iglesia de la virgen del chorrito que debe su nombre a un salto de agua próximo al pintoresco poblado, junto a la presa Pedro J. Méndez, todo oculto entre cerros que en ocasiones acarician las nubes.

El siguiente tramo es de 75 kilómetros de Hidalgo a Linares Nuevo León, poco antes, se divisa estoico el cerro Pilón de la Sierra Madre Oriental, a lo lejos de unos prados; la parte más cercana es al pasar por Mainero que da la bienvenida a los que vienen de Nuevo León y despedida a los que de Tamaulipas salen.

Linares Nuevo León es propiamente una ciudad. Tiene el desarrollo y servicios que así la caracterizan: restaurantes de varios tipos, hoteles, etc. Más no ha perdido la esencia de un pueblo; por sus calles tranquilas del centro se ven aun las fachadas antiguas de sillar junto a otras más actuales, su plaza principal típica frente al palacio de gobierno y catedral de San Felipe estilo colonial del siglo XVIII. En contra esquina de ésta, se encuentra el museo de Linares que ocupa una construcción del mismo estilo y época el cual vale realmente la pena visitar.

Para pasar un agradable fin de semana de verano, alejado del calor, Linares ofrece parques recreativos con albercas, asadores, toboganes, juegos infantiles y áreas verdes: el centro recreativo "El Nogalar" es uno de ellos; está sobre la carretera federal 31 o av. Niños Heroes a la que se llega tomando el libramiento y luego virando al sur en el señalamiento que dice Sn. Roberto – Matehuala.

Lo que sin duda atrae muyo de Linares es la presa José Lopez Portill "Cerro Prieto" que cuenta con palapas, asadores y baños y es uno de los embalses más atractivos para la pesca deportiva en el estado. Para llegar ahí, debe uno desviarse aproximadamente 18 kilómetros rumbo al nororiente.

Continuando por la 85 y del tramo Linares a Santiago Nuevo León que es de 95 kilómetros, pasaremos por el municipio de Hualahuises y más delante por Montemorelos que al igual que Linares, le da a uno la opción de entrar y conocer o tomar un libramiento y seguir derecho. Montemorelos tiene una plaza principal bella y amplia, con su palacio municipal que de noche iluminado se ve precioso; su kiosco e iglesia típicos. Aquí bien vale la pena subir las motos a la plaza y tomarse algunas fotos. Y si de cultura se trata, el municipio cuenta también con un bonito museo que se encuentra seis cuadras al oriente de la plaza principal sobre la calle Simón Bolivar, en un predio que le rodea de áreas verdes y frondosos árboles.

Prosiguiendo por el mismo sentido, hacia la capital del estado, la carretera es escénica, igual como hasta este punto, pues va entrando al cañón del Huajuco entre rectas y serpenteantes curvas trazadas al compás de la orografía. Pasa por sobre otros ríos como el Blanquillo y el cristalino Ramos, con sus enormes sabinos ribereños y que están antes de pasar por Allende. La carretera atraviesa el poblado. Hay que echar de ver que tiene incontables negocios bien exhibidos: agencias automotrices, mercados, bancos, farmacias y restaurantes: de tacos, de pollos asados, de comida típica regional, hasta hay por ahí uno de mariscos muy bueno. Donde es muy recurrido por los motociclistas es una cafetería en una construcción con pronunciados techos inclinados y mesas en una terraza desde donde se admira plácidamente la sierra lejana. Los personajes de la historia han decidido parar en un modesto lugar por ellos algunas veces frecuentado; se trata de un simple sombreado de lámina junto a la carretera en el kilómetro 232, propiedad de una señora con una magia en las manos para preparar un machacado con huevo digno de reyes: servido abundantemente (y no exageraciones), le agrega chile piquín a gusto del cliente, o si bien puede pedir de guarnición unos frijoles con chorizo casero o ricos tamales, acompañado con café recién hecho y sin faltar las tortillas de harina y maíz.

– Buena la rodada ¿he? La carretera casi sola para nosotros y mucha raza en moto. No recuerdo haber andado a esta hora por acá pero valla que se ve el pasadero. – Advierte Vicente.

– Sí, ya incluso para esta hora muchos van de regreso, otros todavía se van poniendo de acuerdo a donde ir y uno que otro todavía está con el culo pa'rriba. – Comenta Federico.

Terminada la manduca, Arnoldo sugiere ir a la presa "la Boca" Rodrigo Gómez a pasar un rato y saludar otros amigos bikers que ahí suelen juntarse. El lugar está a 21 kilómetros al noroeste sobre la misma 85 en el municipio de Santiago Nuevo León: es una llano popular como una playa de tierra y una calle pavimentada donde la gente convive con familia y amigos: algunos dan un paseo en lancha o a caballo, otros tan solo paran su vehículo a escuchar música y tomar algunas cervezas que encuentran en depósitos a lo largo de la calle por donde se entra y sale; también hay aquí varios restaurantes de pescados y mariscos uno más bueno que el otro. Los motociclistas y el público en general de la región, hacen el viaje hasta aquí solo para degustar frente a las aguas de la presa: el robalo, el huachinango o los camarones preparados de diversas formas: empanizados, al mojo de ajo, a la mantequilla, a la diabla, etc.

Dice Raúl: – Luego vamos, antes de regresar, quiero llegar a comprar unos panes de elote, salsas y miel a 5 kilómetros, en Los Cavazos ahí adelante, antes de irnos.

– Los Cavazos es un área comercial muy popular de puestos a ambos lados de la carretera donde la gente compra sobre todo: muebles, decoración para el hogar, plantas, macetas y otras artesanías de barro y cerámica; también abundan los restaurantes de comida regional donde se sirve estilo bufete y los puestos de alimentos artesanales típicos como los que Raúl llevó a casa.

# CAPÍTULO 6

## ALFORJAS LLENAS

No pasaron muchos meses antes que Vicente hubiera de recorrer algunas de las carreteras más trilladas del Noreste de México, algunas veces en compañía de "Los Demonios" (el "gran" club de Raúl y Arnoldo), otras formando parte los "numerosos" camaradas bikers (o sea él y Federico), y/o con algunos otros moteros que fue conociendo, incluso hasta solo. Rodó por los estados de Tamaulipas, Nuevo León y Coahuila, desde Torreón hasta Matamoros; pero de ello se contará más adelante.

Los viajes nos hacen crecer como personas, alimentan el apetito de vivir y al hambre del nómada interno, holandés errante, insaciable de nuevos horizontes. No apetece al pusilánime sedentario: Al colono le dan nausea y al pionero le satisface, y es que las odiseas se sufren y se gozan, unas más de uno y menos de lo otro pero no hay periplo que no nos deje algo aunque sea callos en los pies. Y si por azares la aventura salió a mojicones y no de perlas como se planeaba, al final de tanta epopeya, del trasiego y cansancio del resultado de una travesía infortunada, el nómada a ultranza responderá: "bien, me fue bien".

Las andanzas que a continuación se narran no serán de aquellas extenuantes odiseas heroicas acuñadas a golpe de tragedia ni martirio, no hubo huracanes que hicieran naufragar venerables propósitos, ni si quiera llegó a llovizna mata-polvo y sus propósitos fueron muy remotamente distantes de conquistar nuevos mundos. No será ni por poco una travesía gloriosa enmarcada de sucesos airosos e infortunios, salvo uno que otro pequeño. No es tampoco un cuento retórico, si no, más bien pretenden contar el placer y la diversión de recorrer algunas carreteras de México sobre un acerado alazán de dos ruedas, compartiendo, como en el capítulo anterior, algunos datos de olores y colores, de lugares que enriquezcan el viaje ya si algún día pasa por ahí usted, mi querido lector, o les visite en el imaginario escape. Poco pasaban de las ocho de la noche de un día ordinario entresemana, cuando Vicente recibió de improviso a Federico en su casa, salió a recibir a su amigo que llegó en su carro.

– ¿Qué pasó mi Fede, qué te trae por aquí?

– Nada, fui a ver cómo va lo del relevador que se me fregó de la moto, por aquí cerca y dije: deja la caigo a este güey y le doy de una vez esto que traigo aquí. – Y sacó del bolsillo de su chamarra un objeto tintineante de bronce de menudo tamaño: era una pequeña campana que colgaba de una cadenita como llavero.

– Es para que se lo cuelgues a la moto.

– ¿colgarlo a la moto? Gracias pero ¿Qué decoración es esa para una moto? ¿Qué sigue después, un molcajete?

– No güey, es una tradición, más que un adorno.

– A ver ¿cómo está eso? – Inquirió con cierta curiosidad.

– Se dice que los gremlins de los caminos son unos duendes que sabotean tu moto. En sí, la leyenda viene de los pilotos aviadores ingleses de los años veintes, cuando se les descomponían los aviones sin razón aparente, decían que era culpa de estos seres. Supuestamente descomponen toda clase de máquina por travesura pero el tintineo de la campana los ahuyenta. Según tradiciones orientales, quedan atrapados en el hueco de la campana y hay quien dice que los baches se hacen cuando caen y es ahí donde se esconden. – ¡ha sí! Ahora me suena una escena de la vieja película "Dimensión desconocida" [11] y un capítulo de "Bugs Bunny". – El caso es que es un amuleto que se le da a un amigo como una forma de desearle que le vaya bien. Hay quienes traen una cruz como Raúl.

---

[11]  *Twilight Zone: The Movie,* película de 1983 producida por Steven Spielberg, cuarto episodio remake del capítulo *Nightmare at 20,000 Feet*

– Mi papá también traía un crucifijo que le había dado un ex federal de caminos.

Bueno pues muchas gracias por el obsequio camaradita, con gusto se la voy a colgar.

Fíjate que me habló mi exjefe de Los Cabos, quiere que me vaya para allá a ayudarle con un proyecto y luego que nos vayamos a Mazatlán de donde es él a ver lo de otra chamba y estoy pensando irme en la moto.

– ¡Qué buen viajecito! ¿Y cuando te vas?

– No sé exactamente, parece que hasta marzo de este año que viene, pero la próxima semana vuelo para allá a ver primero cómo está el asunto y regreso una semana después. ¿Cómo ves si en el inter te dejo la moto para que no esté parada? Ahorita que tienes la tuya en reparación usa la mía unos días.

– Muchas gracias Chente, pero por una semana sin moverse no creo que le pase nada, malo cuando tiene más de un mes, pero con todo gusto le doy su paseada.

– Gracias a ti y cámbiale la campanita a tu moto porque parece que ya no sirve.

\*                      \*                      \*

– Estaba Vicente terminando de comer unos ricos tacos de camarón en algún puesto de los muchos que se encuentran en las calles de Cabo San Lucas cuando recibe una llamada al celular de su amigo Federico

– ¿Qué pasó mi Fede, cómo estás?, ¡qué gusto recibir tu llamada ¿Cómo va todo por allá?.

– Pero Federico no parecía estar tan animoso de hablar, más bien se le oía algo apenado.

– Bien camaradita, pero por lo que te voy a decir no creo que te dé tanto gusto.

– Y cambiando a un tono algo alarmado y preocupante Vicente prosigue: – ¿Qué pasó camaradita? ¿Estás bien?

– Sí, todo bien, no te preocupes, solo que tuve un pequeño accidente con tu moto.

– ¡No la friegues! ¿Pero no te pasó nada? – No güey, yo estoy bien, gracias, pero tu moto...

– ¡¿Mi moto?! ¿Qué le pasó a mi moto? No la hagas de emoción ¿Qué pasó?

– Tranquilo, déjame que te cuente: no te alarmes, tu moto está bien, solo quería contarte lo que pasó porque me da un chingo de pena y me moriría de vergüenza si supieras antes que yo te lo diga. Resulta que ayer jueves en la noche, salí a ver a una amiga y decidí irme en tu moto, luego, como todavía era temprano me pasé al bar de Marcelo a saludarlo un rato y que me ofrece un litro de "copa de nada", y yo dije "bueno", uno no'mas, me lo acabo y me dice ¿otro?, y bueno, al cabo que no sabe a nada. Me sentía normal, completamente sobrio, como si hubiera tomado pura agua. Me lo termino y me ofrece otro, pero ya no quise, ya se estaba haciendo tarde y mejor me fui. Andaba como si nada, tú sabes que si yo me mareo un poco ahí dejo la moto guardada y agarro un taxi.

Yo no sé qué fregados le echó el Marcelo que me sentía sobrio y que me arranco... pero a las veinte cuadras ¡En la madre! Que me empiezo a marear bien gacho.

– ¿Y luego?

– No pues de güey que no me puse el casco porque al cabo ahí está cerca de la casa, pero me empecé a marear tan gacho que mejor me paré frente a una tienda de conveniencia a ver si se me bajaba el pedo, pero luego me empecé a quedar dormido y dije: "no, más vale que me vaya si no, aquí amanezco encuerado y sin moto", que me vuelvo a subir y a darle. Hubieras visto: ahí venía haciendo eses por la avenida, los carriles se me movían de un lado para otro. Total que bajé por una calle, la que da a la casa por atrás, pero de pronto... que me viene la vasca y echo toda la guácara arriba del tanque de repente en pleno movimiento, y que me voy de hocico con todo y moto: yo para un lado, la moto para otro, todo güacareado. De pronto me despierto todavía de noche:

yo tirado a media calle y la moto como a tres metros, no supe ni cómo la levanté ni cómo llegué a la casa, solo me acuerdo que levanté unas cosas que se cayeron y que traía guácara en la frente. Luego en la mañana me levanté con tremendo dolor de cabeza, en eso me doy cuenta que no había sido vómito si no sangre de un chichón que me había salido. Con la cruda de lo que le haya pasado a tu moto, bajé corriendo a ver cómo había quedado y nada, solo fue un espejo lo que se quebró, fue eso lo que recogí del suelo. Ya le compré unos nuevos pero de ahí, ni un rasguño.

– Riendo a esta historia Vicente contestó. – Ay camaradita tú no te preocupes, lo importante es que estas bien, los fierros como quiera, que bueno que no pasó a mayores, ya me habías preocupado como al güey del loro. Lo que estuvo mal es no haberte puesto el casco, ni si quiera cuando te paraste frente a la tienda ¿pues qué estabas pensando?

– No sé, pero juro que no vuelvo a tomar, no sabes el susto que me di, esa madre que me dio Marcelo es puro veneno, no sientes nada hasta que de pronto te pega el aire. No sé cómo le hace Raúl. Pero bueno, te pido una disculpa camaradita, estoy muy apenado.

– No te apures, lo bueno es que estás bien.

– ¿Y qué onda las cosas por allá? ¿Siempre si te vas a hacer los proyectos que te dijeron?

– Fíjate que sí Fede, ya tenemos fecha para marzo pero como ahorita no tengo trabajo voy a aprovechar para venirme desde antes porque dos amigos me están invitando a que los acompañe a echarnos el recorrido por toda la baja en moto: irnos desde los Cabos hasta Tijuana, ida y vuelta ¿Cómo la ves?

– ¡No mames, qué fregón! ¿Y a poco te vas a llevar tu moto desde aquí?

– ¡A huevo! ¿Ni modo qué? Está bien largo el trayecto pero al cabo falta mucho para marzo y no llevo prisa así que me la voy a echar calmado, descansando y conociendo despacio.

– Va a estar bien fregón Chente.

– Sí: cuando regrese el lunes te platico cómo va a estar el plan. – Bueno, estamos platicando, cuídate.
– Igualmente, bay.

\*                    \*                    \*

Como cada viernes por la noche, la pandilla se encontraba reunida en la Kruda, hacía algo frio pues corría el mes de enero. Federico contaba cómicamente, con lujo de mímica y ademan lo que le había pasado con la moto de Vicente.
– ¡Pinche Marcelo tú tienes la culpa! Esas "copas de nada" que das son una bomba de tiempo, yo salí de aquí como si nada.
– Pero si yo te vi que ibas sobrio, si he visto que andabas pedo, aquí metemos la moto al bar y te vas en taxi. En el último de los casos, por experiencia te recomiendo que si te sientes pedo y tienes que manejar, lo más fácil, es que tomes bastante café o de esas bebidas hidratantes o por lo menos un litro de agua, eso hace que vayas al baño y expulses más rápido el alcohol.
– Se me hace que lo de la campanita sí funciona. – Agregó Vicente con harta chunga. – Porque se te subió lo duende, por eso la moto te expulsó y dejaste un bache en medio de la calle ¡pinche duende borracho! Hasta te hiso el exorcismo y guacareaste como poseído
– ¿Ves? ¡Para que veas que si jala!, te protege a ti y a la moto. Con todo y que se me subió bien gacho, me pudo haber ido muy mal y no me pasó prácticamente nada, ni a mí ni a la moto. Lo bueno es que ya comprobé que funciona para que te puedas ir seguro hasta los Cabos.
– Hablando de seguros; de una vez te paso el dato de la aseguradora que te dije. – Agregó Arnoldo. – Son Tohme Consultores y están en Torreón Coahuila. Yo tengo mi cobertura "MotoSegura" que me resuelve cualquier problema que llegue a tener, desde accidente, descompostura, robo, lesiones y hasta seguro de vida para el conductor.

Los planes están bastante accesibles y ellos se encargan que estés protegido en todo el país. Además aseguran equipos importados, nacionales y a monto fijo por todo el contrato, lo que le da mayor valor a tu moto. Su teléfono es (871) 193 30 30 o busca su página web: www.tohmeconsultores.com. No importa que las oficinas estén allá, tú mandas tu papelería, haces el pago de la póliza depositando en el banco y te mandan la póliza por paquetería a tu casa.

– Muchas gracias Arnoldo mañana mismo lo contrato.

– ¿Y ya tienes todo listo para el viaje? ¿Cuándo te vas a ir siempre?

– El viernes de la próxima semana si Dios quiere y si esta bueno el clima, porque está pronosticado que para el lunes entra un frente frio, no'mas espero que para el viernes se quite. En cuanto a la moto, ya le metí afinación y está lista. También ya planee la ruta: mi plan es llegar a Mazatlán vía Guadalajara y de ahí tomar el ferri que va a La Paz, luego de ahí, son dos horas a Cabo San Lucas. El plan es llegar allá el diez de febrero porque la idea es acompañar a dos camaradas que tengo allá, hasta Tijuana, que van a la cita del consulado a sacar la visa una semana después más o menos. Entonces quiero una semana para llegar a Mazatlán, conociendo Zacatecas y Guadalajara, luego quedarme en Mazatlán unos días, después tomar el ferri para salir de Cabo por ahí del diez de febrero con aquellos cuates y llegar a Tijuana tal vez en un par de días; luego, regresarnos despacito para ir conociendo a fin de estar en los Cabos a finales de febrero para la chamba; después ya veré cuándo me regreso para acá pero por la ruta de Durango.

– Está muy bueno el viaje, vas a regresar patizambo de tanto que vas a andar horquetado ¡Cómo nos gustaría ir contigo! – Aseveró Arnoldo

– Pues si gustas, yo te puedo acompañar un tramo de aquí a Zacatecas para que no te vayas solo todo el camino. – Dijo Raúl.

– Por supuesto que me gustaría camaradita ¡faltaría menos! Y si alguien más se apunta, por favor.

– ¡Qué más quisiera yo! pero yo sigo sin conseguir el fregado relevador que ya va para un mes de que lo pedí y sigo con la moto parada.

– Bueno, como quiera luego habremos de hacer una rodada larga. – Concluyó Vicente.

El meteorólogo del canal acertó esta vez, predijo que el mal tiempo vendría y se estacionaría por toda la semana y a fe que así fue: el cielo era gris y no paraba la llovizna, las temperaturas no subían de los diez grados y hubo madrugadas que llegó al punto de helada; nada agradable ni conveniente para emprender la odisea. El asfalto era una pista de patinaje y sin necesidad de padecer la desagradable meteorología, la fecha de partida se pospuso hasta el augurio de un día más propicio, así que la empresa se aplazó para los próximos días esperando que el oráculo del clima (que algunas veces acierta y erra en otras) predijera la salida del güero y acertara en ello, y ¡vaya que no hubo errata, por increíble que parezca a muchos! Se decía que para el lunes siguiente, primero de febrero, el cielo se despejaría pero que al día siguiente volvería a entrar otro frente frio, por tanto la oportunidad debía tomarse sin postergarse un día más pues ello modificaría todo el plan de viaje. Efectivamente, el lunes ya no llovía ni lloviznaba, el cielo no del todo nublado dejaba pasar el sol y calentaba un poco. La noche previa, Vicente y Raúl se prepararon por si el vaticinio del clima fuese correcto o cercano al menos, acordaron la hora de la salida: si todo salía bien, a las ocho de la mañana de la casa de Vicente, por estar hacia el rumbo de la salida.

Las maletas en la puerta, las botas y la ropa de usar ese día listas en la silla junto a la cama y el casco. Por la mañana Vicente hiso el último recuento de aparejos y fue metiendo en las alforjas lo que en ellas cupo y lo que no, habría de irse amarrado con la red de malla. Un cereal de desayuno con fruta y listo esperó a Raúl en la puerta, quien al cabo de las ocho y media se presentó.

Con calurosas bendiciones se despidió de su familia entre besos y abrazos, le desearon un buen viaje pidiéndole que no dejara de mantenerse en contacto. Con el cielo entre soleado de la mañana aun un poco fría, partieron sin más coloquio.

Al tomar la autopista que va a Saltillo ahorraron tiempo, no es más interesante que la libre pues no tiene curvas pero si crestas y bajadas entre la serranía, y un pavimento de primera. Por aquel día una parte de aquella ruta se cubrió de una espesa niebla: a medida que tomaban altitud, de venir desde el valle hasta la altura de la caseta, la atmósfera ya no era igual: de cielo semi-nublado kilómetros atrás pasaron a una niebla densa embancada en la sierra, el vapor frio humedeció el pavimento y todo lo envolvía en una bruma azul surrealista, como de un sueño que no dejaba ver más allá de sesenta metros, solo un par de luces amarillas intermitentes se veían perdidas a la distancia, mas de pronto y más breve que como apareció, salieron de la espesura como quien sale de una casa, a no más de dos kilómetros de diferencia la nube quedó completamente atrás antes de llegar a Ramos Arizpe, sobre las tierras de Coahuila de Zaragoza.

Saltillo es una moderna ciudad pero con mucha historia, tiene una vialidad amplia y sin muchas complicaciones, cuenta con interesantes atractivos.

La ruta fue por la carretera 54: el paisaje hasta Concepción del oro (o "concha de loro", mal dicho por algunos) es de inmensas planicies desérticas salpicadas de yucas que sobresalen del chaparro, lejanos lomeríos coahuilenses juegan en el horizonte; en la frontera con San Luís Potosí, la carretera atraviesa uno de estos lomeríos entre un par de curvas que se mecen suaves. A partir de aquí se divisan pocas yucas pero florecen magueyes de pronto, la belleza de este desierto es apacible. Al pasar por la entrada a Concepción del oro se hace una amplia curva de donde sale un camino hacia el poblado, en este punto hay un motel con un modesto restaurante muy agradable y limpio donde preparan excelentes desayunos no mejores que un delicioso cabrito que sirven.

Para entonces, del desayuno de cereal no quedaba ni el recuerdo y siendo todavía hora de almorzar, Raúl y Vicente pararon en dicho establecimiento gastronómico. Raúl pidió unos chilaquiles con pollo que vinieron muy bien servidos con bastante salsa y queso, junto con un café y Vicente se empacó una orden de paleta de cabrito en salsa, con sus frijoles y jugo de naranja, pues le vino en gana al verlo en el menú.

Antes de salir rumbo a Zacatecas, hubieron de recargar los tanques de gasolina. A partir de este punto el paisaje cambia de cariz: ya no hay yucas ni magueyes, ni lomeríos ni cerros esparcidos en el horizonte, solo un plano y aun más árido desierto animado por uno o dos papalotes perdidos de algún ranchito desolado. La carretera es larga, recta, su única curva se la da la curvatura de la tierra, parece infinita al perderse en el horizonte lozano como el mar y más allá. Es de 4 carriles, amplia pero cansa, se vuelve tediosa, muda, no se verá ni un poblado si no hasta 156 kilómetros más adelante, pero la gasolinera más próxima se encuentra hasta un kilómetro después, es decir, a los 157 kilómetros de Concepción del oro. Fue aquí desde donde Vicente Estrada continuó su recorrido a solas hasta Los Cabos, Raúl debía volver de manera que se despidieron deseándose buen viaje los dos.

34 kilómetros más adelante se encuentra otra gasolinera en el poblado de Villa de Coss, luego de ahí, a 55 kilómetros más de recta está el poblado de Morelos Zacatecas, posteriormente unos pinares frente a unas parcelas color terracota dan la bienvenida a la ciudad de Zacatecas cuyo centro histórico se encuentra a aproximadamente 19 kilómetros.

Venía Vicente por este trayecto cuando al pasar por unas vías del ferrocarril, por traer su equipo de sonido muy alto de volumen y por no llevar bien amarrada una mochila, esta cayó sin darse cuenta hasta que un automovilista le alcanzó y le hiso señas. Al principio no entendió pero cuando sintió la falta del volumen que hacía detrás de él, de inmediato paró y volvió, pero fue demasiado tarde, un "honrado ciudadano" no tardo ni perezoso, dio cuenta del botín y "peló gallo". De la pérdida no hubo mucho que echar de menos: desodorante, cepillo, pasta de dientes, un par de calzones balaceados, una guía de mapas de carreteras nueva; pero lo que sí le causó gran lamento fue una navaja suiza bastante gorda de cachas negras que llevaba. Por fortuna la cámara la había sacado para tomarse unas fotos cuando se despidió de Raúl y la guardó en otro sitio.

En viajes anteriores descubrió que la opción de alojarse en un hostal a diferencia de en un hotel regular es más interesante y sin duda más económico en la mayoría de los casos, pues aunque ciertamente en los hoteles hay más privacidad y se tienen más comodidades, los hostales dan la oportunidad de conocer y convivir con gente de otras culturas: jóvenes en su mayoría que recorren el mundo con mochila en hombros. Los llamados "backpaquers" que encontramos en México son por lo regular extranjeros que aprovechando los costos tan accesibles de los hostales, pueden conocer muchos sitios y ciudades y si a ello se le agregan la ventaja de la divisa, encontramos que gran provecho les sacan. Es una pena que no se dé aquí la cultura del hostal: por vergüenza o por el estigma tal vez de que son sucios, la gente se pierde de viajar y conocer este país pudiéndolo hacer con bajo presupuesto, sin saber que son establecimientos limpios, bien atendidos, con servicios como cocina donde preparar alimentos, internet, locker, habitaciones privadas, etc. y sobre todo que por su esquema de compartir las instalaciones, propician la experiencia de hacer amistades o tan solo de socializar si se desea. Y es tan amigable generalmente el ambiente de un hostal entre los huéspedes que el respeto no se ausenta.

Zacatecas ofrece una amplia variedad de opciones para el alojamiento: hoteles de varios tipos y algunos hostales como el Hostal Villa Cassot donde Vicente hiso su reservación con tiempo. La ubicación es verdaderamente privilegiada, pues está en el corazón del centro histórico, a espaldas de la catedral y tan solo a unas cuadras del mercado, la plaza de armas y el teatro Calderón, mimetizado entre los callejones. El ambiente es bastante acogedor pues el edificio es de esas construcciones que conservan la esencia histórica de las casas antiguas, pero perfectamente acondicionado, con un cibercafé, lavandería, una estancia tipo lounge en un mezzanine para ver televisión, dos cocinas bien equipadas: una en planta baja y otra en el último nivel junto a una espectacular terraza que es lo mejor de todo, desde ahí se divisan majestuosas las cúpulas de la catedral y los cerros en derredor de la ciudad.

Serían pasadas las tres de la tarde cuando Vicente se registró en el hostal. Le ubicó bien, gracias a que un poco memorizados tenía los mapas que perdió con la mochila, con ello y con un poco de suerte dio con la dirección, de no ser así, hubiese sido difícil localizarlo pues las calles de Zacatecas parecen un plato quebrado en cientos de pedazos. Luego de instalarse se decidió a recorrer las calles a pie, puesto que todo está tan cerca que no fue menester usar la moto, además que cansado venía y no le vendría mal estirar las piernas.

Como buen turista lo primero que se dispuso a hacer, fue buscar un modulo de información turística que le proporcionara folletos y mapas que siempre son útiles. Acto seguido, buscó donde comprar los artículos de higiene personal para reponer los perdidos y otra mochila para llevarles. Al camino de regreso al hostal, se le atravesaron unas seis cervezas obscuras, justo como le apetecían en ese momento, para darles singular fin en la terraza.

# CAPITULO 7

# ENCUENTRO DE VIAJEROS

La tarde ya caía lentamente tornando de blancas a ocres las cúpulas de la catedral zacatecana mientras a solas meditaba Vicente deleitando unos fermentados de malta bien fríos. Trataba de no pensar en la mochila y sobre todo en su preciada gorda, su navaja de cachas negras... "más se perdió en la guerra" se decía siempre ante una pérdida material.

Una conversación en inglés se escuchaba a unos pasos atrás. Una pareja conversaba con otro joven de aspecto anglosajón pero no les prestó mayor atención, luego la pareja se retiró y viendo que el tipo también venía solo, decidió practicar su inglés entablado conversación y compartir algunas cervezas. Dijo llamarse Daniel y provenir de Quebec Canadá.

– ¿Tienes mucho de que llegaste aquí? – Preguntó Daniel.

– No, llegué hoy mismo, hace rato, como a las tres ¿Y tú?

– Acabo de registrarme hace unos minutos, vengo desde Chihuahua,

– ¿Y qué hacías allá?

– Me vine en moto desde Canadá pero tuve un accidente y la dejé reparando, así que tomé un autobús y vine a Zacatecas a conocer, luego de aquí me iré a Guanajuato y a conocer otras ciudades en lo que mi moto queda lista pero será dentro de un mes.

– ¡Caray! ¿Pues qué fue lo que pasó?

– Mi moto es una BMW F650 GS doble propósito, venía yo por una carretera entre la sierra Tarahumara, iba a recorrer unos caminos que están entre las montañas, pero justo donde terminaba el camino asfaltado y comenzaba la terracería, había un enorme bache que no lo vi hasta cuando estaba ya casi encima de él, intenté frenar pero vendría a unos 90 km/hr, caí en el pozo y salí volando en el aire varios metros, la moto aparentemente no le pasó nada pero ya no quiso prender. Tuve mucha suerte que no me pasara nada, porque traía protección con el casco y la chamarra y pantalón con escudo en la espalda, codos y rodilleras; pero lo más increíble fue que en menos de una hora pasaron unas personas con una camioneta que me ayudaron a llevarla, lo raro es que son caminos despoblados y no pasa casi nadie.

– ¡Vaya que tienes un ángel grande! ¿Y cómo le hiciste? ¿Qué les dijiste? ¿Hablaban inglés?

– No, yo hablo poquito español – Contestó en la lengua de Cervantes pero con evidente acento entre francófono y anglófono y habiendo tomado confianza, prosiguió en este idioma con no mucho esfuerzo pues aunque le fallaban un poco los vocablos se le entendía muy bien, como a alguien que tiene años estudiando la lengua, demostrando a su interlocutor que no le faltaban medios para comunicarse. De lo que no poco se admiró Vicente dado que es inusual ver a un vecino de los países del norte interesado en aprender el español. Tal vez por ser el francés idioma oficial del Quebec, se le facilitara otra lengua romance, mas aun le era más familiar el inglés.

– Lo apgrendí en la escuela: nos enseñan inglés y nos dan a elegir otro idioma y yo elegí español.

– Felicidades, lo hablas muy bien, pero cuéntame qué pasó después.

– Hablé al segugro y me dijegron que la llevagra a tallegr que me dijegron, el mecánico me enseño pagrtes de adentro de motogr todas dobladas. – Refiriéndose a las bielas. – El mecánico muy incumplido, dijo que llegagrían las pagrtes en un mes y no han llegado, ahogra tengo que espegrar un mes más hasta que lleguen las pagrtes. Pegro yo no pienso espegrar otgro mes ahí en Chihuahua, es muy bonito y todo pegro yo no viajé hasta acá pagra conocegr Chihuahua solmente, pogr eso hice mochila pequeña y tomé autobús. – ¡Órale! Yo pensé que mi viaje en moto estaría largo y sería la gran cosa, pero tú si estás bien loco. ¡Venir desde Quebec hasta acá solo! – ¿Pegro tú también vienes en moto?

– Sí, es aquella que está abajo frente al hostal.

– ¡Oh muy bonita tu moto! La vi cuando entgré ¿y hasta a dónde vas?

– De aquí me voy a Guadalajara, luego a Mazatlán, luego a Los Cabos y de ahí hasta Tijuana por toda la baja ida y vuelta.

– ¡uy uy uy! Ese es muy buen viaje amigo, muy lagro ¿y vas tu solo?

– Solo hasta Mazatlán, de ahí me voy con dos amigos hasta Tijuana.

– ¡Qué bagrbagro! Yo quiciegra hacer un viaje así. Yo soy muy celoso de ti amigo, mi moto es descompuesta pegro tu haces gran viaje.

– ¡¿Pero tú qué me dices?! Atravesaste todo Estados Unidos durante el mes más frio y te aventaste hasta Chihuahua ¡eso si es tener huevos azules! ¿Cómo le hiciste?

– La moto tiene un… ¿Cómo se dice?… ducto, que se conecta a la gropa y eso caliente, como heater, tu sabes. Pegro yo muy celoso.

– "Yo muy celoso, muy celoso" le decía a cada rato a Vicente pero siempre entre risas, de lo que a éste mucha gracia le hacía pues entendía que quería decir que le daba envidia, no negativa, si no en el sentido de ser partícipe del gusto de la empresa de Vicente quien no obraba en corregirle el vocablo por sentir que sería políticamente inapropiado.

Después de escuchar la tragedia de Daniel, pensó en lo pequeños que son los problemas propios frente a otros ajenos más grandes, que de principio se ven enormes hasta que se les compara y así no más le acongojó por la pérdida de la mochila.

Se vaciaron las botellas para cuando el manto de estrellas había aparecido y viendo que tan guasona comparsa y amigable coloquio hacían, se fueron en busca de ágape.

En las calles aledañas al centro hay varios restaurancitos y fondas donde se come muy rico. Por las calles de Hidalgo, Aldama, Juárez y en general esparcidos por el centro histórico, existen lugares donde comer a buenos precios y de buena sazón, solo hay que encontrarlos y lo mejor es con una guía, preguntando a los encargados del hostal-hotel o simplemente caminando. Caminar por las calles de Zacatecas, como en otras ciudades coloniales, es sin duda una experiencia bastante agradable y rica de historia. El simple hecho del ambiente acogedor de la calle; los callejones empedrados con sus casas y edificios antiguos.

A cada esquina hay una sorpresa, una plaza o un parque, como la alameda Trinidad García de la Cadena con sus árboles y sus andadores de cantera hermosos, como también lo es la fuente de los faroles.

Vale la pena andar por ahí mezclándose en el bullicio urbano cotidiano, ser parte de la ciudad para vivirla, perderse sin rumbo por entre las calles sin saber por dónde nos llevará la próxima esquina; tal vez encontremos la fonda de "Doña Lupita" que guisa al estilo casero y que solo los locales la conocen pues no viene en la guía de turistas, o un rincón de artesanías o antigüedades. La ciudad de Zacatecas es así (al menos el centro): El peatón es alguien, donde a diferencia de las grandes urbes no es nadie, solo el carro importa. Es fácil perderse pero también lo es hallar el camino de regreso. Por eso vale la pena dejar el vehículo a un lado y explorar a pasos.

Al día siguiente, tal como se esperaba, y para mala suerte de los personajes, entró un frente frio que trajo consigo llovizna y cielo gris. Eso no les impidió salir a conocer algunos sitios de interés. Este clima húmedo es inusual para Zacatecas, dado que siendo predominantemente desértico es seco, aunque por la altura, no es raro que llegue a nevar algunos días del año como ocurrió un par de semanas antes de aquellos días de Febrero. El cielo de Zacatecas procura ser brillante y despejado la mayor parte del año.

Propúsole Vicente a su nuevo amigo de verse en la mañana en recepción para ir a ver la famosa mina El Edén y así lo hicieron. El lugar estaba vacío de turistas tal vez por el clima, mas no pasó mucho sin que se formara un pequeño grupo. El acceso está enmarcado por una pequeña plaza muy bonita con un par de calandrias y la taquilla. Aquí se proporcionan unos cascos de obrero pero parece que el fin de usarlos es más teatral que por seguridad lo cual es atractivo. Unos vagones chicos son transportados por una máquina hasta el interior de la mina. Lo primero en ver es una colección geológica interesante, de rocas y minerales de diversos tipos y lugares del mundo en unas cámaras de la mina, luego se hace el recorrido pasando junto a una gran sala que ha sido convertida en un impresionante antro subterráneo que abren de jueves a sábado por la noche. El resto del recorrido realmente no es muy interesante: se aprecian tan solo las grandes cámaras que han quedado de la excavación, túneles y caminos; y le han agregado algunos atractivos frívolamente estúpidos como relleno, en lugar de aprovechar el espacio y hacer de él un interesante museo de minería o algo con valor cultural. Estos pseudo-atractivos son más ridículos que la casa de espantos de una feria de pueblo: consisten en una "mágica" escultura de bronce de un gambusino que concede deseos (paradójicamente pues la extracción de minerales aquí era de manera muy distinta), unos "murciélagos" que en realidad son muñecos con efecto sonoro, un altar del niño Fidencio, un rostro en la piedra que se aprecia gracias al efecto de la pareidolia [12] y una fuente artificial. Aunque el sitio decepcione por la falta de contenido, es algo muy representativo de la ciudad, bueno de ver si se cuenta con tiempo.

Próximo de la salida de la mina, está el teleférico que conecta el cerro del grillo con el de la Bufa y hace pasar la góndola por los aires dándole al paseante una espectacular panorámica de la pintoresca ciudad.

Daniel prefirió regresar al hostal y no subir al teleférico quizá por temor a las alturas o porque sería mejor tomarlo después cuando las ventanas de la góndola no estuvieran empañadas por la llovizna. Por fortuna, con todo y el desagradable clima, el teleférico operó, ya que deja de hacerlo ante malas condiciones pero más bien cuando el viento es muy fuerte.

De aquí, Vicente pasó a la plaza de la revolución, a la capilla del Patrocinio y al museo de la toma de Zacatecas. Todo ello está sobre el cerro de la Bufa desde donde se domina la ciudad. La capilla es un templo muy bonito construido en 1546, pero que sufrió el abandono y reconstrucción en 1728; el museo de la toma de Zacatecas podrá no ser el recinto más bello pero es sencillo y muy apropiado y digno para la colección museográfica que guarda: pistolas, rifles, ametralladoras: oxidadas máquinas de muerte que yacen colgadas de la pared o postradas firmes como un viejo soldado en posición de descanso, recuerdos de sangre de hermanos y de lucha por ideales nobles o ruines; uniformes, espadas y cañones usados durante la batalla de aquellos días de Junio de 1914, testigos del sacrificio de miles de hombres y mujeres,

---

[12]  Pareidolia: (derivada etimológicamente del griego *eidolon*: "figura" o "imagen" y el prefijo *para*: "junto a" o "adjunta") fenómeno psicológico consistente en un estímulo vago y aleatorio donde se perciben erróneamente figuras reconocibles, generalmente rostros o animales.

cuando "la bola" [13] los arrastró. También hay copias de periódicos de la época, fotografías y una maqueta que explica cómo sucedió la refriega. Es suficientemente ilustrativo y un deleite para quienes aprecian las colecciones de armas antiguas y la historia revolucionaria. En los alrededores se encuentran puestos de artesanías y una plataforma para el salto en bungee.

El descenso del cerro hubo de hacerlo por un andador que serpenteante va colina a bajo por entre empedrados, encinos y pinos, llegando de nuevo a las callejuelas pintorescas con balcones y coloridas fachadas.

Al llegar al hostal, Daniel le sugirió a Vicente que fuesen al museo Rafael Coronel, muy conocido por su impresionante colección de arte popular mexicano, su colección de máscaras que es la más grande del mundo y por estar ubicado en las ruinas de un convento del siglo XVI que de sí solo es asombroso. Hubieron de ir sin más demora pues los sitios de interés aquí se cierran temprano. Este lugar es algo que el visitante no se puede perder: la jardinería está sumamente cuidada haciendo parecer que ha crecido naturalmente entre los arcos de ladrillo y muros de piedra derruidos por el tiempo. La hierba crece entre las piedras, el juego de las sobras de los contrafuertes y arbotantes junto con árboles caprichosos sumergen al visitante en una novela de época o en el imaginario de un cuento de exploradores aventureros.

El tesoro que encierra este recinto, todavía más aun cautiva la imaginación. Rostros de miles de formas y colores, de expresiones alegres, frías, diabólicas, burlonas, bondadosas, perdidas… rostros vivamente inanimados de materiales puestos en manos novelescas, cientos de ojos mirando sin mirar a quienes les miran.

---

[13]   Durante la revolución mexicana de 1910, el pueblo le llamaba así al movimiento armado, irse a "la bola" era enrolarse en la conflagración.

Daniel tenía uno de esos libros con información turística muy completa donde sugerían un excelente restaurante de comida mexicana llamado Los Dorados de Villa. El menú es bastante apetecible: tiene la sustanciosa sazón de la comida mexicana y el lugar está ricamente ambientado con antigüedades, tan típico, tan de antojo como la comida: David ordenó unas enchiladas suizas muy bien servidas, bañadas en salsa verde con mucho queso y crema, con sus frijoles refritos por un lado y totopos. Vicente pidió un huarache con su penca de nopal bien cocida, jugosa carne de arrachera y queso Oaxaca gratinado acompañado con salsa de molcajete.

\*                    \*                    \*

La sala lounge del hostal estaba ocupada por una pareja de alemanes y otra de un inglés y una italiana que muy amenamente platicaban de sus aventuras de viaje y sus experiencias desde su arribo a la ciudad: los alemanes comentaban sobre el museo de arte abstracto, el museo Pedro Coronel y el de la Virgen de Guadalupe; el inglés y su novia hablaban de lo interesante del museo Zacatecano y el Francisco Goitia. Vicente y Daniel se unieron al resto de la tertulia acompañando con un buen mezcal que consiguieron en una tienda de tequilas. Del perchero tomaron unos sombreros de charro típicos que tiene el hostal para aderezar el festivo ambiente.

No sería de extrañar que conversaran en inglés que prácticamente es universal, aunque Vena, la chica alemana, además hablaba respetablemente el español. Mas al cabo de una botella de mezcal que se bebieron "a la Pedro Infante", aquello era verdaderamente una torre de Babel.

Entre que la espirituosa bebida hacía efecto, todos hablaban de sus aventuras pasadas y sus planes; Vicente contó que estaba haciendo un viaje en moto y la meta era llegar hasta Tijuana por toda la Baja California.

– "Eso es genial" dijo Cornelius, el joven alemán. – A nosotros nos gustan mucho las motos y eso de recorrer la Baja en moto para nosotros es un sueño, tal vez en otra ocasión lo hagamos.

– Pues si más delante se animan y piensan venir a México otra vez para esa aventura, yo veo la manera de acompañarlos: puedes rentar una moto en Tijuana y dejarla en Los Cabos o al revés y sería un viaje increíble.

– Igual tú, ojala si algún día vas a Europa, hay bastantes facilidades para viajar en motocicleta, te puedo conseguir una moto rentada a buen precio y nos vamos, cuenta con ello amigo, y felicidades por tu viaje, luego nos mandas las fotos porque está de locos.

– Muchas gracias amigo; seguro que estaremos en contacto. El que de verdad está loco es Daniel, este chavo viene desde Canadá en moto. Cuéntales Daniel – Animábale Vicente

– Si pero en Chihuahua tuve un accidente y mi moto quedó descompuesta, el problema es que no es un taller especializado en BMW pero es al que me mandó el seguro, y el mecánico es muy irresponsable, tiene diciéndome que ya quedará lista en una semana y ya pasó más de un mes.

– Vicente no pudo evitar la pena de la impresión generalizada que pueda dar de los mexicanos hacia los extranjeros un mediocre mecánico y dijo: – ¡Qué pena que piensen que así somos los mexicanos! Incumplidos y flojos, yo busco ser puntual y responsable en mi trabajo y me da coraje que por culpa de gente así sigamos en la mediocridad y que por eso en el extranjero nos vean como unos despreocupados haraganes.

– Cornelius interpuso: – Pero eso es lo que nos agrada de los mexicanos, ustedes no viven bajo tanta presión, se toman la vida más relajada; nosotros allá en Alemania es trabajo todo el tiempo y no te puedes equivocar, a nosotros nos gustaría tener un poco de esa libertad.

– Gracias, pero como puedes ver, no es tan bueno. Imagínate que no puedas adquirir un producto o servicio porque nadie hace nada, ahora bien que no todos somos así, también en muchas partes hay gente trabajadora, aunque es cierto lo que dices, tampoco se puede vivir para trabajar. Todo debe ser parte de un balance ¿no creen?

– Coincidieron de estas razones para arreglar al mundo entre bromas y risas cuando más tarde se acerca el dueño del hostal a anunciarles felizmente que afuera comenzaba a nevar. De los concurrentes, Vicente fue el único que salió contento, casi corriendo a dar cuenta del fenómeno meteorológico: no era ni por mucho una tormenta siberiana de la última glaciación, ni si quiera las cuatro pulgadas que se habían presentado algún par de semanas atrás, tan solo blancas plumas aisladas bajaban sutiles, que para Vicente fueron un júbilo y raro espectáculo visto contadas veces en su vida. Obviamente esto no tenía ni el menor interés de sus nuevos amigos oriundos de tierras de blancos inviernos, quienes tal vez venían huyendo del frio, seguro no les representaba la más mínima curiosidad.

Al día siguiente, luego del desayuno, Vicente aprovechó que la precipitación había parado y después del medio día que ya había pasado la resaca, decidió por su cuenta recorrer las calles en la moto. Encontró el famoso acueducto que sin lugar a dudas amerita detenerse a observarlo y tomar la fotografía; visitó el mercado y la catedral: ejemplos arquitectónicos del esplendor del pueblo zacatecano. Y así transcurrió el día. Había aun mucho por conocer pero no podía darse el lujo de pasar otro día en Zacatecas a menos que Tlaloc lo impidiera. No es que le fuera imposible conducir bajo mal tiempo, pero cuando no hay necesidad de tomar el riesgo y pasar por la incomodidad, es sabio esperar a que las condiciones auguren una mejor rodada.

Sucedió que el día próximo amaneció más prometedor, un cielo medio nublado y pavimento seco, fue todo lo necesario para despedirse de Zacatecas y de sus nuevos amigos.

La vía corta para llegar de Zacatecas a Guadalajara es de 311 Km tomando la 54, pasando por Villanueva, pero supo Vicente por recomendación de amigos y personas en Zacatecas, que ese camino no era seguro por la cantidad de tráileres que lo transitan y las condiciones de la carretera de ese entonces, pero sobre todo por el hecho de ir solo. Así que lo más conveniente sería ir por la autopista a Aguascalientes lo que equivaldría 344 Km, tan solo 33 Km más que por el otro trayecto, un poco más largo pero más seguro. Lo que nadie le mencionó a Vicente, fue que antes de llegar a Guadalajara por la misma carretera 54, en el tramo que está pasando Ixtlahuacan del Rio, hay un hermoso parque natural donde está la Barranca de Huentitlan, atravesado por una sinuosa carretera al parecer muy divertida. De todas maneras le hubiera tocado pasar de noche y mojado.

Tomó pues el camino que le pareció más conveniente. El problema es que al llegar a Aguascalientes se debe tener cuidado de tomar el libramiento oportunamente o se entrará a la ciudad. El trazo urbano está bastante bien hecho, con sus anillos viales y amplias avenidas, es una ciudad modelo; pero lo que causa desorientación son los señalamientos que parecen indicar que todas las direcciones conducen a todos los lugares, basta solo un mapa sencillo o con conocerla un poco para no perderse.

*                    *                    *

Siempre la música es excelente compañera de la carretera y ahora gracias a los modernos y diminutos dispositivos que almacenan miles de canciones, la vivencia del viaje en motocicleta adquiere otra intensidad: las sensaciones que despierta por el sentido del oído potencializan la experiencia tal como lo hace para el cine. ¿Qué motociclista no se le ha representado en la imaginación que está dentro de una película cuando oye su canción favorita al tiempo que lleva el manubrio en sus manos? Pero como en todo, hay tantos gustos diferentes como personas en el mundo, habrá quienes prefieran el rock alternativo o la ranchera, o el country más que el metal o simplemente escuchar el viento y el sonido del motor.

Vicente por herencia (como se habló en el inicio) gustaba del rock clásico en inglés más lo que a su época de adolecente y juventud reciente le tocaba: como el rock en español, el alternativo, el pop de los ochentas y noventas, el metal y alguno que otro corrido y música country. De manera que puso una selección de lo que más le agradaba para escuchar durante todo el viaje.

Por aquellos parajes zacatecanos e hidrocálidos no se salvó de pescar un aguacero que le empapó bajo una densa nube gris. Vinieron por entonces a acompañarle Soda Stereo, héroes del silencio, La Ley y Nacha pop con su "Lucha de gigantes". Volaba rompiendo la lluvia y el aire perfumado a tierra mojada, corría por las extensas planicies rematadas con serranías nubladas de las asoman pequeños escarpados. Acercándose a la ciudad de Aguascalientes, a la altura de Rincón de Romos, solo los charcos y el olor a tierra húmeda atestiguaban el chaparrón que pasó en dirección opuesta. Fugaz camino se abre paso entre los maizales que resplandecen de un verde brillante en las explayadas planicies atacadas en el horizonte por centellas que se esfuman en un parpadeo, entre el obscuro gris distante que quedó atrás. A medida que se avecina a la ciudad, rayos de sol asoman entre los nimbos y el constante viento de la velocidad ayuda a secar un poco la ropa.

Al salir de Aguascalientes rumbo a Guadalajara se debe llenar el tanque de gasolina pues no hay gasolinera en todo el trayecto por la autopista: Se puede tomar la federal 45D y pasando Encarnación de Díaz, tomar la estatal 307 rumbo a San Juan de los Lagos, al llegar a la federal 80 que conecta San Juan de los Lagos con Lagos de Moreno: se puede optar por tomar la libre que pasa por los poblados de San Juan de los Lagos, Jalostotitlán y San Miguel el Alto o tomar la carretera de cuota. Definitivamente la autopista ofrece un trazo más rápido y un tránsito y pavimento más seguro pero la libre puede ser más interesante si se desea conocer estas poblaciones y tal vez parar a comer algo.

San Juan de Los Lagos es conocido por ser la sede de varios de los templos que más peregrinos recibe después de el del Tepeyac, es por ello que cuenta con una gran infraestructura de servicios turísticos y aquí se encuentra una gran cantidad de artesanía de la región, principalmente con motivos sacros. La impresionante arquitectura colonial de este lugar es algo digno de admirar, no solo su Catedral: la Basílica de Nuestra Señora de San Juan, que data del siglo XVIII, también el palacio municipal del siglo XVIII, la Parroquia de San Juan Bautista que data de 1648, el edificio de Correos construido en el siglo XVIII, que posee ventanas y pórtico de estilo barroco; el templo de la Tercera Orden de 1841; Capilla del Primer Milagro construida en cantera, y el Reloj de la capilla de 1798.

# CAPITULO 8

# LA CASA DEL CABALLO MECÁNICO

Al caer la noche, llegó Vicente a la famosa perla de occidente: bella entre las ciudades más bellas de la república mexicana, pletórica de historia y profusa de arte que emana de los poros de su empedrada piel; manifestación cultural de gente devota y sensible al gusto por la creatividad. Guadalajara tiene un respeto reverencial por su pasado pero vive el ahora colmada de vitalidad. Sus modernos edificios y avenidas comulgan con las construcciones coloniales en un mosaico de contrastes armónicos.

El hostal era una antigua casa bastante amplia y limpia frente a una arbolada placita, prácticamente en el centro de la urbe. Notó que cruzando la calle había un bar. Estaba algo cansado del viaje pero era temprano como para ir a dormir, así que después de registrarse e instalarse, fue a meterse en el antro a tomar algunas cervezas para celebrar el haber llegado hasta aquí.

Lucían en las paredes coloridos grafitis con cráneos, guitarras, águilas y mujeres exuberantes; posters de los Beatles, de Jim Morrison y Guns n' Roses. Hiso entrada cuando al poner un pie en el dintel, se escuchó el rugido de la guitarra eléctrica de AC/DC con Back in Black procedente de la rockola. Neones púrpura, rojos y amarillos; algunos con publicidad de marcas de cerveza iluminaban la atmósfera. – ¿Será acaso un bar biker o es mi imaginación? – Se preguntó. Unos afiches de la obra de David Mann [14] y un cartel con publicidad de un evento,

---

[14]  David "Dave" Mann (1940-2004) Artista gráfico nacido en Kansas City quien fue famoso por representar la cultura motociclista.

también como parte de la ambientación, confirmaron las sospechas. No había motocicletas afuera pues recién era la hora que lo abrieron pero ya había un par de mesas ocupadas.

Un tipo de aspecto más o menos oriental atendía en la barra.

– ¿Qué te sirvo mi buen? – Preguntó animoso frotando con un trapo la barra frente a Vicente al tiempo que este tomaba asiento.

– Dame una indígena, pero que esté tan helada, que el pinche indio de la etiqueta se venga congelado.

– No tengo esa marca pero hay de la huevo de toro si te gusta la chela obscura.

– ¡Venga una de esas pues!.

– El cantinero notó por el acento del cliente que debía ser forastero; puso una servilleta en la barra y sobre de ella la botella abierta color ámbar obscuro, escurriendo diminutos trozos de hielo.

– ¿No eres de por aquí, verdad?

– No, vengo del merito norte y estoy de paso por aquí.

– El cantinero inquirió a Vicente sobre su destino y él, afable respondió lo mismo que a los demás cuando por curiosidad le cuestionaban al respecto.

– ¿Tú eres el de la moto que pasó hace rato, no?

– Si, me estoy hospedando en el hostal que está allá en frente.

– ¡Órale carnal, que buen viaje, felicidades he! Solo por eso la próxima va por cuenta de la casa. Yo soy Ismael pero mis amigos me dicen "el chino" y soy el dueño de este humilde bar.

– Mucho gusto, y muchas gracias Chino. Tu servidor Vicente. Oye y ¡qué chido está el lugar! Nunca me esperé venir a encontrar un bar biker así de casualidad y tan chido.

– Muchas gracias, y arriba tenemos una terraza bien a todo dar, pásale con confianza para que veas, estás en tu casa.

– Luego de varias cervezas y una amena plática con Ismael y con algunos de sus cuates bikers que luego fueron llegando, el peso de las horas de viaje le comenzó a pasar factura al sueño de Vicente que aunque hubiera querido quedarse hasta más tarde, Morfeo le reclamaba.

\*                              \*                              \*

Por la mañana ya descansado, buscó como de costumbre al llegar a uno de sus destinos, un kiosco o centro de información turística para abastecerse de folletos y planear su visita. Luego, mientras tomaba una taza de café, después del desayuno, estaba hojeando los panfletos y dilucidando sobre qué sitios visitar pues hay tantos y todos tan interesantes, pero con tan poco tiempo con que contaba, hubo de seleccionar los que le parecieron más atractivos y dejar otros para una visita ulterior. Además, aunque el hostal era limpio y cómodo, sentía un poco la falta de privacidad y no disponía de cuartos privados por ese entonces, así que decidió mejor buscar un hotel bueno, bonito y barato, para ello pasó toda la mañana y parte de la tarde pero al fin lo encontró. No sintió que fue del todo tiempo desperdiciado porque ir de un lado para otro en la motocicleta sirvió para recorrer las calles y conocerlas. Vivir la ciudad de cerca implica transitarla: a pie, en bicicleta, en transporte público o privado, según las condiciones de la ciudad; y no solo ir a los sitios de interés como lo hace un turista cualquiera. Los sitios de interés muestran tal vez lo mejor pero no son precisamente lo más representativo; en cambio, en las calles es donde está lo cotidiano, lo realmente típico: su temperatura, sus olores, sus sabores.

Guadalajara, a pesar de que tiene una inmensa riqueza colonial, su dimensión no es como para escudriñarla toda solo a pie. Aquí es donde el ciclomotor juega un papel medular pues gracias a la panorámica, se obtiene una fotografía de mejor ángulo, considerando aun, que se debe mantener la vista siempre en el manejo.

Algo que puede notarse de la Perla de occidente es que hay una profusa cultura del motociclismo: motocicletas de todo tipo, en especial utilitarias, se ven de un lado a otro mucho más que en ciudades del norte y aunque el motociclista local se queje del automovilista, a Vicente le pareció que el automovilista de aquí les respeta más que en sus tierras norteñas, ¿será tal vez que les son más familiares o simplemente es que en las ciudades del norte se maneja a la ofensiva?

El Chino le había recomendado un buen lugar donde comer las típicas tortas ahogadas. Y a fe que no hay lugar en el mundo donde las hagan tal como aquí: será lo salado del pan o los condimentos en la salsa pero no se puede decir que se ha visitado Guadalajara sin haber probado este tradicional manjar.

Por la tarde pensó Vicente en visitar algún museo pero quienes regulan los horarios seguro son burócratas que piensan que la gente los puede visitar en sus reducidos horarios de oficina gubernamental y la mayoría los cierran a las 5 o 6 de la tarde: así que la única opción pero no por ello menos interesante, fue visitar la Basílica de la Asunción de María Santísima, que viene siendo la Catedral de Guadalajara. Y no por ser un ferviente feligrés, pues en verdad nunca lo fue, si no porque le atraían sumamente los monumentos históricos de los que en México destacan en cantidad y grandeza artística los templos de la fe católica. ¿Y cómo no habrían de serlo? Si en ellos se ha invertido una descomunal cantidad de recursos, logrando así muchos ostentosos recintos colmados de fina ornamentación, exuberantes relieves y colosales dimensiones. De todas estas monumentales obras, sin duda ésta catedral es de las más representativas: se yergue sobre el perfil urbano apuntando con sus mitras a la bóveda celeste, frente a ella, la plaza de armas que cobra vida con el trajín de la gente y su fuente, rodeada por el bello palacio municipal al norte y de comercios; unos pequeños restaurantes con mesas al aire libre donde puede uno deleitar el paladar y la vista contemplando el majestuoso santuario de piedra de cantera, con molduras clásicas y campanas de bronce. El espacio interior empequeñece sin duda al visitante: titánicas columnas como piernas de gigantes se elevan hasta las alturas de blancas bóvedas delineadas con dorado; coloridos vitrales, barrocos relieves de oro rodean todo el espacio como una sinfonía sacra de geometría perfectamente armónica. El atrio coronado por la inmensa cúpula, detona en cientos de formas colocadas todas en simetría.

En el costado sur de la Basílica, otra plaza, enmarca también este coloso arquitectónico con un bellísimo kiosco negro estilo seguramente Porfiriano, todo de hierro con sus esbeltas cariátides y exquisita herrería garigoleada estilo de finales de siglo XIX, al igual que las farolas y bancas tan extremamente cuidadas que parecen nuevas. Dando frente a esta plaza y a espaldas casi de la catedral: el suntuoso palacio del gobierno de Jalisco donde una vez estuvo a punto de ser acecinado Juárez a manos de los conservadores; con esa fina textura de relieves en piedra tallada, molduras clásicas y un elegante testigo de las horas en el frontispicio, sobre un ícono de la libertad hecho de bronce. En contraste con el retórico lenguaje clásico del edificio pero muy a tono con su carácter patriótico, con su mordaz y violento pincel, José Clemente Orozco nos enciende con la antorcha en mano del padre de la patria plasmado casi como una divinidad griega en aquella bóveda de la escalera. En el otrora recinto legislativo, el maestro nos vuelve a envolver en su apasionado discurso nacionalista, representándonos nuevamente al cura Hidalgo, acompañado como en un sueño, por Benito Juárez, Carranza y Morelos junto a otros hombres y armas simbolizando lo que se tiene que sufrir por ser libres.

El simple recorrido al corazón de Guadalajara: las plazas, la Catedral y el palacio de gobierno son un bombardeo se sensaciones embelesantes por el que tan solo vale la pena ir.

Por la noche Vicente no quiso probar a conocer otro bar y ya que tan a gusto se había sentido en el antro de la noche anterior, prefirió andar por el camino conocido.

En la barra, una chica de tez aperlada, expresivos ojos tapatíos, boca chiquita, estatura un poco baja pero de medidas muy bien proporcionadas; estaba sentada platicando con El Chino. Ella vestía una chamarra negra y unas botitas negras de cuero encima de un entallado pantalón blanco que resaltaba su anatomía. Vicente se acercó a saludar al dueño-cantinero y este le presentó a su amiga.

– Vicente: ella es Roxana, una buena amiga. Rox, él es Vicente, viene desde el norte en la moto y va hasta los Cabos.

– La citada referencia era estimada por Vicente con un dejo de apenada modestia. No era ningún héroe por acometer tal empresa, aunque era consciente que algo más de temeridad se necesitaba para llevarla que cabo que levantarse de la cama. Y no era de extrañar que en seguida vinieran amistosas exclamaciones de asombro y curiosidad de las que el buen aventurero no debe nunca pasar por ordinarias ni ensalzarse de ellas, pues por un lado: de quien vienen le es nueva la noticia y son usualmente bienintencionadas; por otro lado, ser humilde engrandece y de solo efectuar el periplo no amerita más laureles, además que habiendo odiseas más grandes y heroicas que pudieran eclipsar las nuestras, no es propio hacer alarde, si no bien, agradecer modesta y sinceramente.

– ¿Qué moto tienes y qué cilindrada es? – Preguntó Roxana

– Es una Vulcan 800, ¿te gustan las motos, verdad?

– ¡me encantan! De hecho me quiero comprar una pero no le sé, le estoy diciendo al Chino que si me enseña.

– Ya te dije que sí Rox, pero quiero conseguir una moto chica que me presten porque la mía se me hace muy pesada para ti. Bueno chavos, los dejo un rato platicando, voy a atender el negocio.

– Gracias Chino, te encargo una cheve por favor y ¿tu Roxana, gustas una?... ok, que sean dos: una para mí y otra para Roxana por favor.

– ¡Qué chistoso hablas! Bien norteñote, así como vaquero

– exclamó risueñamente la tapatía emulando un poco exagerado el acento golpeado de su interlocutor, de ello no pudo Vicente más que hacer guasa: siguiendo la corriente, y haciendo un ademán como si se afilara un abundante mostacho imaginario, con acento más marcado pronunció:

– ¡No me estés arremedando huerca mondada! Métete pa' dentro o ¡qué se me hace que te doy un manazo antes de matarte!. – De la risa, Roxana pasó a una leve carcajada y viéndose ambos que en tan agradable compañía se encontraban, la charla se fue prolongando.

– ¿Qué edad tienes? – Preguntó la tapatía

– No te voy a decir. – Respondió Vicente.

– ¿Por qué no me quieres decir?

– Porque no

– Ándale dime, ¿Qué tiene de malo?

– Nada, pero nada mas no te quiero decir.

– Ándale dime, no seas malo, dime.

– ¡Qué no! Ya te dije.

– ¡Que malo eres! Ya dime...

– una macabra risa le causó a Vicente y sabiendo que la curiosidad es una gran debilidad de las mujeres; añadió un poco de más humo de misterio que le excitase a su bella acompañante y aunado a su calidad de forastero, aplicó el refrán de que nadie es profeta en su tierra.

– Te lo digo luego, pero dime a ver ¿A qué te dedicas?

– Soy diseñadora gráfica, trabajo en una empresa de publicidad ¿y tú?

– Yo... espía, trabajo en una organización antiterrorista y ahorita estoy tras la pista de una mafia que vende discos piratas de Regeton...

– ¡Ay no es cierto! – Exclamó Roxana con mohína hilaridad y continuó coqueta... – ¡Tu nada más me estas vacilando y yo de tonta que te creo!.

– ¡Ah! ¿Pero cómo crees que te voy a inventar cosas? ¿Me estás diciendo mentiroso acaso?

– ¡Claro que no! Pero que malo eres, ¿Por qué eres así conmigo? ¿Por qué no me quieres decir las cosas?

– Pues porque me gusta dejarte con la curiosidad, me gusta ver los berrinchitos que haces, te ves muy linda.

– ¡Y todavía te burlas de mi! ¡Qué malo eres! Ya dime por favor...

– Y de esos juegos de chiquillos pasaron a las furtivas miradas de pupilas dilatadas, luego al roce de manos y la atracción les tuvo más cerca cada instante hasta que la encendida Roxana no pudo aguantar más, en un arrebato asió fuerte de la nuca a Vicente y le besó como queriendo comerle esa boca que le había estado torturando las entrañas, con ese acento de vaquero rebelde en moto.

El norteño nunca se esperó tan repentino "castigo" pero lo disfrutó cual embelesado fauno. No pasaba por su mente el atribuirle aquello a su Piporresca verborrea o al efecto lívido del fermentado de malta, ni que haría mañana... ni en Orozco, ni la Catedral, ni Jalisco entero... ni Mazatlán, ni los Cabos, ni Tijuana; nada existía en ese momento más que los labios de Roxana y sus ojos color marrón para perderse en ellos; y morder su cuello y apretar su cintura bien delineada.

La noche llegaba a su esplendor, para cambiarse del bar a un lugar más íntimo, no sin antes volar un poco por las calles desiertas de la noche tapatía.

A la mañana siguiente de sábado, Roxana se ofreció a ser la guía de turistas de Vicente llevándole al Hospicio Cabañas y al museo regional de Guadalajara, después, claro está, de pasar a desayunar en uno de los antojantes restaurantes del las calles del centro de la ciudad. Luego emprendieron el recorrido a pie por la calle Morelos, el paseo Degollado y el paseo Hospicio. El espacio urbano es una magnificente plaza pública enmarcada por elegantes edificios como el centro municipal de cultura y una impresionante fuente con la escultura de 25 metros de altura que interpreta la inmolación a Quetzalcóatl: esa titánica sierpe de bronce azteca que se eleva entre los cuatro cielos de fauces viperinas. A tan solo unos pasos más hacia el oriente, rumbo al Instituto Cultural Cabañas, otra fuente pero de chorros danzantes participa de la vida de la plaza con los transeúntes.

Ante el inmueble que fuera: hogar de huérfanos, cuartel militar y actualmente casa del instituto cultural Cabañas, la explanada alberga unas alegóricas piezas de bronce que saludan al visitante.

El complejo es una construcción antigua a base de una serie de galerías de altos techos y gruesos muros con bellos patios interiores a manera de una antigua hacienda; en las galerías se exhiben temporalmente obras de arte pero al centro se encuentra la magnificente capilla con su bóveda en lo alto, donde en toda ella encontramos la obra maestra del citado artista mexicano: José Clemente Orozco. Los muros y cielos del edificio son un inmenso libro escrito con imágenes extraídas de la brillante mente del pintor y que proclaman la tragedia, la ira y una apasionante historia del país desde la época prehispánica hasta el México progresista y en la bóveda central: el corazón como sol alrededor del cual giran los planetas, El hombre en llamas vuela girando hacia el infinito. El jinete sobre un caballo mecánico es uno de los frescos que para el motociclista puede llamar mucho la atención.

Paradójicamente el grande artista jalisciense que con tanta pasión nos evoca el espinoso pasado de nuestro país, flagelado muchas veces por la institución de la iglesia católica que envenena los gobiernos, tenga por lienzo los muros y cielos de un recinto de otrora uso eclesiástico y otro gubernamental en una ciudad resueltamente pro católica. Desafiante es su flamígero dedo que señala tocando con fuerza en la frente al mayor causante del obscurantismo mexicano "¡son ustedes, siempre lo han sido! Con su mezquina avaricia misma que nos enseñan a despreciar, torcieron al árbol desde la raíz en contubernio con otros egoístas. Esta es nuestra historia hermanos mexicanos, no volvamos a repetirla" Nos grita desde las entrañas este poeta gráfico, heraldo de la revolución.

Para terminar la jornada cultural, llegaron al Museo regional de Guadalajara. Este se trata también de una hermosa y antigua construcción de cantera pero que originalmente fue el segundo seminario de San José, inaugurado en 1758. El sitio es como para recorrerlo tranquilamente por sus pasillos, verandas y galerías; saboreando las sombras que hacen los arcos, la quietud de la cantera con sus caprichosas molduras y la riqueza de las piezas como el fósil de mamut o los divertidos perritos gordos de barro o la fría bravura de la colección de armas.

– ¿qué te ha parecido Guadalajara? – Preguntó la anfitriona a su norteño amigo

– Estoy realmente encantado, todo está muy bonito: las avenidas están bien amplias, las plazas bien arregladas, la gente muy buena onda. La verdad no sabía ni que esperar, no tenía expectativas, ni sabía con que me iba a encontrar. Había oído del Hospicio Cabañas con sus murales de Orozco y la catedral muy bonita y todo, pero jamás me imaginé que fuera tan impresionante, vivir esto es otro mundo, la realidad supera por mucho lo que me hubiera podido imaginar. Tuve que venir hasta acá y verlo con mis propios ojos; igual lo que vi en Zacatecas o yo creo que como cualquier parte del mundo, si no lo vives, jamás vas a poder sentir lo que se siente al estar en esos lugares por más que te los describan.

– Es cierto, es lo bonito de viajar. Oye, por cierto, mañana domingo a ver si vamos a Mazamitla, hay unas cabañas padrísimas, y es un lugar en la sierra, con pinos y esta súper bonito.

– Me encantaría ir, corazón, pero ya tengo el tiempo muy apretado y tengo que salir mañana para Mazatlán.

– ¡No te vayas!, ándale, quédate un día más, en serio está bien bonito, es rumbo al sur, pasando por el Lago de Chapala, la carretera está bien chida y solo a 155 kilómetros, por favor precioso, quédate ¿si?

– Ya no sigas corazón, porque hasta ganas me dan de quedarme a vivir, pero no puedo. Te prometo que voy a volver y a quedarme contigo toda una semana y te llevo a donde quieras

– Roxana asintió no muy convencida, pero comprendía que no podía retener al vaquero toda la vida.

– Bueno, pues que le voy a hacer. – Respondió resignada pero esta noche no quiero ir al mismo bar, ¿qué tal si mejor vamos a cenar?

– Eso había pensado yo. Vi la publicidad de un restaurante italiano que parece bueno, se llama El Cirio.

– Me parece muy bien, ¿pero qué tal si nos vamos a cambiar primero?

– Aquella noche Roxana vistió unos ajustados jeans, una linda blusa negra casual, sus botitas negras y chamarra de piel, alació su cabello y pintó sus labios color carmín; sus ojos grandes radiaban a la luz de la vela puesta en la mesa de la acogedora terraza del restaurante. Ordenaron un cabernet y unos champiñones al ajillo de entrada; luego la tapatía pidió una pasta al pesto de un exquisito aroma a albahaca bien sazonada con aceite de oliva, Vicente se deleitó con la mejor lasaña que hubo probado en toda su vida: la llamada lasagna diábola: con camarones, salsa de chipotle tipo a la diabla y bastante queso mozarela gratinado y de postre una nieve italiana de la casa para rematar con algo ligero. Aquella fue una de las noches más fascinantes de todo el viaje: cenaron deliciosa comida, rieron con las anécdotas y luego dieron un final paseo bajo la luna de Jalisco antes de regresar al hotel.

La mano enardecida del norteño no pudo esperar a asir el apretado trasero de la hermosa morena casi al cerrar las puertas del elevador, ésta se abalanzó sobre sus labios y apretó su pecho contra el de él. Se perdió poco a poco hasta encontrarse desnuda en el lecho del cuarto iluminado tenuemente por el resplandor de la ciudad que apenas entraba por un pliegue de la cortina. La hoguera del insomnio se fue elevando más fuerte y más alto hasta estallar en cientos de estrellas y de pronto: el silencio, los latidos se serenaron lentamente hasta lo profundo del mar de los sueños.

La fresca mañana alzó una fragorosa nueva envestida de igual forma encendida en gemidos y arañazos que la noche anterior, más que ahora concluyó con lucientes bríos y feliz despertar.

– ¿Volverás pronto?

– no lo sé, pero estaremos en contacto. Ojala igual tú puedas ir a visitarme también

– te prometo que lo haré.

– Me la pasé muy bien Rox, gracias por llevarme a conocer esos lugares tan fregones, de no haber sido por ti yo creo que no lo hubiera apreciado igual

– No digas eso, yo también me la pasé genial, gracias a ti por venir y... ya no quiero despedirme más porque voy a empezar a chillar. – Y diciendo esto último con delicada voz un poco quebrada, abrazó fuerte a Vicente y en un ósculo de ojos fuertemente cerrados se despidieron cada quien guardando un suspiro para después del último "hasta pronto".

# CAPITULO 9

# POR LOS CAMINOS DE ORIENTE

La hora llegó para continuar la odisea hacia el siguiente destino: El puerto de Mazatlán Sinaloa. 473 kilómetros rumbo al nor-poniente distan de la capital jalisciense tomando las autopistas pero por recomendación de el Chino, la mejor ruta, la que vale la pena: es tomando por lo menos la carretera libre a Ixtlan del Rio. Fue gracias a este atinado consejo, que Vicente rodó por una de las carreteras que en su parecer y que luego contara, es una de las más hermosas y majestuosas del territorio mexicano. Ella es ni más ni menos que la célebre ruta del tequila, la cual pasa evidentemente, por el poblado que lleva el nombre de esta espirituosa bebida, icono del pueblo del águila que devorando una serpiente se posa sobre un nopal en flor.

Caseríos alegran el trayecto dispersos a cada varios kilómetros, pero la sublime belleza del paisaje son los azules prados tapizados de agaves a ambos lados y a lo largo del camino. En el trance de aquel vuelo surrealista le acompañaron: el rock mexicano del Tri como un blues, también los Gipsy Kings con esa guitarra españolada de su "Tango flamenco", y desde luego el maestro Carlos Santana de quien sus obras, como "Mujer de Magia Negra", maridan a la perfección con las esfingezcas máquinas de dos ruedas y esos caminos mexicanos que surcan encima de espinosas nubes azules y lontananzas salpicadas de encinos, mezquites y saguaros.

La campiña tequilera juega con las curvas y el lomerío, meciendo la motocicleta que brama su motor y se desliza sobre el negro y llano asfalto una y otra vez. Las parcelas de magueyes perfectamente alineados pasan en renglones

135

rápidamente con el viento en el rostro, enmarcadas por el volcán, las serranías lejanas y el azul del cielo.

El poblado de Tequila, como todos los pueblos mágicos, no deja de cautivar al visitante con ese misticismo romántico de calles adoquinadas, casas bañadas de sol, arboladas plazas con su kiosco al centro como cereza del pastel, y su típica iglesia. Lo que uno no debe perderse es visitar la Quinta Sauza y pasear por el jardín con sus fuentes de cantera que evocan las orgánicas siluetas del agave, del Museo Javier Sauza Mora y llevar una botella de tequila de las que se encuentran en las casas de artesanías.

Casi desolado es el camino gracias a que muchos transportes optan por la autopista. El Arenal, Amatitan, Tequila y Magdalena están sobre la 15 federal antes de Ixtlán del Rio. Es en el último tramo donde el trazo se vuelve más curvilíneo e interesante. Curvas suben y bajan entre lomas y cañadas: baja cambios y luego los vuelve a meter arriba para atacar las aperaltadas, balanceándose a la derecha, luego a la izquierda; sobre un puente que pasa por un riachuelo tupido de encinos, árboles que extienden sus ramas caprichosas sobre el camino. Todo en un constante ir hacia adelante como el viento, todo es fijo, está ahí y sin embargo pasa de lado.

Iba Vicente casi llegando a Ixtlán del Rio, ya sobre el estado de Nayarit y poco antes del kilómetro 136, vio un señalamiento que indicaba una zona arqueológica y como iba con buen tiempo, se detuvo a curiosear.

Estos vestigios de las culturas del oriente prehispánico son los más estudiados que se encuentran en el estado de Nayarit pues fue el centro ceremonial más importante de la región. "Donde abunda la obsidiana" (significado de Ixtlán) es para quienes se sienten fallidos arqueólogos: exploradores de fantasía inspirados en los filmes de Indiana Jones y/o para los que tan solo se sienten atraídos por la historia ancestral y los secretos develados en piedra; una interesante muestra arqueológica. No es un gran complejo como Teotihuacán o Chichen Itzá, es más bien un escondido recinto alejado de las grandes masas de turistas. Caminar a solas entre las piedras de los palacios en ruinas o del templo dedicado a Quetzalcóatl, saca del letargo a la imaginación llevándola al pasado tiempo en que la vida era más sencilla y el hombre vivía en comunión con el cosmos, nos lleva a protagonizar una novela de Lawrence de Arabia encontrando tesoros y escapando en su Brough Superior SS100.

– ¿Qué moto es esa? – Preguntó amable el solitario encargado de sitio protegido por el INAH, quien a su vez es vigilante, guía de turistas, encargado de la taquilla y solícito fotógrafo de los visitantes que así se lo piden.

– Es una Kawasaki Vulcan, señor

– Muy bonita.

– Gracias. Oiga, ¿no me daría permiso de acercarla un poco a las ruinas para tomarme unas fotos?

– Si, no hay problema, pero no puede meterse en ella, solo desde ahí

– Esta bien, muchas gracias... ¿me puede tomar una, por favor?...

– ¿Así está bien?

– Sí, otra si es tan amable.

Disculpe ¿donde habrá cerca un buen lugar para comer?

– Sí, como no: mire se sigue por la libre a Tepic, a unos 50 kilómetros de aquí hay un lugar que se llama "El Borrego", ese esta bueno, pero yo le recomiendo mejor uno que está más adelante, se llama "Restaurante La Sierra", está entre el kilómetro 187 y 188, y de lado izquierdo, tiene un techo de tejas.

– Fue aquí otra de las más agradables sorpresas de todo el periplo, que si no es gracias a la orientación de un lugareño, Vicente no la hubiera aprovechado. Resulta que siguiendo las indicaciones del encargado de la zona arqueológica, dio con el susodicho restaurante "La Sierra", enclavado precisamente en la sierra nayarita, rodeado de frondosos pinares, pues aquí el paisaje de pronto pasa de páramos de encinos y cactáceas, a pinos altos con alguno que otro maguey. El lugar es tan humilde como típico y exquisito. La especialidad es el borrego estofado que al parecer es la gastronomía típica de estos lares: la ración venía bien servida y estaba sin duda sazonado con algunas especias al estilo casero, realmente suave, jugoso y suculento; mas previo al citado manjar, la casa sirve un queso fresco de cabra y un sabroso consomé caliente.

Satisfecho el apetito, ya empezaba a dar cuenta de las horas transcurridas y las que faltaban por recorrer y que con la visita a las ruinas de Ixtlán, había que darse algo de prisa para no llegar muy noche a Mazatlán.

\*　　　　　　　\*　　　　　　　\*

Saliendo de Ixtlán del Rio, el Ceboruco le saludó desde lo alto; más delante, el Cerro Grande y los volcanes Tepetiltic y el Sangangüey le sonrieron estoicos. A sus pies cual anchos: los mantos de labor. Todo invitaba a retratar el instante; siempre hay tiempo para la foto, para guardar ese fragmento de vida en el celuloide o más bien dicho, hoy por hoy, en los bits del dispositivo electrónico; o mejor aún, en el recuerdo de lo vivido; pues la fotografía debe ser solo un apoyo para este, un medio más no el fin. Quien existe en el aquí y el ahora, quien vive las experiencias debe ser la persona y no la cámara al frente de esta, para que no disfrute el viaje en su casa solo después de que ha pasado.

Detúvose pues Estrada a capturar a sus volcánicos amigos nayaritas por algunos minutos y reanudó la marcha con denuedo, habiendo de pasar de largo por Tepic penosamente sin aquilatamiento.

Bendito es este país que con su paisaje cual caleidoscopio, muta su piel: aquí es ocre, allá es marrón, gira de nuevo y se vuelve azul o verde olivo. Basta tan solo recorrer algunos kilómetros y los gobelinos de planicies con cactáceas se tornan por lienzos de abetos y montañas, o sauces con ríos.

Siguiendo por la 15D federal, con la mira fija entre la puesta de sol y la estrella polar, los prados semiáridos truecan en lomeríos reverdecientes, ondulantes tal como las serranías en medio de las planicies y sobre ellas, un entorno semitropical invade sigilosamente las tierras del maguey y el huizache. Son 269 kilómetros desde la capital Nayarita hasta el puerto sinaloense de Mazatlán tomando la autopista que como siempre, es menos curvilínea que la libre.

De no ser porque los brazos del astro rey casi alcanzaban ya las lomas en el horizonte, Vicente no quiso arriesgar a tomar la libre, pensando que la de cuota buenaventura prometía, siendo camino más corto, rápido y seguro. Con lo que no contaba fue con un menudo problema: resulta que saliendo de Tepic llenó el tanque de la Vulcan, pero más adelante, a los 55 kilómetros recorridos, en la caseta de Ruiz, se le ocurrió preguntar a la cajera del peaje:

– Señorita, ¿cuánto falta para la próxima gasolinera?

– unos 150 kilómetros... (que en realidad fueron casi 180) – En ese momento una muda angustia le invadió haciéndole contener la respiración por un instante en el que volaron los pensamientos como relámpago: ¿y ahora? ¡Pero si esta madre da si acaso unos 300 km de autonomía nada más! ¡chin! se me hace que no la voy a hacer, ¡¿cómo es posible que no haya una gasolinera en toda la autopista?!, Ni modo ahora voy a tener que regresarme, no va a quedar de otra, no creo que aquí me vendan ¿o si?... – No había ni empezado a preocuparse y palidecer si quiera cuando inmediatamente, casi adivinando y seguro por no tratarse de la primera vez, la cajera agregó

– Pero aquí le pueden vender joven.

– ¿aquí en la caseta?

– Si, párese ahí adelantito, ahorita va un chavo a llevarle.
– ¡bendita sea mi suerte! – dijo para si – ya me había empezado a preocupar, de seguro se les quedan tirados muchos, no es posible que no haya gasolineras en un trayecto tan largo.
– La gente de la autopista vende garrafas con $100 pesos de gasolina, no menos. Así que no habiendo recorrido mucho, de la garrafa sobró una buena cantidad después de llenar el tanque.
Sentía que la tarde se empezaba a ir como agua entre las manos y con la idea de llegar a Mazatlán todavía con luz de día, se dio prisa desde que salió del parador. Arrancó en primera haciendo rugir la máquina como si fuera en un supuesto rally contra el sol; metiendo los cambios uno tras otro, se tendió en el acelerador volando por los lomeríos y llanos a toda velocidad, con "Zombie" de los Cranberries, Oasis y "Enjoy the silence" de Depeche Mode en su cabeza; pasó junto a los sembradíos esparcidos hasta el horizonte, por entre pequeñas cuestas que dejan ver la roca rojiza de la tierra y las altas palmeras... las palmeras borrachas de un sol que empezaba a pintar de violetas el cielo con nubes encendidas de naranja. Con el aroma húmedo de la tarde en el campo, cruzaba los puentes sobre los ríos San Pedro Mexquital, Acaponeta, el amplio Baluarte y tantos arroyos.
Por fin el sol ganó la carrera justo cuando arribaba Vicente a Villa unión, dejando ver un fino y azulado resplandor como remanente de su triunfal despedida.

\*                    \*                    \*

Felipe: amigo y patrón de Vicente era oriundo de Mazatlán pero fue en Cabo San Lucas donde estableció su empresa y en la que Vicente trabajó, hasta que por causa de la recesión hubieron de suspender labores, entre tanto se reactivara algún proyecto, tal como se esperaba para marzo. Así pues que por entonces, Felipe se encontraba en su ciudad natal viviendo con sus padres y le ofreció a Chente, posada en el cuarto de huéspedes que la casa tenía. Más no tuvo Vicente la precaución de portar la dirección de la casa antes de llegar y contaba con que en llegando le llamaría a Felipe para verse. Pero para no variar, la tecnología suele fallar cuando más se le necesita y sucedió que el celular de Felipe estaba fuera de servicio. De manera que optó Vicente primero por buscar un punto donde esperar pero que fuera fácil ubicar para que cuando entrara la llamada, se pudieran encontrar sin problema.

Hacía más de quince años, cuando era niño Chente, que La familia Estrada había visitado de vacaciones el puerto sinaloense, de lo que él solo tenía vagos recuerdos, pero ningún plano de la ciudad ni referencia poseía, solo se orientó hacia donde las calles le fueron llevando, y donde más claramente habría de parar, fue en el malecón y para ser más exactos, en el extremo sur: frente a la rotonda con el escudo de Sinaloa, casi al pie del histórico Freeman, y a unos pasos de la efigie de bronce del célebre Pedro Infante sobre su motocicleta.

Ahí aguardó Vicente mientras los dioses electrónicos emisarios de la voz se dignaban a obrar. Entre tanto, descansaba del viaje y meditaba en la posibilidad de hospedarse en algún hotel a la espera de que al día siguiente contactase a su amigo. En eso, no pasó ni media hora cuando sonó el teléfono. Era justamente Felipe, quien llamaba para ver si ya había el susodicho viajero llegado a Mazatlán. Y he aquí que sucedió una de las casualidades más raras de todo el viaje: resultó que sin querer ni saber, Vicente se encontraba a tan solo dos cuadras de la casa de Felipe.

– ¿Qué pasó Chente, dónde andas?

– ya estoy aquí en Mazatlán, llegué hace como media hora pero intenté llamarte y no entraba la llamada.

– ¡ha, órale! ¿y donde estas?

– aquí donde empieza el malecón, frente a una rotondita con el escudo de Sinaloa.

– ¡en serio, no me digas!, yo vivo aquí a dos cuadras, mi casa está justo a espaldas del malecón. Aguántame tantito, ahí voy para allá, no me tardo, voy caminando.

– Y así llegó Vicente a la casa de los papás de Felipe, quien los presentó: él, Don Omar, un doctor venerable de cabello plateado, persona muy jovial y con un peculiar irónico sentido del humor. Su mujer, Doña Sofía: es ella toda una dama, mas simpática cual castañuela. Los cordiales anfitriones habían mandado aderezar la pieza de la casa que fungía como cuarto de huéspedes para el amigo de su hijo. La habitación era bastante amplia y acogedora, con su acceso independiente, su baño, y una salita. Prácticamente una suite presidencial; el tunante no podía esperar más.

– ¿Qué tal estuvo tu viaje hijo?... ¡Qué bárbaro, venir desde tan lejos en esa moto! Has de venir bien cansado. – Dijo doña Sofía

– Muy bien gracias señora, pues si, ya traigo calambres en las manos y la espalda, pero fíjese que muy bien. El camino está hermoso, en serio que lo vengo disfrutando.

– Has de venir con hambre, vente a cenar, hay tamalitos en hoja de plátano y nopalitos con queso.

– Muchísimas gracias señora, la verdad no quiero darle molestias. – ¡ay mi'jo! No es ninguna molestia, al contrario, nos da mucho gusto que nos visites, eres bienvenido. Oye Felipe y ¿hasta cuándo va a estar tu amigo con nosotros?

– Vicente va a estar unos días y luego de aquí se tiene que ir a Los Cabos, mamá. Luego se va a recorrer la baja con unos amigos y después se regresa aquí a Mazatlán a trabajar conmigo pero no sé hasta cuándo.

– Ay pues que bueno, que bonito es andar así viajando. Pues aquí tienes tu casa he, lo que necesites aquí estamos, y eres bienvenido todo el tiempo que te quieras quedar. – ¡qué linda, señora! Muchas gracias por su hospitalidad, ojala pueda recibirles algún día allá por mi terruño como lo hacen ahora conmigo y descuide que no le voy a dar lata por mucho tiempo, solo voy a estar de paso si acaso unos dos o tres días por ahora. Luego, ya cuando regrese, aquí le estaré poniendo gorro una temporadita mientras chambeamos Felipe y yo.

– No es ninguna molestia hijo, que bueno que llegaste bien, siéntete como en tu casa y ya vénganse a cenar porque se enfría.

\*                              \*                              \*

Amaneció aquel día, que por entonces era lunes, con esa frescura de la brisa de mar y los rayos de sol que acarician el alba de aquel puerto. No hay ruido de camiones, ni sirenas, ni trenes; solo un leve murmullo del trajín de la gente que comienza sus actividades cotidianas. El hogar de Don Omar Calderón y Doña Sofía está prácticamente en el centro histórico: es de esas casonas antiguas del estilo mediterráneo, aquel de Casa Blanca, con sus altos techos de teja, ventanas con vitrales y herrería forjada, y algunos detalles en los dinteles que asemejan a las mezquitas. Todo perfectamente bien cuidado: la casa y el mobiliario eran como una cápsula del tiempo, en especial un exquisito piano de cola color negro ubicado en la sala, que Doña Sofía tocaba por las tardes con singular esmero, llenando la casa de la perfumada dulzura de sus notas.

Aquel día aprovecharon Felipe y Vicente para platicar de las novedades personales desde la última vez que se vieron hacía unos meses en Los Cabos, también de asuntos de trabajo y por la tarde fueron a comprar el boleto para el viaje en ferri de Vicente quien pretendía salir al día siguiente.

– ¿Tú has viajado en ferri Felipe?

– Si, unas tres veces, ida y vuelta. Esta largo el viaje: son dieciséis horas desde Mazatlan a La Paz, más échale otras tres horas que tienes que estar antes de abordar y como otras tres para bajar del barco con tu carro. Si te vas por Topolobampo haces como seis horas pero igual de aquí a Topolobampo son de cinco a seis horas, igual te ahorras tres o cuatro horas en total, pero como el ferri se va en la tarde, llegas allá en la mañana y te puedes ir dormido. Lo que sí te recomiendo es que rentes un camarote aunque sea compartido porque en la sala común no vas muy cómodo: los asientos son reclinables y están bien pero vas oyendo la música del bar que está a un lado o la tele y la gente; muchos se duermen en los pasillos. Por lo de que te puedan volar algo no hay bronca: hay buena seguridad y la gente es respetuosa, si viajas en sala común, no tengas pendiente por ese lado. Llévate un equipaje de mano porque lo que vayas a documentar o dejar en la moto, ahí se queda, no vas a poder pasar a donde tienen los carros hasta que llegues a la Paz.
– Oye ¿y si le pido chance a alguien que traiga una camioneta o un tráiler de subirle la moto en la caja para ahorrarme lo del transporte?
– Pues podría ser, pero la verdad no te lo recomiendo y mucho menos con gente desconocida, además me parece que hay un compartimento especial para motos y te cobran menos que meter un carro. Pregúntale a la chava de ventas.

*                              *                              *

– Al día siguiente, Vicente se despidió de la familia Calderón y agradeciéndoles encarecidamente sus finas atenciones, quedó de pronto volver y ellos le desearon afectuosos parabienes en su viaje esperando verle de regreso.

Puntual llegó al puerto para embarcarse en el navío: llevaba en mano el boleto y copia de los papeles de la moto, pues habrían de requerirlos en la documentación. En un compartimento quedó alojada la Vulcan, la aseguró propiamente con amarres y se dispuso a recorrer el barco. A la hora señalada, que serían las cinco de la tarde, se escuchó el aullido metálico del navío, anunciando, como es propio de las leyes de navegación, la partida del puerto. La inmensa mole blanca de acero se desprendió lentamente, flotando dócil sobre el azul verdoso. Se retiró poco a poco dejando su blanca y larga estela de espuma al tiempo que la tarde se vestía de naranjas y violetas sobre la vasta inmensidad del agua. Apoyando los codos sobre la barandilla de la cubierta y un pie en el primer tirante, contemplaba el horizonte con el viento en la cara. El astro de la vida, dios hecho materia, materia de dioses, se ahoga ensangrentado y sereno, bola de fuego rojo que todo reina y lo cubre, de pronto es una frágil esfera desvaneciéndose en el horizonte irremediablemente víctima del reloj.

Ciertamente no es una embarcación de las más lujosas del mundo, pero no es de ninguna manera una corriente trajinera de transporte de ganado: los espacios para los pasajeros son modernos y elegantes, nada ostentosos pero muy agradables, ideales para relajarse durante la travesía. Ahí en el bar, Vicente se tomaba tranquilo unas cervezas hasta que le vino en gana ir a la cama. Entró al camarote y con el ligero compás con el que el barco se mece, pronto apagó el estado de vigilia.

A las seis de la mañana, por los altavoces anunciaron a los pasajeros que debían prepararse ya para el arribo al puerto de Pichilingue. El coromuel [15] soplaba fresco

---

[15] El Coromuel es un viento producto de un fenómeno meteorológico endémico de la ciudad de La Paz, Baja California Sur.

con los primeros rayos de sol cuando unas montañas desérticas que emergen firmes sobre el agua, le daban la bienvenida a su errante amigo blanco. Las paceñas rocas ocres y rojizas posan adornadas de cactus, contrastan apasionadamente en su árida piel y se reflejan en el azul intenso del mar de Cortez. Gaviotas y lobos marinos revolotean juguetones o simplemente yacen tomando el sol. A la distancia parece deslizarse lento el Mazatlán Star, bordea las islas y se aproxima a su destino.

Diez y media de la mañana aproximadamente, dos horas y media después de haber atracado, por fin, sobre el asfalto ya corría la Vulcan en suelo sud baja californiano, libre del encierro en aquella blanca galera, fugose por la carretera que acaricia las blancas playas de Balandra y Pichilingue: bahías con tupidos manglares, cardones miran al cielo al borde de los estoicos riscos atacados implacablemente por las olas quienes reculan regalándoles su espuma y vuelven una y otra vez.

La capital del estado de Baja California Sur parece dibujar una amigable sonrisa con su malecón como de cuento de hadas con aquellos poéticos bronces y palmeras, su nombre sin duda procede del aire que aquí se respira y que ha pasado de su etéreo estado a ser materialmente una ciudad con amplias calles y bellos parques.

Una última parada antes de su trayecto final hacia San José del Cabo, fue claro, para cargar alimentos tanto para el acerado corcel, como para su jinete quien ya venía pensando, desde que llegó a tierras paceñas, de ir a zamparse unas tostadas de ceviche de pescado y camarón a un lugar donde también por cierto hacen unos suculentos filetes de pescado a la diabla.

Poco después de pasado meridiano el sol, el motociclista se encaminó por la transpeninsular rumbo al sur; reconocía aquellos horizontes de cuando había vivido por allá. El contorno le era familiar pero esta vez lo palpaba con otros ojos y otro olfato. Era el viento en el pecho que pegaba sin un parabrisas de por medio.

El paisaje de prácticamente toda la carretera desde Tijuana hasta Los Cabos es una gigantesca postal viva: majestuoso capricho del creador quien puso amor en todo, como en este desierto junto al mar: maleza agreste, piedras secas delimitadas por playas y mar azul. Modelado por cerros y arroyos secos, el zigzagueante asfalto se colorea con The Doors con "road house blues" entre todo su repertorio para terminar de enmarcar la escena rumbo a San José del Cabo por la ruta de Los Barriles. Los Cara cara con su pecho blanco y copete marrón, se señorean posados desde lo alto de cardones centenarios salpicados en el árido páramo, quien espera paciente una llovizna para ponerse su vestido de fiesta verde. No hay pasado ni futuro, el momento es el espacio, es el cielo y las montañas, los riscos de piedra de las secas cañadas y los enormes cardones apuntando al sol abrazante, erguidos orgullosos como soldados, la carretera y el rugir del acerado equino meciéndose en cada curva. No hay casas, ni cercas, ni postes de luz casi; el paisaje es perfecto.

San José del Cabo es una plácida población atrapada entre una sierra y el estero, que envuelta por la vorágine del desarrollo turístico e inmobiliario, creció como el adolecente al que le quedaron rabones los pantalones de un día para otro, una cara nueva con acné tal vez y un cuerpo nuevo, adquirió prendas nuevas y otras viejas las desechó o remodeló bien o mal. Y así las playas se cubrieron de hoteles y villas lindas, campos de golf, centros comerciales y colonias. El centro ha conservado sus vernáculas fachadas entre callejuelas que suben y bajan, donde los restaurantes románticos y las galerías de arte florecen con impresionantes obras de maestros internacionales: culinarios unos y de la plástica los otros.

– ¿Cuándo dijo Chente que llegaba? – Preguntó Alberto a Arturo

– hablé con él hace rato, me llamó de La Paz y dijo que ya venía saliendo para acá, seguro va a llegar como en hora y media, más o menos.

– ¿Y se vino por Todos Santos o por Los Barriles?

– Por los Barriles.

– Le convenía mejor por el otro lado, haces casi lo mismo pero está más segura la carretera y hay menos ganado el que se te puede atravesar

– Sí güey, pero por acá está más bonito y el bato quiere rodar ese tramo porque de ida nos vamos a ir por Todos Santos y para que vuelva a venir hasta acá en la moto está cabrón.

– Pues sí güey, pero acá por Todos Santos está bien bonito también, ahí por la altura de Cerritos se ve el mar, mamalón y hasta le va a tocar ver ballenas.

– Sí, pero ese es su gusto, ni modo que ahorita le hable y le diga: he güey, vete por Todos Santos porque dice Alpuerco que está mejor, no mames

– ¡tch! ¡Ya güey! – Con un chistido y esa expresión, era la forma típica de contestar de Alberto siempre que se veía molestado como si con ello detuviera la mofa de sus amigos.

Arturo y Alberto son un par de personajes peculiarmente poco civilizados que contrastaban con Vicente de manera cultural, por llamarle de alguna forma, pero de una muy sincera amistad que se dio mientras éste trabajó en San José del Cabo. Y no fuese que Vicente fuera un culto erudito comparado con dos bestias, si no que tenían sus diferencias en cuanto a gustos, civismo y ecología se refiere, lo cual causaba discusiones: algunas chuscas y divertidas, otras un poco más reflexivas pero ello nunca demeritaba en el mutuo aprecio: mientras que Vicente apreciaba un buen libro, estos otros preferían leer (si a caso lo hacían) alguna revista tipo Vanidades pero para hombres; mientras a aquel le interesaban los museos, a ellos un centro comercial. Mas en lo que realmente coincidían era en el gusto por las motocicletas, salir las noches a un buen bar y desde luego las aventuras.

Arturo era un tipo de cara chata, robusto con algunos kilos de más; su conversación solía versar sobre las mujeres que había según él conquistado o desdeñado: hablaba siempre de tales o cuales féminas con las que se había acostado y hasta daba detalles; o también era común oírle comentar sobre sus excreciones fecales, como si el escatológico tema fuera del interés de sus compañeros, pero mencionaba el tópico con toda naturalidad. Su forma de hacer burla era proclive a poner a la persona objeto de su carrilla [16], como un homosexual pasivo, pero se defendía irritadamente cuando se le practicaba a él, la misma medicina. A menudo se interesaba también en temas de política con preferencia izquierdista, y de los dos es un poco más respetuoso hacia terceros.

El tipo de Alberto viene siendo de una conducta aun más primitiva; este individuo también robusto pero más bien regordete, llegaba a ser muy gracioso en sus comentarios burdos y simpáticos pero que en ocasiones sorprendía el grado de retorcimiento de las ideas que pasaban por su cabeza, que a fin de cuentas nunca ponía en práctica, quizás por el esfuerzo o por la maldad que efectuarlas implicaba, pero el solo mencionarlas ya era motivo de llamar la atención. Con frecuencia se ganaba burlesco escarnio debido a su egocentrismo aunque siempre que hubiera que proteger los intereses de sus amigos sobre los de terceros, presto estaba para ayudar, claro está, si ello no afectaba a los suyos. Alberto (o también llamado Alpuerco) es el personaje característico de una caricatura

---

[16] "carrilla" Término coloquial que en algunas partes de México se refiere al hecho de hacer burla a alguien

al grado tal que Vicente le fastidiaba a menudo diciendo que si no ha nacido, lo hubiera inventado Matt Groening [17]. Por su puesto que las bromas nacidas del semitismo iban de un lado a otro (más entre Arturo y Vicente) pero siempre con amigable respeto: mientras Arturo le llamaba "mariquita" o "fresita" a Vicente, éste les decía "pareja de mandriles" o "troglodita y Chita". Este par de brutos neandertales, aparte de importarles poco los valores cívicos, dejaban mucho que desear sobre su respeto hacia el medio ambiente pues paradójicamente su "formación" universitaria era de biólogos marinos. En especial Alpuerco quien mostraba actitudes como tirar basura por la ventanilla del carro en movimiento, fumar en espacios prohibidos y desperdiciar agua potable.

Independientemente de que pudieran parecer de entrada escoria humana estos individuos, la verdad era que simpática compañía y franca amistad hacían, como se ha dicho y se verá más delante.

Los detalles para la cruzada se afinaron aquel día inmediato del cual Vicente arribó a San José del Cabo: afinación, maletas, sleeping bags, tiendas de campaña, y herramienta. Listos para meter en las alforjas o amarrar a las parrillas. Se trazó el plan con un mapa de carreteras para definir: las escalas para descansar y cargar "gota", pues así le dicen vulgarmente a la gasolina los cabeños que en su mayoría son inmigrantes de Sinaloa, y los víveres se comprarían en una última escala antes de salir.

---

[17]  Matt Groening Creador de la célebre serie de dibujos animados "Los Simpsons"

# CAPITULO 10

# GOTERAS POR EL CAMINO

El objetivo del viaje, como se mencionó anteriormente, era que Arturo y Alberto debían ir a Tijuana a su cita en el consulado norteamericano para obtener su visa, pretexto que sirvió de justificación para la travesía en motocicleta a la que invitaron a Vicente. Por entonces la economía seguía en receso y al igual que Vicente, Arturo y Alberto estaban desocupados de su trabajo por un tiempo, así que tenían bajo presupuesto, por tanto, debían planear cómo gastar el dinero, dónde hospedarse, dónde acampar, comer y cargar gasolina e incluso algo de diversión.

Eran las diez y media de la mañana de aquel viernes en Los Cabos y los rústicos amigos de Vicente todavía a penas y sin ninguna prisa, terminaban de almorzar y amarrar equipaje: Arturo a su Yamaha V Star Silverado y Alberto a su Honda Magna.

– ¡Hey babosos! ¡Órale, a ver a qué horas! Es un buen de aquí a Loreto y todavía nos falta llegar a hacer el mandado, no quiero venir llegando a las doce de la noche allá. – replicó el norteño.

– ¡ya güey! No te desesperes, deja no'mas me hecho un cague en lo que Alpuerco termina de pintarse las uñas y nos vamos – respondió despreocupadamente Arturo, quien es originario de Tabasco.

Ya en el supermercado llevaron comida enlatada, agua, galletas, algo de fruta y…

– Alberto ¿y ese paquete de doce rollos de papel de baño, qué onda? ¿Para qué quieres tanto pinche papel pa'lfun? ¿Tienes diarrea o qué pedo? – Preguntó Vicente, a lo que Arturo se adelantó a contestar

– ¿No conoces a este güey? ¡Se limpia su enorme culo con el rollo entero y lo tira! en serio, se mete casi un rollo en tres cagadas.

– ¡No es posible! ¿Es en serio, pinche marrano?

– ¡tch! ¡ya güey! Soy limpio, por eso me limpio bien.

– Arturo agregó con sorna: – cuando estábamos estudiando en la facultad de biología, tuvieron que poner un letrero en el baño que decía "favor de no robarse el papel de baño" por culpa de este cabrón. ¿P'os no crees que se volaba los pinches rollos de papel? Pero de los grandotes. No'más llegaba a la casa diciendo bien orgulloso "mira güey, lo que me volé, ya tenemos papel pa' otra semana"

– ¡jijo de la... no mames, pinche Alpuerco! Para limpiarte bien no necesitas más que un cuadrito. – Reclamó Vicente y Arturo agrega:

– Si, le haces un agujerito en medio del cuadrito, metes el dedo por el agujero y te limpias con él, luego te limpias el dedo con el papel y al final agarras el pedacito de papel del que hiciste el agujero y te limpias la uña ¿verdad Vicente?

– ¡a huevo que si!.

– Evidentemente el volumen de tanto papel de baño amarrado con bolsas y ligas a la moto de Alberto era hilarantemente ridículo, hubieron de hacer también espacio en su equipaje Arturo y Vicente para cooperar con el transporte del dichoso papel higiénico.

Por fin partieron por el rumbo de Cabo San Lucas tomando la autopista estatal que une las dos ciudades del municipio de los Cabos, para después pasar por Todos Santos. El cielo resplandecía al medio día sobre el mar azul profundo que se ve desde la transpeninsular: con los lujosos hoteles y villas situados a lo largo del corredor turístico, sus campos de golf y yates anclados en la bahía.

La jornada sería larga y daba inicio tarde gracias a la sangre de atole de sus amigos pero mejor sería resignarse, ponerse sus audífonos, apretar un poco el paso; y eso sí, disfrutar del majestuoso paisaje baja californiano. La formación se intercambiaba de vez en cuando: a veces Vicente iba en medio, luego atrás o adelante. Se turnaban con regularidad el liderato de la caravana sin ningún apuro. La mañana había estado muy agradable pero a esa hora de pasado el mediodía, el sol ya pesaba. Aun cuando es el mar contiguo de esta desértica tierra, la humedad en esta parte del año no es muy notoria y es más bien un calor seco, propio del desierto, mas luego del verano, se vuelve húmedo y bochornoso.

Con aquel mismo caris descrito anteriormente en el camino de La Paz a San José del Cabo, iban Vicente y sus amigos pero por la vía del pueblo mágico de Todos Santos. Muy a propósito, Vicente dispuso en su equipo de sonido, una selección de la música de The Eagles que le vendría cual pintiparado cliché de acompañarle por esa ruta de leyenda; inmersa en ese paraje cenizo con cactus y palmeras, La escena de entrar al pueblo de Todos Santos en motocicleta escuchando "Hotel California" [18] es equiparablemente tan típica como escuchar "New York, New York" al pasar por el puente de Brooklyn o caminando por Times Square: para el local podrá sonar el más trillado cliché turístico, pero para el visitante es completamente un momento soñado, es personificar platónicamente, una novela o un filme. Este pueblo no es para menos de estar en el comité de pueblos mágicos. En realidad, aplica un encantamiento sobre las personas con sus pintorescas calles, sus casas de ladrillo o adobe, sus cobertizos de palma o latilla; y sobre todo, los coloridos puestos de artesanías de cientos de materiales y formas que atrapan al maravillado turista: figuras de

---

[18] En Todos Santos Baja California Sur existe un hotel de nombre "Hotel California" el cual se relaciona a la famosa canción del grupo The Eagles.

lagartijas o platos de cerámica, vestidos y camisas frescas de lino, sombreros y fantásticos alebrijes.

Los templados rocines celebran un festín de kilómetros: voraces por engullir el asfalto se van alejando de cada raya en el pavimento y cada señalamiento, para encontrar seguido uno nuevo adelante, y uno más... y otro, y otro veloz. Las manos bien acidas a los grips y los ojos detrás de obscuros lentes puestos, fijos hacia el frente.

Rodean la ciudad de La Paz y se dirigen rumbo al norte: en el camino ya no hay mar, solo el seco desierto diferente al de Coahuila y Zacatecas, habla otro dialecto, tiene otro encanto aunque por momentos, parecen unirse en uno solo; en especial, le vino el recuerdo a Vicente aquel desierto zacatecano cuando disparado como saeta en línea recta, corría sobre la plana campiña de arena y espinas que se esparce reinando hasta el horizonte lozano, donde se ubican ahí, como un par de estrellas solitarias: Ciudad Constitución con su amplio camellón que saluda al pasar a los viajeros con sus washintonias mecidas por el viento; y Ciudad Insurgentes.

Para no perder la costumbre y como era de esperarse, el ocaso se abalanzó antes que se allegasen al objetivo. De espaldas al Pacífico y al sol, las sombras de los jinetes se tendían esbeltas hacia el frente en veloz huida sobre la carretera con los últimos minutos de la tarde, como si quisiesen escapar de sus amos. Cruzando la península de costa a costa, el llano se transforma en vacilantes lomas y diminutos cañones, que sacan al camino de las ya tediosas rectas durante la violácea penumbra. El mar de Cortez apenas se dejó ver cuando acariciaron la costa, kilómetros antes de llegar a Loreto.

Las llegadas a Guadalajara y a Mazatlán habían ocurrido también bajo el negro manto quien le roba los colores a todo mientras el resplandeciente vigía se va de ronda. Pero aquí no hubo poblados con luces, ni otros vehículos, ni luna esta vez, solo las titilantes con su débil luz dibujan apenas la silueta de la tierra, todo es negra tiniebla. Tres estrellas fugaces, seguidas una tras otra, vuelan al ras de la carretera solitaria en medio de la nada y del eco de sus motores rugiendo en la noche estrellada; parecen oírse atenuados a la lejanía acompañando de fondo a "Riders on the storm". Un esquivo coyote que intenta cruzar el camino, se le ven brillar los ojos con la luz de las motos que se aproximan y pronto se aparta escabulléndose de vuelta a la obscuridad del monte buscando refugio.

Llegaron al pueblo de Loreto aproximadamente a las ocho y media de la noche: 510 kilómetros y siete horas después de haber salido de la tienda en Cabo San Lucas, sin más escalas que en las "goteras" (lugar donde se vende la "gota") y otro par para descansar e hidratarse.

El pueblo luce en extremo apacible a la luz de los arbotantes y con la poca gente que deambula sin prisa por las calles; se escucha la brisa del mar y algún perro ladrar a lo lejos.

Se zafaron de sus cascos por un momento parados en una gasolinera, recargaron los tanques excepto Alberto, quien decidió dejar para luego ese menester, pues entró corriendo al baño apurado por tirar el vinagre de las aceitunas. Entre tanto, Arturo y Vicente comentan:

– ¿Cómo andas fresita? se te borró la raya ¿o qué? Si quieres o'rita en el hotel te la hago otra vez

– házmela manual pero córtate las uñas primero, changuito. Vengo un poco cansado pero bien, esto no es nada ¿y tú?

– También bien. Estuvo buena la rodada, que lástima que nos tocó pasar por las islas ya de noche; ¿te acuerdas que veníamos bajando por una serie de curvas?

– ¡ha! Sí, es cierto, estaban fregonas, como para haberlas pasado de día, pero ya no se veía casi nada

– Bueno por ahí me acuerdo que está bien chido, pero ya hace años que no vengo para acá... luego ya que empezamos a bajar la cuesta, por ahí del kilómetro 71, desde ahí se empieza a ver el mar. Todo ese tramo está bien bonito, se ven la isla Danzante, la isla Del Carmen y otras chiquillas y se ve frengoncísimo, hasta donde agarramos la última serie de rectas, ahí por donde decía "Puerto Escondido", más o menos. A ver si de regreso nos paramos ahí en Puerto Escondido o en Juncalito o en Ensenada Blanca

– Órale pues. Yo desde que estaba viviendo en Los Cabos, no había tenido chanza de ir más allá de La Paz. Todo el trayecto hasta ahorita está muy bueno.

– Si, yo nada mas he llegado hasta Mulegé y está bien chido.

– Ya en eso Alberto sale del baño, se acerca a sus amigos y se incorpora a la plática.

– ¿Bueno y ahora cuál es el plan? Yo ya traigo hambre

– Yo también – dijo Arturo

– Igual yo – exclamó Vicente y agregó: – ¿Qué tal si buscamos donde quedarnos primero? después nos echamos unos lonches, descansamos un rato y luego nos vamos a dar la vuelta tantito para conocer y nos jeteamos temprano

– Yo ya vengo harto de rodar, no mamen – Alegó Alberto – no'mas ceno y me acuesto, allá váyanse ustedes dos a dar la vuelta, yo ya vengo bien cansado.

– ¡bu que la jodida! No aguantas nada, pinche Alpuerco maricón, ¡apenas vamos empezando y ya te dio hueva! ¿No sabes cuánto nos falta? Mañana nos la vamos a aventar hasta Ensenada y es un chingo de aquí hasta allá, fácil es el doble de lo que hicimos hoy y ya te andas rajando – tronó Arturo en tono burlesco.

– ¡tch! Ya sé güey, por eso quiero descansar, ustedes son los que no van a aguantar mañana

– ¡Por eso, Chita! Es un ratito no'mas, una vuelta aquí al malecón y ya. Es más, ni para que le busquemos mucho hotel, ese motelito que está ahí en frente se ve barato y no muy jodido ¿cómo ven?

– A mi me da igual – dijo Arturo – mientras tenga baño con agua caliente y no tenga pulgas en las camas, con eso basta.

– Júralo que después que se acueste Alberto en ellas, o'ra sí las van a tener.

– ¡tch! ¡ya güey!.

– Por $360 pesos de tarifa no se podía esperar gran cosa de un motel familiar en esa región, pero era justo lo necesario: agua caliente, baño y camas limpias. Alberto se resistió a dar la vuelta al malecón pero Vicente y Arturo sí fueron aunque después de la sencilla cena no iban con tanto entusiasmo, solo dieron un recorrido y regresaron al cuarto donde Alberto ya se encontraba roncando.

\*                    \*                    \*

El canto de gallos a la distancia animó la fresca mañana. Los tres amigos se turnaron para usar la regadera siendo Alberto el último en levantarse, usarla y de paso apropiarse el rollo de papel de baño casi nuevo del cuarto que proporciona el motel (no fuera que el que llevaba no fuera suficiente). Luego almorzaron y solo después que Alberto echara "gota" a su moto, retomaron el camino hacia el norte.

Larga sería la jornada, asidos a los cuernos de los ciclomotores: fundidos a su móvil como Caronte [19] a su macabra barca, más de mil kilómetros en un día debían recorrer. Poca cosa tal vez para hacerlo en cuatro ruedas, incluso para muchos motociclistas no es un reto mayúsculo, más aun no es del todo una vuelta por el parque.

---

[19]   En la mitología griega, "Caronte" o "Caron" era el barquero del Hades, encargado de guiar las almas errantes de los difuntos recientes de un lado a otro del río Aqueronte.

Hermosos lugares dignos de hacer un alto para palparlos detenidamente los hay pletóricos en el trayecto: Bahía concepción, Rosarito, el volcán Tres Vírgenes, entre otros. Sin embargo la carrera contra el reloj no daba tregua para darse esos lujos, ya luego al regreso se los podrían dar sin duda pero la cita en el consulado estaba pactada para el próximo día lunes, o sea dentro de dos días, de manera que si ocurriera algún imprevisto que atrasara los planes, lo menos malo sería que sucediera cerca de Tijuana, por tanto la idea era amanecer el domingo en Ensenada y el Lunes en Tijuana. Acelerar lo más posible sin presionarse demasiado ni castigar los motores y descansar solo lo indispensable al momento de cargar combustible, era lo que tenían en mente para llegar a la bella Ensenada no muy entrada la noche.

Poco después de haber pasado El Marsal, rellenaron los tanques y continuaron hasta Guerrero Negro, la ciudad más al norte de Baja California Sur y casi al filo de las dos Baja Californias. A los 31.5 kilómetros, después de pasado el campo de la 40 zona militar, con su respectiva gasolinera (donde ya no hubieron de parar), está el poblado de Villa Jesús María, ahí en la gasolinera, una camioneta tipo SUV cargada con maletas en el techo y en un rack tipo canastilla embonado en el caza-bolas, cargaba combustible mientras los bikers esperaban su turno. El equipaje del rack iba solo sujeto con ligas. Notando esto Alberto, una de sus palurdas ideas se le figuró que podía hacer y la comentó a sus compañeros, que cerca de si se encontraban, en voz apagada:

– oigan, oigan ¿y si nos volamos una maleta de las que llevan ahí atrás? Mira, no'mas las traen agarradas con unas ligas, rápido se las quitamos y cuando se arranquen ni cuenta se van a dar, es más, van a pensar que se les cayeron solas

– ¡ay Alpuerco, no seas idiota! Contestó Vicente riendo – ¿cómo se te ocurren esas pendejadas? Deja de pensar en maldades, esa no es ninguna gracia ni travesura ¿qué culpa tiene la pobre gente esa de que les quieras robar sus calzones? Además tu pa' que quieres más maletas ¿no ves como vienes cargado con tanto rollo de papel y todavía quieres más?

– Bueno, pues quien quite y una maleta de esas venga llena de billetes ¿no?

– ¡qué tarado eres pinche chimpancé! seguramente van a poner la maleta llena de dólares en el rack de atrás para que Alpuerco venga y se los lleve – Agregó Vicente; y ahogado de risa por los comentarios, Arturo echa más leña a la mofa:

– Si, pendejo, y cuando vea que solo trae calzones cagados va a decir... – y fingiendo la voz Arturo como arremedando la de Alberto – "¡les echamos gasolina y los quemamos, pffff!"

– eso si no le quedan, que es lo más seguro, pero si son unos paracaídas como los que usa, es capaz de usarlos primero y luego entonces si "¡les echamos gasolina y los quemamos, pffff!" – arremetió Vicente haciendo la misma voz arremedada

– ¡tch! ¡ya güey! – contestó Alberto molesto – Yo solo decía

– "ya güey, ya güey" siempre dices lo mismo cuando te madreamos, como niño chiquito, como si con eso te fuéramos a dejar de echar carrilla – prosiguió Arturo sin parar de reír

– Es que ustedes se la maman, yo no'mas lo digo de broma

– y Vicente agregó: – pues sí, Alberto: pero solo a ti se te ocurre decir esas pendejadas, parece que no'mas estas pensando en ver a quien te friegas.

– Bueno maricones, ¿no van a echar gota? – Dijo Arturo

– Yo sí – contestó Vicente, mas Alberto respondió quejoso:

– ¡Qué jotos! acabamos de llenar el tanque en El Marsal, apenas hace como cien kilómetros. Si se van a parar en cada gotera no vamos a llegar nunca, ¡n'ombre! Así vámonos

– Güey: no estás viendo que está bien despoblado todo esto, mejor cargamos, no vaya a ser que no encontremos gasolinera y entonces sí, no vamos a llegar nunca, además ni que perdiéramos tanto tiempo – alegó Vicente

– ¡neh! Ustedes que son bien culos porque sus garras son bien gastonas, la mía rinde hasta para echarme más de 300 kilómetros, además aquí adelantito tiene que haber otra pinche gotera, si es lo que sobra, a cada cien metros hay una casi

– ¡Pinche Alpuerco necio! – refunfuñó Arturo – Te vas a venir quedando tirado sin gota por no hacer caso, luego ni creas que te voy a andar pasando, pa' que se te quite lo terco.

-¡tch! Ya güey.

– Bajo el aplomado sol, fantasmales lagunas aparecen a la distancia sobre la carretera como por obra del malvado nigromante, enemigo de aquel andante caballero de la Mancha, y luego pues, por la misma industria de encantamento, las hace desaparecer al quererles tocar como jugando a las escondidillas. Es el ardiente reflejo y el aire caliente reverberante al ras del horizonte que hace danzar las siluetas de los saguaros y los jinetes atravesando las dunas del valle de los sirios. Esta especie endémica de planta prehistórica es tan fea como agreste, consiste en un solo tallo alto y esbelto, vestido de espinas y unas cuantas hojas pequeñas. Pero apreciados en tan numerosa congregación hacen el deleite del paraje. Los motociclistas gozaban de tan sublime placer con todo y el abrazante calor el cual claro se mitigaba con el viento. En cierto punto, Alberto alza la mano con el puño cerrado en señal de que debía parar. Vicente lo vio por el espejo retrovisor y Arturo que venía hasta atrás de la caravana, se percató claramente. Inmediatamente intuyeron la razón de aquello, los sentimientos se agolparon: enojo, frustración, molestia, también risa e ironía; esperanza de que no fuera algo más grave de lo presentido o igual podría tratarse de algo de menor preocupación. Mas las sospechas eran ciertas, no cabía duda de que la profecía se cumpliría. Después de orillarse, Arturo y Vicente se aproximaron a Alberto quien parecía no querer mostrar expresión alguna aunque tenía evidentemente un semblante de seriedad y molestia. Se predisponía al escarnio seguro del que estaba a punto de ser víctima...

– ¿Qué pasó pinche Alpuerco, te quedaste sin gota, verdad cabrón? – ya con una sonrisa malvada se le acercó diciendo Arturo y Vicente que no aguantaba la pícara risa, agregó:

– ¡ha! pero eres terco, pinche Alberto ¿Qué fue lo que te dijimos? ¡ha pero no! "al cabo hay goteras a cada cien metros" ¿verdad?

– ¡ya güey! Dejen de estarse burlando y ayúdenme, si no, váyanse a la fregada y déjenme solo a ver cómo le hago

– Ya no seas mariquita – adelantó Arturo: – claro que si te vamos a ayudar, pendejo. No'mas aguántate la carrilla que la tienes bien merecida.

– Sí Alpuerco, danos ese gusto, al cabo sabes que no es en mala onda, pero tú te lo ganaste, no mames. O'rita le sacamos gasolina a la mía y te la paso.

– o'rita yo también te paso – dijo Arturo pero Vicente respondió:

– No tu no Arturo, de perdido que una tenga para llegar hasta la próxima gasolinera. Capaz que las tres se quedan sin gasolina y ya valió madre. La mía no le queda ya mucha, la verdad

– Sí, es cierto, la mía anda igual. Bueno, vamos a echarle a la de Alpuerco a ver hasta donde llegamos.

– Con un bote desechable de agua del que vaciaron tomando lo que restaba de él, sacaron de la Vulcan el combustible por la válvula que sale de abajo del tanque y así le pasaron unos litros a la Magna de Alberto;

encendieron nuevamente y arrancaron pero viajando ahora a velocidad más moderada y con la misma formación.

Casi una hora después de aquella parada, fue el turno de Vicente de hacer la señal de alto. En el primer acotamiento se apartaron del asfalto. Hacía un calor intenso y seco.

– Que onda Chente, ¿ya te quedaste también? – Dijo Arturo

– Sí güey, ¡no mames que no hayamos encontrado otra gasolinera! ¡¿pues cuánto llevamos?!

– Desde que salimos de Villa Jesús María yo creo que unos 300 kilómetros – contestó Arturo mientras Alberto estaba callado.

– Déjame me arranco por gota, para que no se nos haga más tarde

– te acompaño – afirmó Alberto

– No tu no, aquí quédate con Vicente, no vaya a ser que te quedes tu también, además por tu culpa nos estamos retrasando

– órale Arturo, vete con cuidado, a ver si no te quedas tu también

– no, si la hago... eso creo

– y te traes unos botes de agua – concluyó Alberto ya cuando Arturo subía a su moto quien asintió.

Al cabo de casi 40 minutos de esperar acostados bajo la sombra de la moto, en aquel acotamiento en medio de la nada del desierto, se escuchó la V Star que venía de regreso.

– ¿Qué onda Arturo, cómo te fue?

– ¡ingas! Llegué casi de puro milagro. No'más apenas me acababa de arrancar y aquí adelantito le tuve que meter la reserva. Iba con el culo en la mano, no sabía ni cuánto faltaba para la gotera; pero está aquí adelantito, 20 kilómetros.

– ¡Sobres, pues ya la hicimos! – festejó Alberto a lo que Arturo agregó:

– si güey, a ver si ahora sí nos haces caso, por tu culpa perdimos un chingo de tiempo, o'ra vamos a tener que ir hechos madre para recuperarlo.

– no'mbre Arturo, ¿para qué nos estresamos? Como quiera íbamos a llegar de noche, mejor vámonos tranquilo, al paso que veníamos vamos bien

– Bueno, okey, no'mas que si te vuelves a quedar sin gota, ahí te quedas pinche Alpuerco, o'ra si no te voy a ayudar

– ni yo ¿he? Pinche trogloda – advirtió Vicente

– ¡tch!

– El peso de los kilómetros y las horas se sienten en la espalda y las posaderas: calambres en las manos y los hombros; un tanto extenuados van solo deseando ver ya delante el letrero de bienvenida a Ensenada. La noche Baja Californiana les viene acompañando desde antes de Rosarito, la jornada ha sido larga pero gratificante. Entrados en aquella latitud, con la noche sobre ellos y el mes de febrero en curso; de las alforjas hubieron de sacar abrigo y usarlo, cuando horas antes, el sol les horneaba por encima de la ropa.

Diez de la noche: trece horas y 1,021 kilómetros después de partir de Loreto, La bella ciudad de Ensenada, vestida de carnaval, saludaba a los agotados jinetes quienes tenían como primera misión encontrar alojamiento, cosa que no resultó ser labor sencilla pues como no estaban enterados de la festividad, no supusieron necesario hacer reservación ante el hecho de la saturada ocupación hotelera. Y helos aquí peregrinando de hotel en hotel, buscando alguno que vacante hubiese y que al bolsillo acomodase. Una y otra puerta: si llegaban a encontrar vacantes, las tarifas pasaban de los $1,300 pesos que aun cuando se pagase entre tres, se saldría de presupuesto. Ante el cansancio y la desesperación de preguntar hasta en seis lugares, estuvieron a punto de tomar una de estas opciones cuando en una de esas y por suerte, un taxista les informó de una posada económica a donde fueron sin más demora.

– Buenas noches señorita ¿tiene cuartos? – preguntó Vicente a la encargada sentada detrás del mostrador que vio entrar a los tres motociclistas a la recepción, quienes al retirarse los casos, dejaban ver sus rostros apaleados por el cansancio.

– Nos quedan dos cuartos, uno para dos y otro para tres personas. ¿Es para ustedes tres nada más?

– Si señorita

– La habitación es la mejor que tengo y se me acaba de desocupar, la tarifa es de $850 la noche: tiene televisión y agua caliente

– Prácticamente sin consultar a sus amigos más que con una mirada a lo que asintieron sin mucho entusiasmo, Vicente confirmó la transacción.

– ¿Ya viste la pocilga en donde nos viniste a meter, pinche Chente? – Replicó Alberto a lo que Arturo respondió

– Por eso mismo, güey: es precisamente lo más apropiado para ti, puerco. Además ¿qué querías? Antes di que encontramos, si no, ahí te puedes quedar en la banca del parque

– Y agregó Vicente: – La verdad es que sí está gacha la piquera esta, checa: los cielos falsos de hielo seco todos caídos, pisos de mosaico de cemento del año de la canica cuadrada, se ven los brochazos de la pintura en las paredes y los muebles. Y eso que dijo la señora que era el mejor cuarto que tiene, ¡¿cómo estarán los otros?! Así que no te quejes Alpuerco. ¡Esta es la "suite presidencial" ¿he?! ¿Qué más querías por ochocientas cincuenta bolas? Por lo menos está limpio, aunque para lo que es, sí se me hace caro ¿no creen?

– Que mal pedo que nos vino a tocar el carnaval en la mera fecha: todos los hoteles ocupados – dijo Alberto a lo que Arturo agregó:

– Sobre todo los baratos que es donde llega la raza, los de arriba de mil bolas todavía tenían uno que otro cuarto disponible. Pero está bien, por lo menos encontramos este... ¡y con la "suite presidencial" güey! ¡¿Qué más quieres?! Ahí donde estás echado, han estado la reina de Inglaterra, el Papa y Michel Jackson

– ¡¿juntos?! ¡a la madre, que locos! Vinieron al carnaval de seguro, es más, se acaban de ir ahorita, ¿no oíste que acaban de desocupar el cuarto? – Exclamó Vicente con tremenda chunga atizando la de Arturo para venir todos olvidando con buen humor el cansancio. Luego hicieron planes para el día siguiente e ir a ver el dichoso carnaval.

# CAPITULO 11

# LACAYOS CON PEQUEÑO PODER

El día amaneció con frio y llovizna persistente pero no tenían la intención de pasarlo en aquel deplorable lugar, así que fueron primero a buscar "las segundas" que son mercados ambulantes donde venden generalmente artículos de segunda mano (de ahí su nombre) pero sobre todo cosas nuevas a precios muy bajos. Puesto que venían de una latitud más meridional, ninguno estaba preparado con una buena chamarra con la cual afrontar los inviernos de la parte norte de Baja California que se pronosticaban fríos y húmedos. Y fue en uno de estos mercaditos donde se hicieron de muy buenos abrigos por un precio realmente módico.

– Oigan trogloditas: anoche que llegamos, ni buscamos bien un buen hotel, ¿qué tal si damos otra peinada a ver si encontramos algo mejorcito y a mejor precio? – Alberto respondió a Vicente:

– Yo creo que sí, de seguro hayamos, algo mejor tiene que haber.

– Y así, con aquel clima desagradable pero ya bien abrigados con sus chamarras nuevas, empezaron a recorrer las calles de Ensenada cuando de pronto, al pasar, vieron una posada de nombre "Foxis", que tenía facha de ser seguramente económica y decidieron parar a ver. En recepción, el encargado les mencionó que le quedaba una habitación para tres personas por la renta de $300.00 pesos. De inmediato esto les sonó a buen negocio; pero primero, claro, deseaban ver la habitación, de la que el encargado por cierto mencionó que lo económico del precio se debía a una "ligera" filtración de agua cerca de los muros. La idea de ser un buen negocio, de pronto comenzó a desvanecerse y luego en elevar a la categoría de palacio su anterior morada, cuando se les condujo al susodicho cuarto por un obscuro y tenebroso pasillo. Un fétido buqué a alfombra húmeda se percibía en aquella cloaca.

En el cuarto: una tremenda gotera, que no una simple presencia de humedad como les habían dicho, obligaba mover una de las camas hacia un punto donde no le cayese el goteo desde el techo; pinturas "rupestres" decoraban los muros de la habitación, dándole un toque de penitenciaría, más que de una morada paleolítica.

– "Nosotros lo checamos, si decidimos dejar el otro hotel, aquí nos vemos en media hora para agarrar el cuarto" – Dijeron Arturo y Vicente al encargado, para evadir cortésmente la oferta y se escabulleron de ahí como quien sale de la casa de los espantos de una feria de pueblo: les evocaban sentimientos primero de lástima por tan deplorable lugar el cual caía por debajo de una humilde posada, por la precaria seguridad de que les pasara algo a sus pertenencias dentro del cuarto en su ausencia o a sus motocicletas afuera durante la noche o peor aún, a ellos mismos por la inseguridad y casi segura mala compañía de los cuartos vecinos; pero también les daba risa de acordarse de que al principio llegaron a pensar que sería buena idea hospedarse en semejante chiquero. Aunque estaban consientes de sus escasos recursos, una cosa era alojarse en una humilde posada, y otra en una madriguera de malvivientes.

– "ligera filtración" ¡pinche goterota en mero medio de donde va la cama! ¡está pendejo el bato! En una de esas, en vez de almohada te dan una rata y tú con madre te acuestas porque la vez pachoncita – Se quejó Vicente en tono burlesco, mas Alberto protestó:

– ¡Pinche Chente, mira no'mas donde nos traes! Primero aquella pocilga y ahora esta, el próximo hotel de seguro va a ser "el alcantarilla inn" – y Arturo agregó:

– Mira Alpuerco: ni te hagas el muy fino, esa pocilga, me cae que esta especial pa' ti, es más: Chente y yo nos regresamos al otro hotel y tú te quedas aquí en la pocilga presidencial

– ¡tch, ya güey! Tu muy flaco. Es que Vicente venia adelante y se paró aquí a ver a como estaba.

– Claro Alberto, o ¿a poco crees que no'mas de verlo por fuera ya sé cómo están los cuartos y el precio? Por eso nos paramos a ver. Lo que sí, es que ya después de esto, el otro hotel hasta se me hace fino.

– Resignados a que irían a pasar otra noche en el hotel primero, se fueron por ese rumbo cuando sin preverlo, pasaron junto a otro que no habían visto y aun cuando les pareció de entrada que se saldría de su presupuesto por la facha de ser nuevo, no quisieron dejar pasar la oportunidad de preguntar la tarifa tan siquiera. Su sorpresa fue que la tarifa era de $650.00 siendo esto más económico que el hotel donde ya se encontraban y hasta de mucha mejor calidad: todo nuevo, pisos alfombrados, televisor grande, etc. y sin pensarlo dos veces, pagaron el cuarto, fueron por sus cosas y se instalaron.

Estando el clima metido en llovizna y con frio, después de visitar las segundas y haber andado buscando otro hotel por horas, realmente no les quedaban ganas de ir a conocer los lugares interesantes de Ensenada, al cabo pues, ya habían andado rodando de un lado a otro, así que fueron a un moderno centro comercial a pasar la tarde y ver una película en el cine, para luego tomar un descanso antes de ir a la noche de carnaval.

– Oye, pero esta medio gacho el clima, ¿no irán a cancelar el carnaval hoy? – Preguntó Alberto a lo que Vicente respondió:

– No creo, yo escuché que el carnaval se celebra esté como esté, a la gente le vale, como es una vez al año y le invierten mucho, no creo que se agüiten por eso. Yo

diría que nos fuéramos arreglados, a ver si ligamos unas morras. – En eso, Arturo le dice a Vicente:
– No se te olvide llevarte tu bikini de holanes y tu sombrero de frutas para que seas la reina del carnaval
– ¡ingas! Se me olvidaron, pero préstame los tuyos güey, al cabo tu ya fuiste la reina gay el año pasado ¿no?
– ¡Nel! – Refunfuñó Arturo. Guasones coloquios hacían en torno a atribuirse unos a otros tener una dudosa sexualidad, pero más gracia les causaba a Vicente y a Alberto pues a Arturo, como se dijo antes, no era afecto a recibir ese tipo de comentarios pero si hacerlos.
Aprovechando que el hotel estaba próximo a las calles donde se encontraba el dichoso carnaval, decidieron ir caminando y así, hicieron el paseo por el lugar de aquella festividad que bien es propiamente una feria: olores a fritangas y tacos de los puestos aluzados con sus focos amarillos; el sonido de la música popular de aquí y allá se escuchaba en el ambiente, el ruido de los juegos mecánicos con sus luces multicolores acompañado de alguno que otro grito de alguna chica emocionada por los vertiginosos movimientos de los aparatos; y los merolicos con sus monótonas peroratas haciendo su vendimia de ropa y cobertores. La escena es una auténtica verbena nocturna que no se inmuta por aquella incómoda climatología: La llovizna y el frio son tolerables pero parecen resistirse a irse ni amenazan con endurecerse.
En fin que los tres personajes decidieron entrar a un conocido restaurant-bar por algunas cervezas y cuando sentados a una mesa estuvieron, Arturo apuntó:
– ¿Ya vieron aquellas viejas que están allá? Las que están de aquel lado
– ha sí, están buenas – dijo Alberto y Vicente agregó
– ¿y qué tal aquellas que están por la barra? a mí me gusta la flaquita

– Están buenas también, pero tienen cara de medio fresas, se me hace que nos van a batear, además son nada más dos – respondió Arturo.
– mejor vamos con aquellas otras, son cinco y parece que vienen a ligar.
– no güey, yo no creo, se me hace que vienen en su plan de puras amigas, a parte ya sabes cómo son las viejas: si una esta ligando, las otras envidiosas luego, luego se meten a cagarle a la amiga y boicotearla y salen con su jalada de que nadie ligue, hasta se ponen de acuerdo, y casi siempre la chava con tal de que las arpías de sus amigas no la fastidien, te mandan al cuerno las pendejas aunque le gustes
– pues sí, es cierto – contestó Arturo – pero se me hace que estas si jalan o de perdido para cotorrear un rato... ¡mira! Ya se nos adelantaron esos batos ¡chin!
– espérate, o'rita vas a ver como los mandan a la fregada... mira... ¿ya ves? Ya los mandaron a la goma, y lo mismo les va a pasar a ustedes. Bueno, mejor no se agüiten, vayan, a ver si tienen mejor suerte; yo voy a platicar con la flaca de aquel lado...
– Y así fue que el trío de pseudo-Don Juanes pusieron empeño en su empresa de conseguir compañía femenina con quien pasar la noche: Arturo y Alberto por su lado platicaron con el grupo de cinco chicas y Vicente con las que junto a la barra estaban. Aunque cada quien sacó su mejor dote de conquistador, Afrodita no les favoreció aquella noche, aun así no la pasaron del todo mal; por su lado cada quien pasó un agradable rato platicando con las chicas hasta entrada la madrugada cuando dejaron el bar y regresaron al hotel posesos por un ligero influjo del fermentado de cebada.

\*              \*              \*

El sol resplandecía con un cielo claro el nuevo día de la nueva semana. La persistente llovizna cesó, las nubes grises se desvanecieron durante la madrugada y el sol entibiecía las calles todavía con pequeños charcos. El carnaval de Ensenada parecía que solo tomó algunas horas de sueño y se levantaba con el sol de media mañana para seguir la fiesta; Vicente y compañía hicieron lo propio.

Unos tacos de vapor (la piedra angular de un nutritivo desayuno) y empacadas las maletas; entregaron el cuarto y fueron a acaparar lugar para ver el desfile. Paciente la gente esperaba a uno y otro lado de la avenida a la expectativa de ver los carros alegóricos y comparsas al ritmo de la zamba. El confeti volaba entre los coloridos carromatos que se desplazan como tortugas, escoltados por danzantes rumberos y arlequines; también músicos uniformados con brillantes atuendos. La calle cobra vida.

El carnaval seguirá por algunos días pero Tijuana les espera. Por la tarde recorrieron el último tramo de 100 kilómetros para completar los poco más de mil seiscientos kilómetros de la federal número 1 por Baja California y hospedarse en algún hotel económico cerca del consulado norteamericano.

Puntuales se presentaron en la fila Alberto y Arturo mientras Vicente los esperaría. Un folder con extensa papelería llevaba cada quien: comprobantes de domicilio, de ingresos, referencias laborales, etc. Arturo fue el primero en ser atendido para su entrevista. La dependiente, una mujer madura de acento sudamericano, con arrogancia, prepotencia y de mal humor, se encargó de interrogar al Tabasqueño:

– siéntese – le dijo en tono osco, lo que Arturo con humildad obedeció – ¿En qué trabaja?

– ahora estoy desempleado, pero trabajo como buzo industrial

– ¿y eso para qué sirve?

– por ejemplo para instalar tuberías por las que se extrae el agua del mar para potabilizarla

– ¿a poco es eso posible? Yo nunca había escuchado que el agua de mar sirviera para potabilizarla – contestó en tono despótico la empleada del consulado – ... bueno. Estuvimos revisando su expediente y en el teléfono que nos dio de su último empleo no nos contestan, así que no le vamos a dar la visa por echar mentiras – agregó con toda seguridad y como si le estuviese regañando. Arturo que desde el principio había actuado educado y sumiso, no sabía ni cómo reaccionar, al verse tratar tan mal por la sudamericana tipa quien se escudaba detrás de su pequeño poder burocrático, se moría de rabia por dentro sin poder reclamar bajo el temor de olvidarse para siempre del dichoso documento y todavía haciendo acopio de actitud humilde se atrevió a alegar:

– oiga, pero si yo trabajé ahí, intente de nuevo por favor.

– Ya intentamos muchas veces y no nos contestan. Puede volver a tramitar su visa después, pero si insiste con esa mentira, le voy a poner un reporte en el expediente y entonces ya no la va a poder sacar nunca – Ante la seguridad y contundencia del argumento, Arturo se quedó pasmado y calló sin más remedio. La burócrata le indicó la salida al desanimado ciudadano, mas antes de abandonar las oficinas, advirtió que el hombre que le seguía en turno para la entrevista con la despreciable empleada, entraba al cubículo en silla de ruedas seguramente por algún impedimento físico. Antes de marcharse, escuchó a la mujer con su característico acento decir claramente al recién entrante: ¿y usted para que quiere ir a Estados Unidos si ni caminar puede? Asombrado por tan grosera actitud, no hiso más que resignarse y salir del edificio esperando que Alberto tuviese mejor suerte.

Un par de horas más tarde, a las afueras del consulado esperaba Arturo a Alberto quien se le veía pesaroso y atribulado

– ¿Qué pasó pinche Alberto, también te negaron la visa?

– Sí güey, no mames que a ti también

– Sí, me tocó una vieja mamonsísima

– ¿no mames que una con acento argentino o chileno?

– ¡esa mera! ¡vieja desgraciada! Se cree mucho con su pequeño podercito de empleada y mira que bien nos vino a joder a los dos... – En esas razones, pensando se fueron al hotel a platicarle a Vicente quien les esperaba ocupado en un cibercafé

– ¿Qué pasó, tripones. Cómo les fue? Los veo medio agüitados, no se las dieron ¿o qué?

– No güey, nos tocó igual una pinche vieja sudamericana bien mamona y hasta salimos regañados... – explicó Arturo quien le contó la historia incluyendo el detalle del hombre en silla de ruedas

– ¡eso sí estuvo bien mal oye! Por menos de eso a la vieja la corren de la chamba, no pueden discriminar a nadie por su condición física ni mucho menos hacer un comentario así ¡¿pues qué tiene en la cabeza?! El hombre debió protestar y hablarle a un supervisor, eso no debe ser.

– No pues, parece que no nada más a nosotros nos la negaron, yo creo más bien que a nadie le dieron visa; y eso de que no contestaron en mi anterior trabajo ha de ser puro pedo. Se me hace que tienen orden de arriba de no autorizar ninguna visa, como que por temporadas así lo hacen.

– Lo que debiéramos de hacer – apuntó Alberto – es esperar afuera del consulado y esperar a que salga la vieja y entre los tres la golpeamos y la violamos y le ponchamos las llantas del coche

– ¡ay Alpuerco! Tenías que salir con tu jalada

– sí, pinche trogloda, no'más te faltó decir: "la violamos y luego la quemamos, pfff" – arremedó Vicente terminando con la típica onomatopeya del fuego que Alberto solía hacer. Mas Alberto ya a veces tomaba con humor la carrilla que sus amigos le hacían con respecto de sus disparatados y perversos comentarios y los tres se atacaron de risa ayudándose a pasar el amargo trago de no haber conseguido los tan codiciados documentos, motivo por los cuales habían recorrido cientos de kilómetros.

– Bueno, al menos nos hemos echado un súper viaje fregón ¿no? – dijo Alberto optimista y contagiados por ese espíritu, Vicente y sobre todo Arturo, se unieron a la opinión:

– ¡Eso sí! La paseada no nos la quita nadie, total si no se pudo, otra vez será. Al cabo que no teníamos planes de ir pronto al gabacho y solo la queríamos por si se nos ofrecía y la vieja nos dijo que podemos intentar luego otra vez, ni para que nos agüitamos. Mejor que nos quede de experiencia el viaje, que eso sí, no cualquiera se lo avienta y muchos ya lo quisieran hacer.

O'ra falta lo mejor que es el viaje de regreso, ahora si nos vamos a poder ir rancheando despacito conociendo lugares, al cabo que no traemos prisa.

– tienes toda la razón compadrito. Que mala onda que no les dieron la mentada visa pero qué bueno que no se agüitan y lo ven por el lado positivo. Yo diría que nos fuéramos a comer de una vez para llegar a Tecate temprano, pero antes de irnos, yo quisiera ir a ver el CECUT, ese que le dicen "la bola" porque me lo han platicado mucho

– Alberto y yo necesitamos ir al súper a comprar una tienda de campaña para los dos y un sleeping bag, ya ves que Alberto no trae y no conseguimos en las segundas. Después de comer, tú vete al museo y nosotros a comprar eso y cuando terminemos ahí te alcanzamos.

– órale va, me parece bien.

– El museo CECUT es un ícono de la ciudad de Tijuana, se encuentra en una predominante avenida, una zona comercial muy bonita y evidentemente destaca por su geometría; es un importante núcleo de cultura para una sociedad que ha crecido de inmigrantes económicamente desfavorecidos y en su mayoría también de falta de escolaridad, pero que han hecho sus vidas aquí y este digno centro les provee de cultura y algo de esparcimiento. La colección museográfica a decir verdad, parece no estar muy completa y la mayoría de los objetos son réplicas, como si el INAH o quien se encarga de compilar las piezas que se exhiben, no estuviera preocupado por mostrar más, mejores y auténticos objetos históricos en este sitio. Pero aun así la visita resulta interesante, los pocos objetos auténticos, son únicos y valen la pena apreciarlos: como las armas y las pinturas antiguas.

Casi dos horas después, Alberto y Arturo llegaron a "la bola" por Vicente pero como esto no les interesaba, no quisieron entrar a ver. Lo que si estaban muy interesados por visitar, era la planta productora de cerveza en la población de Tecate, sobre todo por las cervezas que la fábrica obsequia a los visitantes. De manera que habiendo ya comprado lo que anteriormente se dijo y sin más por que detenerse, tomaron la federal 2D en el apogeo de una tarde despejada y cálida. El camino se desliza entre la serranía; desde la salida de Tijuana, próxima del aeropuerto de la ciudad y a lo largo de esos escasos 37 kilómetros, la amplia y confortable carpeta de concreto, es un escenario de sublime armonía: aunque prácticamente no hay árboles salvo alguno que otro pino que saluda al pasar; los cerros de caprichosas formas se tapizan de un verde pasto y chaparros matorrales como pecas.

No les fue difícil dar con la famosa industria cervecera que está a no más de cinco cuadras de la frontera divisoria con Estados Unidos y que cuenta con un muy agradable espacio exterior: un jardín con frondosos árboles, verde pasto recién cortado y un sombreado de madera donde a los visitantes se les obsequian vasos de cerveza espumosa bien fría y recién salida de la fábrica. Sentados en el juego de jardín, los tres amigos bebían plácidamente una cerveza tipo Laguer mientras esperaban para pasar a tomar el tradicional tour a la planta, cuando a Alberto, le vino en gana fumar un cigarro para acompañar la cerveza.

– Oiga joven, no está permitido fumar en las instalaciones, tenga la bondad de apagar el cigarro – Le llamó la atención amablemente el guardia

– pero si estamos en el exterior – reclamó molesto Alberto

– sí, pero aquí no se permite, si gusta puede hacerlo allá afuera.

– Alberto puso una cara de disgusto pero no quiso alegar más y se dirigió a la salida con el cigarro ya encendido y vaso de cerveza en mano, cuando el guardia, atentamente le volvió a llamar la atención.

– Joven, tampoco se permite tomar en la vía pública, luego nos regañan que porque dejamos salir gente tomando.

– Ya enfadado, Alberto que es proclive a faltar a las normas de civilidad, alegó al uniformado.

– Pero si yo me quiero echar mi cervecita con un cigarro ¿qué no se puede?

– Allá en la cantina sí, pero aquí no, si va a fumar, hágalo de la puerta para fuera, si va a tomar cerveza, hágalo aquí adentro, si quiere tomar y fumar afuera y pasa la policía y lo ve, lo van a levantar, así que luego no diga que no le dije ¿he?. – Arturo y Vicente reían a carcajadas tan solo de ver la cara de frustración de Alberto quien como niño chiquito se rehusaba rotundamente a soltar los dos vicios. Empedernido a querer hacer lo que en gana le venía, optó por pararse en la puerta de zaguán con mitad del cuerpo adentro de la propiedad con el vaso de cerveza y la otra mitad afuera con el cigarro; su necia actitud y singular pose causaban felice gracia a Vicente y a Arturo, y también al guardia que intentaba disimular su risa y no quitaba la vista del rijoso motociclista.

Luego de un rato, un joven con playera roja y logo de la empresa bordado en ella, se aproximó a estos tres únicos visitantes dándoles la bienvenida:

– Hola, yo soy Jaime, bienvenidos a la planta de cerveza. ¿Quieren dar el tour por la fábrica, verdad?... pasen por aquí, yo los llevo al recorrido. – Enseguida, entraron en un auditorio o más bien una pequeña sala de cine donde se proyecta un breve documental sobre los inicios de la fábrica, su historia, y el proceso de producción. Luego hicieron el recorrido por la industria donde pudieron apreciar cuan limpio e institucional se mantienen las instalaciones, también aquellos silos de cobre y aparatos metálicos relucientes donde la malta es procesada para finalmente producir ese dorado líquido cristalino.

El siguiente plan era regresar a Ensenada para reabastecerse de víveres, conocer "La Bufadora" y enfilarse de regreso al sur, pero antes, no podían pasar de largo por la zona vitivinícola del valle de Guadalupe.

# CAPITULO 12

# EN ALGÚN LUGAR DE LA BAJA...

Las cosas no pudieron acomodarse de mejor manera: salidrían de Tecate al momento del ocaso y buscaron donde acampar a un lado de la carretera, luego, temprano en la mañana visitarían los viñedos, y por la tarde llegarían de vuelta a Ensenada Baja California. Todo iba saliendo mejor que si lo hubiesen planeado, excepto por un detalle: Cargaron gasolina a la salida de Tecate; acordaron que Vicente fuera a la cabeza y sería quien se encargaría de elegir un punto para acampar. Antes de la partida se pusieron encima alguna prenda que les diera más abrigo pues con la noche y altura del lugar, ya empezaba a sentirse un frio que amenazaba con recrudecer. Pese a que el día les pintó soleado y con algo de calor, el clima de esa latitud es muy extremoso. A los 51 kilómetros de Tecate por la carretera 3, al ver el anuncio que decía "Gracias por su visita, zona del vino", Vicente alzó el puño. Una construcción abandonada en un claro bastante amplio junto a la carretera, llamó su atención. El lugar parecía seguro y la antigua casa formaba una barrera contra el viento, las luces y ruido de los tráileres. Recién se detuvo en el claro, apuntando el faro hacia el sitio y sin apagar el ciclomotor, puso sus frías manos con todo y guantes en la cabeza del motor esperando el arribo de Alberto y Arturo que cerca venían.

– ¿Cómo ven aquí? – preguntó al tiempo que levantaba la mica del casco y exhalando un ligero vaho.

– Está chido – dijo Arturo

– Está bien, parece que ahí espantan pero está bueno. Ya quiero parar, traigo las manos heladas y me vengo miando – Agregó Alberto.

La resplandeciente luna llena hacía casi innecesario el uso de la linterna; dejaba ver con claridad la tenebrosa silueta y sombras de la arruinada construcción rayada con grafiti en medio de la cada vez más fría noche.

Lo cierto es que estaban equipados para pasar noches con frio pero aun así, aquella noche el termómetro descendió a un grado apenas tolerable para lo que venían preparados. Por momentos no veían la hora de llegada del alba, aun así, pudieron conciliar algunas horas de sueño.

\*                         \*                         \*

Clareaba el nuevo día, con un fino manto escarchado sobre el pasto. Desde el claro se divisaba un corral con caballos y a lo lejos, las lomas glaseadas por el rocío helado, volviéndose verdes con la caricia del primer rayo de sol. Así les contemplaba Vicente de cara al paisaje, parado junto a su Vulcan mientras hacía su descarga matinal.

Una manzana y galletas acompañadas de un jugo de cajita, hicieron el menú del desayuno (que no fue ni el primero ni el último igual así). Luego de levantar el campamento, montaron de nuevo. Cansados aun pero entusiasmados por el día que les esperaba.

Los montes cobijan el paraje, haciendo un recinto de tierra y cielo fecundos para las uvas que trocarán luego en fluidas delicias de colores violáceos y sensuales aromas. La entrada al famoso Valle de Guadalupe sobre las galopantes máquinas no difícilmente alude la ocurrencia de un peregrinaje antiguo de conquistadores o pioneros de antaño en busca de vino y aventuras, con chamarra de cuero negro en lugar de armadura y casco motociclista por celada de encaje [20].

---

[20]   Especie de casco militar usado desde los primeros años del siglo XIV

Por entonces las parcelas de la vid lucían calvas pues la primavera no había entrado aun, pero durante la época de la cosecha aquel vergel se pone su elegante vestido de rallas verdes bien parejitas; la campiña de viñedos del Valle de Guadalupe se iguala solo en su majestuosa belleza a la ruta del tequila.

Al pasar el kilómetro 73 pueden verse adelante: la entrada a los viñedos Domec de un lado de la carretera y los de L. A. Cetto del otro, más no son los únicos. El trío de motociclistas decidió entrar a este último. El camino entre las parcelas es enmarcado por frondosos olivos y rosales que sirven para proteger la vid de vientos y plagas. En el casco de la hacienda hay un precioso jardín que recibe al visitante junto a un salón de madera y teja tipo rústico, ahí se pueden comprar y degustar los productos de la casa.

Como temprano era, la guía del tour no había llegado todavía, así que entre tanto, se recostaron a la sombra a tomar una siesta y reponer minutos de sueño que les habían faltado; un rato después, una mujer simpática, se llegó hacia los jóvenes.

– Buenos días chavos ¿vienen a dar el tour?... síganme por aquí, ahora mismo les muestro la planta – y con afable trato, la joven dama les llevó por las instalaciones de una de las marcas de vino más reconocidas en México y de presencia internacional. La industria toda tiene un curioso carácter entre lo moderno e institucional con un aire de artesanal y tradicional. Les explicaron con detalle el proceso de elaboración desde la siembra, pasando por la cosecha, despalillado, fermentado, etc. hasta el embotellado.

Las bodegas que albergan los inmensos toneles de roble blanco son algo que no se debe dejar de ver. Al final del recorrido tocó la tan ansiada degustación: un poco de este, otro poco de aquel. Saboreaban las espirituosas bebidas reposando relajados en la galería repleta de botellas encavadas en las paredes.

Poco espacio había en las alforjas pero suficiente para llevar una botella de Sirah, dos de Cabernet y una pequeña de Merlot que compraron antes de la partida.

– Oigan ¿qué tal si vamos a aquel otro viñedo? – Propuso Alberto

– yo digo que sí, total ya andamos aquí – Opinó Vicente y Arturo fue del mismo parecer.

"Doña Lupe" es el nombre del viñedo, aquí la elaboración es más artesanal y como no hubo quien les mostrara las instalaciones ni cata de vinos les diera, se limitaron a echar un vistazo a la tienda en donde compraron una exquisita salsa de chile piquín y un chicharrón de alga que ahí mismo consumieron y que fue la delicia de aquella mañana. Luego entonces, montaron de vuelta sus motos y prosiguieron de vuela a Ensenada.

Por increíble que parezca, Alberto había consumido ya para entonces la tercera parte del papel de baño que habían comprado, y hubiese sido más si no es que de los hoteles se adjudicaba los rollos que se dan.

Para la tarde ya habían hecho lavandería y surtido de mandado las alforjas; hasta una caña de pescar que compró Vicente cupo, aunque la vara salía por un lado, pero le ató bien al respaldo.

El día fue corto y de camino a La Bufadora por la estatal 23 les alcanzó el ocaso. A los 8.7 kilómetros de haber salido de la federal 1, encontraron el primero de varios sitios para acampar a lo largo de este trayecto: un rincón junto a la laguna llamado "Rancho el Refugio", característico por una construcción que asemeja un castillo medieval, tiene espacio para casas rodantes y área de acampar con regaderas y baños limpios por un muy módico precio. Más no es la única opción, además existen hoteles y moteles económicos.

Abrieron una botella de Cabernet y sentados al borde de la muralla, contemplaban lo que quedaba del azul resplandor

de sol con las primeras estrellas reflejarse sobre la laguna
y conversaban:

– Estuvo chida la rodada por los viñedos ¿no? – Preguntó
Arturo.

– ¡chingona! Como de película, ¿y que tal si nos hubiera
tocado cuando están verdes? ¡Otro pedo! ¿no? – Exclamó
Vicente

– Sí güey, yo le bajé a setentaicinco para venir viendo –
dijo Alberto, a lo que Arturo agregó:

– Ha, sí es cierto, gordo, vi que te viniste quedando atrás y
también le bajé.

– pero la verdad que todo el camino esta de poca madre:
desde Los Cabos hasta aquí te va chorreando la baba, no
saben mis camaradas de lo que se pierden, ojala algún día
me los traiga para acá.

– ¿y tienes moto club allá con tus cuates? – cuestiona
Alberto

– Pues así tanto como moto-club, no: unos cuates que son
mis amigos de hace mucho antes de comprar las motos,
hicieron un grupo que se llama Los Demonios, eran tres,
pero uno se salió porque los otros dos van siempre hechos
madre, luego, cuando yo me compro la moto, también me
meto a Los Demonios pero igual ya no ruedo con ellos por
la misma razón, aunque no les quiero regresar los parches
porque son mis amigos de toda la vida, así que "hicimos"
otro grupo mi otro amigo que se salió y yo y le pusimos
"Los camaradas bikers"

– ah, pues has de cuenta como este güey y yo – dijo
Alberto, y prosiguió – Nos han invitado cuates que tenemos
en otros clubes a que nos metamos con ellos, y sí,
rodamos bien a gusto con ellos y son buena onda pero no
queremos meternos como miembros; precisamente porque
son buenos cuates. No'más que luego nunca falta que no
te pones de acuerdo en algo y por culpa del moto-club, ahí
te andas peleando y hasta pierdes la amistad.

– Neta que si – Agregó Arturo: – uno de estos cuates esta en uno de esos clubes bien chingones que tienen miembros en toda la república, se siente con madre que te inviten como miembro y se ha de sentir bien chido traer el parche de un club grandotote, que te reconozcan en todos los eventos y que vayas a otras partes y te encuentres raza que ya no'mas porque trae el mismo parche que tú, te ofrece su casa. Eso está fregón, pero Alberto y yo no queremos pedos, mejor los seguimos tratando así, como quiera nos aprecian mucho y son nuestros brothers y cuando algo se nos ofrece: luego, luego nos hacen el paro ¿verdad que si Beto?

– Sí güe, de hecho, hace como dos meses, veníamos este güey y yo de La Paz, nos paramos a miar y que en eso ya no quiso prender mi moto. Ahí estábamos viendo cómo hacerle, de rato pasaron estos camaradas y se pararon de pedo: ya le andaban hablando a otro bato para que se trajera una camioneta pero en eso, le chacamos los fusibles, uno se había quemado pero de buenas uno de ellos traía, se lo pusimos y de ahí nos fueron acompañando todo el camino

– ¿y ya no se te ha vuelto a joder? – no ya no, pero por si las dudas siempre cargo fusibles.

– ¿Cuánto llevas con la moto, Alberto?

– cuatro años, casi cinco: le metí alforjas, le puse esos espejos con forma de cruz de malta que le ves y sus foquitos de leds.

– ¿Y a la tuya no le has metido nada Arturo? – no, yo no, a mi me gusta tal como está: así la compré con esas alforjas; no'mas le colgué el atrapasueños ese que me gusta mucho y ya. Este cerdo que le cuelga hasta el molcajete, parece pesero.

– ¡tch, ya güey! Tu muy exquisito, también estas hecho un puerco.

– Sí güey, pero no tanto.

– Bueno, ahí síganse peleando las dos en su tienda, o se contentan y se dan un besitos en la nuca. Yo ya me voy a jetear...

\*                          \*                          \*

– ... Vicente... chente... ya levántate güey, ya van a ser las diez y tu y el Alpuerco todavía jetones; levántense ya para ir a la Bufadora. – ¡p'os que se espere la fregada vieja esa! ¿cuál es la prisa de llegar? – Rezongó Vicente desde adentro de su tienda con voz modorra.
– Pues que luego vamos a Bahía de los Ángeles y está colgado – contestó Arturo.
– Bueno, ya voy.
– La calle se adorna de pintorescas artesanías y curiosidades de las tiendas que a uno y otro lado se esparcen de mil colores. Es el fin del camino hacia el famoso paraje, donde cantidad de comerciantes han aprovechado el atractivo turístico para situarse y ofrecer sus mercancías a los visitantes del fenómeno rocoso. En sí, son parte del atractivo pues el mercado es una fiesta de figuras y texturas que seducen por lo menos a curiosear antes o después de ver las gigantescas columnas de agua que salen disparadas por entre la roca.
Por la mañana, cuando la marea es baja, puede que el espectáculo natural no tenga mucho atractivo; pero a medida que el sol llega y pasa del cenit... Las olas retumban en la roca, furiosas se arrojan una y otra vez dando consigo entre las indómitas piedras: reculan como el toro apunto de embestir y se lanzan con toda su fuerza golpeando el estrecho del risco: resollando, bramando como una colosal bestia marina de espuma blanca que se alza por arriba de los cuarenta metros queriendo alcanzar el cielo... luego cae con la gracia de una pluma, y lo intenta de nuevo.

Por un rato los motociclistas contemplaron el espectáculo natural y curiosean por las tiendas donde en algunas se exhiben invaluables antigüedades; son prácticamente pequeños museos.

– Alberto ¿qué llevas ahí? – Preguntó Vicente, señalando una caja que llevaba aquel, como del tamaño de un estuche

– ¡Mira! – Presume su amigo, orgulloso de su compra, sacando lo que dentro de la caja había. Vicente quedó con cara de incrédulo asombro cuando vio el contenido...

– ¿Una ametralladora de juguete? ¿Para qué fregados quieres eso, niño? ¿No ves que ya no llevas espacio ni traemos presupuesto y te pones a gastar en juguetes?

– El artefacto era una réplica de una ametralladora M-16, con todo y su pequeña linterna, que disparaba balines de plástico con un potente resorte y su respectivo cañón color fosforescente que la identificaba como falsa.

– ¡tch! ¿Pero a poco no está chida?

– No, pues eso sí, ¿pero se la piensas regalar a un niño allá en Cabo o qué onda?

– No güey, es para cazar conejos, de seguro que con un balinazo de estos si matas uno.

– ... a lo mejor y sí pero no sé, bueno tu sabes, igual como quiera te diviertes tirándole a botes.

– Arturo salió de donde Alberto adquirió su "arma" y se acercó a donde sus amigos estaban preguntando a Vicente

– ¿ya viste lo que compró este güey? – Vicente alzó los ojos al cielo como si clamase paciencia y resignación a la providencia, ironizando la ocurrencia de Alberto

– Si ya vi... como si le sobrara espacio y dinero, pero bueno, él sabe lo que hace. Está chida la pistolita pero no creo que mate ni una lagartija.

– Es lo que yo le dije a este güey pero no quiso hacer caso.

– ¡tch! Ya güey, cuando la quieran usar luego no se quejen.

\*                                \*                                \*

– Atrapado sobre la quijotesca máquina, el motociclista es libre, surca el viento como en una alfombra voladora de dos ruedas, y en su acompañada soledad encuentra un recinto para meditar: fluyen los pensamientos con el viento en cara y las manos en las riendas de acero. – ¡vaya que estoy lejos de casa!... ¿Qué dirá mi familia y amigos cuando les cuente las aventuras y les enseñe las fotos?... y Roxana... ¿dónde estarás? Me encantaría tenerte detrás de mi ahora y sentir tus manos en mi pecho, los dos volando por la carretera, tocando el desierto con tan solo estirar la mano... Bendita la oportunidad que tengo. Ya quiero estrenar la caña en la primera playa que nos paremos ¡esto es vida! Sí señor. – En estas razones Vicente discernía a su paso por la carretera de la Baja California escuchando a los Rolling Stones, iba a la punta cuando pasaron por el kilómetro 88. Un señalamiento azul refería algo que más delante se encontraba, ello le trajo una idea e hiso la seña para detener la marcha, en el acotamiento próximo pararon. Arturo y Alberto llegaron junto a Vicente quien se detuvo a lado de la carretera. Ellos, intrigados y con cierta preocupación, le cuestionaron aquello:

– ¿Qui'hubo Chente, qué pasó? – dijo Arturo, Vicente se levantó la visera y dijo:

– ¿Vieron atrás el letrero de la misión que está aquí entrando?

– No ¿pero y luego? – Contestó Alberto.

– Vamos a verla ¿no? Hemos pasado por varios sitios con misiones y no hemos visto ni una, ¿Y si pasamos a verla?

– Yo digo que sí ¿no? – Respondió Arturo – A ver qué onda.

– Alberto no mostró interés y viéndose minoría, aceptó indiferente de ir también.

"Misión de San Vicente Ferrer" decía la señalización. Una brecha por entre unas fincas conduce al sitio y tras una lomita se ve una especie de casa del INAH. Aquello se veía desolado y no se distinguía misión alguna.

Parados frente a la casa, volteaban en todas direcciones como buscando alguien o algo que no han perdido.

– Parece que es eso que esta allá – señaló Vicente a unos como montículos de tierra que se veían cerca

– No creo – dijo Arturo – parecen como corrales de piedra, tendría que haber una capilla o algo así, aquí no hay nada ni nadie.

– Mejor vámonos – dijo Alberto.

– Espera, ahí viene un señor, a ver si nos puede decir que onda – alegó Vicente.

Un hombre adulto con aire de labrador se aproximó a ellos:

– buenas, muchachos... ¿vienen a ver la misión?... andaba allá atrás sacando unas yerbas. Oí unas motos, luego me asomé y vi que eran ustedes que llegaron.

– Gracias señor, queremos ver la misión.

– El hombre se dirigió hacia el "corral de piedra" de donde había venido y les dijo:

– Pues esta es – momento en el que Alberto puso cara de desilusión pero Vicente y Arturo ocultaron el mismo sentimiento. Luego, aproximándose a los arruinados muros de adobe casi desaparecidos por la erosión, hallaron al complejo de estructuras un poco más interesante que la impresión primera.

– La misión data de 1780 – mencionó el hombre quien dijo ser el encargado del mantenimiento del sitio y a la vez guía de los muy ocasionales visitantes, como dando a entender que no podía esperarse encontrar mucho de la obra después de su antigüedad.

– Fueron unos monjes Dominicos los que lo hicieron: Miguel Hidalgo y Joaquín Valero. Batallaron mucho para instalarse porque al principio recibían el ataque de los indios, pensaban que venían a quitarles sus tierras.

– ¿Y luego que pasó? – preguntó Vicente mientras él y sus amigos seguían al guía recorriendo la ruina.

– Pues que los monjes venían a evangelizar más bien, y a enseñarles métodos de cultivo pero los indios no querían y los atacaban en las noches. Ya no se nota porque está todo derruido por la lluvia, pero dicen los arqueólogos que vinieron que ésta era la misión más grande e importante de la zona y que la forma que tenía la misión era precisamente para defenderse de los ataques. Entonces el monje mandó una carta al gobernador para que mandara unos soldados a protegerlos mientras iban poco a poco haciéndole entender a los nativos que no venían a quitarle sus tierras, que más bien venían a ayudarlos, pero la verdad es que siempre batallaron con los indios.

No se sabe muy bien para qué era cada cuarto, cuáles eran recámaras o donde comían; lo que sí está muy claro es donde era la iglesia. Es este cuadro grande que se ve aquí.

– Arturo y Alberto se habían desbalagado, solo Vicente seguía de cerca al viejo escuchando la explicación

– ¿Y hasta cuando estuvieron los misioneros? – Se cree que abandonaron la misión por ahí de 1833, antes de cuándo fue la guerra con Estados Unidos, se llevaron a los soldados y como se quedó desprotegida la misión, los monjes se fueron. Se han hallado objetos como utensilios y pedazos de cerámica. Déjame te muestro, están acá en la caseta.

– ¿Los muros los encontraron así como están ahora?

– no, todo estaba enterrado, del cerro que está aquí a un lado se fue deslavando la tierra y lo fue tapando hasta que casi no se veía nada. Fue entonces que le mandaron hablar a los del INHA para que vinieran a escarbar a ver que había aquí y esto fue lo que hallaron, Los muros los cubren con estuco para que no se sigan deteriorando más y eso es lo que yo hago: lo mantengo limpio, arranco la yerba, recibo a la gente.

– Pues muy interesante señor, muchas gracias por la explicación.

– De nada joven, ya saben, cuando gusten venir.

– Don Cipriano, el encargado del sitio, se volvió a su quehacer y Vicente a su moto, junto a las otras y sus amigos que le esperaban.

– ¿Qué pasó güeyes, no les gustó la misión? – inquirió Vicente, a lo que Arturo respondió:

– Nel, yo me esperaba ver acá la igleciota con unos vitrales mamalones, no un pinche corral que ya ni forma tiene.

– Es cierto – Agrega Alberto: – deberían de tumbarlo y hacer algo chido, pinches murillos de adobe se deshacen solos, le eché una miada y vieras como se deshacía el adobe cuando tu andabas por allá con el viejillo platicando

– ¡Pendejo! – Tronó Vicente – ¡esos pinches murillos de adobe son patrimonio de la nación y tu miándolos! ¿Pues qué tienes cagada en el cerebro o qué te pasa? ¡pinche trogloga, te vale madre, por eso el país esta jodido por gente tarada como tú, baboso!

– Neta que si te mamaste pinche Alpuerco, ya no te volvemos a sacar. Vámonos antes que el ruco se dé cuenta y nos pedorree o le hable a una patrulla – dijo Arturo molesto pero más sereno que Vicente

– ¡tch! ¡ya güey! No es para tanto, solo fue una miadita.

– Si, pendejo, obviamente no te das cuenta de lo que hiciste. Por dañar un monumento del INHA hasta el bote vas a dar, es delito federal, si el ruco quiere, le habla a unos federales, nos paran y nos chingan a los tres: a Arturo y a mí también por andar de paleros. Así que vámonos de pedo.

– No se habló más. Alberto con la mirada gacha por la amonestación de sus amigos, no reflexionaba realmente en su imprudencia, sino más bien, que no era razón para que le hablasen así, pero bueno, de rato lo olvidó.

Arturo sintió vergüenza por su amigo, pero no siendo la primera vez que le ocurría soportar ese tipo de actitudes, no le dio mayor importancia. Por un buen tramo, Vicente se llevó el amargo trago. – ¿Cómo es posible que este pendejo se le ocurra miar ahí como animalito? Pinche idiota, pero quién me manda juntarme con este par mazapanes de cuarta... bueno, Arturo no tanto, pero pinche Alberto no puede ser que tenga cagada en el cerebro, mira que las estupideces que dice a veces, está para que lo metan al manicomio. Aunque las diga de broma, quien quite y en una de esas, se le hace fácil y lo hace... Bueno, ni hablar. ¡Cómo extraño a mis amigos de allá! Esos sí tienen por lo menos dos dedos de frente...

– Por un corto trecho de carretera rondaron los pensamientos malhumorados, pero de rato se desvanecieron con una selección de música country acompañando a la puesta de sol del Valle de Los Sirios: la negra silueta de los cerros lejanos y los espinados minaretes endémicos de Baja California, se dibujan en el cielo púrpura hasta que se pierden con el manto estrellado; perdida lejos, muy lejos, una luz diminuta en la lontananza, revela la ubicación de una ranchería... varios kilómetros más adelante, allá otra. Señal de la obscura soledad de aquellos despoblados atravesada por la estrecha línea de asfalto, en medio de la nada y la noche.

Finalmente la jornada de viaje llegó a su fin, presa del cansancio y la negrura del firmamento. Solo fue cuestión de encontrar un acotamiento seguro para situar el campamento, a la antigua usanza de los vaqueros que cruzaban el territorio todavía propiedad entonces de las tribus norteamericanas.

A cuarenta o cincuenta metros del asfalto, en un llano, tres motocicletas posaban en descanso ante la luz de la fogata. Arturo le dice a Vicente:

– Se me hace que no es muy buen lugar este, estamos cerca de esa cuesta y los trailers bajan frenando con motor y no nos van a dejar dormir.

– tienes razón, pero es que de aquí para adelante son puras curvas, quién sabe hasta dónde encontremos otro llanito para ponernos.

– sí, nos hubiéramos puesto antes. Pero bueno, ya ni modo. A ver si más al rato dejan de pasar.

– En las alforjas llevaban: pan para hot-dog, aderezos, jalapeños en lata y unas salchichas para asar que cocieron en la lumbre. La atmósfera de la noche en mitad del desierto, le dio un especial sabor a la cena.

Unos ruidos, no muy lejos en el monte, se escuchaban entre la obscuridad: el relinchar de un caballo y ladrido de unos perros delataba la cercanía de un rancho. Luego, algo se oyó por los matorrales. Alberto, nervioso se puso de pie:

– ¿Oyeron eso?

– Cálmate Alberto – dijo Vicente.

– ha de ser un perro o un coyote que olió las salchichas.

– ¿Y si es un cabrón narco escondido en el monte? – Y en tono de chunga, Arturo responde:

– pues ve a ver y pregúntale, a ver si trae unos tomatitos para ponerle a los jochos.

– Capaz que trae una pistola o algo y se va a esperar a que nos durmamos para robarnos.

– Ya no seas paranoico Alberto, si tienes miedo, ve a chcecar a ver qué es.

– "¿Sí verdad?" ¡Qué vaya el pendejo a que lo maten!, vamos todos.

– No, qué hueva, ve tu. – dijo Arturo y Vicente agregó:

– ¡si hombre! No seas miedoso, no pasa nada, además un güey no se va a aventar solo a querernos hacer algo a los tres, y si así fuera, no traemos dinero ni nada que nos robe mas que las motos y que si fueran varios güeyes que vienen a chingarnos no'mas por estar aquí acampando, pues ya nos tocaría, así que relájate.

— Alberto, no cejaba en su nerviosismo e inquieto no quitaba la vista de entre la obscuridad esperando ver algo de donde provinieron los sonidos.

— ¿Y qué tal que nos metimos en propiedad privada y sale un viejo con una carabina a corrernos a balazos?

— No hemos traspasado ninguna puerta ni cerca y no estamos haciendo nada malo por si alguien viene a joder — contestó Arturo y siguió en tono fastidiado: — Allá de donde tu vienes la gente se la pasa chingándose unos a otros, pero la gente de rancho no es así, nadie va a venir a molestarnos y ya deja de fregar con eso.

— Ello no le hiso dejar su atención en los obscuros matorrales por un rato y no pudo conciliar la calma ni el sueño hasta ya entrada la noche.

# CAPITULO 13

# PESCADO A LA LEÑA DE LETRERO

Alectrión[21] venía en tráiler, y frenando con motor bajaba por la cuesta despertando muy de mañana a los que en las tiendas de campaña se encontraban, a gusto en su pereza. Manzana y galletas otra vez, y de nuevo a montar los ciclomotores con rumbo a Bahía de los Ángeles; solo una escala se interponía y fue que el mapa de carreteras de la Baja que llevaban consigo, mencionaba un sitio de interés en mitad del Valle de los Sirios, justo en un pequeño poblado llamado Cataviña. Cuando hicieron el plan de escalas antes del regreso a Los Cabos y con el mapa sobre la mesa, recordaron haber pasado por el sitio de aquel nombre y que les había parecido bonito. Pues según el mapa ese con información turística adicional, en Cataviña había un museo del desierto: "El Palmerito", que se antojaba interesante hasta para Alberto.

Kilómetro 175: un acotamiento por el sentido contrario y una brecha debían ser la entrada al citado museo... desolación, abandono, un par de muebles de oficina deshechos ya por el implacable sol y un letrero con la leyenda "se vende esta propiedad". Fue lo que encontraron.

– Oye Vicente, ¿no será más adelante? – inquirió Arturo con pocas esperanzas de recibir una afirmación.

---

[21] Personaje de la mitología griega a quien Ares convirtió en gallo por haberse quedado dormido cuando debía vigilar que el sol no le descubriese teniendo amores con Afrodita. Por su falla, Ares le convirtió en el animal para que nunca se olvidara de anunciar con su canto la salida del sol.

– No, debe ser aquí – respondió resignado y prosiguió: – La estructura esa como de esfera que está ahí, debió ser alguna salita o algo así.

– ¡Hey, oigan! Por acá – exclamó Alberto quien ya se había adelantado a explorar caminando por el sitio.

– ¿qué hallaste?

– Es una vereda...

– De los restos, quedaba un caminito bien figurado con piedras por entre la vegetación como un jardín botánico natural con algunos letreros también ya deteriorados con los nombres comunes y científicos de las plantas.

A pesar de todo no hubo desilusión, la ruina del lugar tiene ese fantasmal e interesante encanto y se fueron de ahí con un grato sabor.

Aquel día, el astro rey parecía haberse enfurecido más que en los anteriores. Recién pasaba del meridiano, estaba aplomado sobre el asfalto, los cascos y los hombros de los andantes motociclistas. El viento radioactivo parecía venir de un horno y se sentía cual si estuviese lloviendo lumbre. Llegaron entonces al kilómetro 282, encontráronse con la desviación, que conduce por la carretera federal 12, a Bahía de los Ángeles.

Alberto se adelantó antes virar en el entronque y se apeó del camino parando bajo la techumbre de una gasolinera abandonada: Vicente y Arturo le siguieron.

– Vamos a descansar un rato – dijo con un cierto gesto de hartazgo. – Me vengo deshidratando, ¿Cómo ven si aguantamos un rato aquí?

– Yo digo que sí, igual aquí de perdido hay señales de civilización, allá por la carretera se me hace que no hay ni un alma – respondió Vicente. Arturo asintió y sacó un bote de agua.

Sentados en el suelo y recargando la espalda en un pilar de aquella cubierta, pasaron largo rato sin decir palabra alguna, plácidos bajo el sombreado se encontraban viendo pasar algún carro o camión que muy de cuando en vez se veía transitar rompiendo el viento, y luego, de nuevo la nada. Rehuyendo salir de la sombra y volver a la hoguera, el descanso se volvió en pereza como si viendo la reverberación del aire caliente en el horizonte, el clima fuese a cambiar.

Algo sonó de pronto: una señal electrónica proveniente del móvil de Vicente que llevaba asido al cinturón. Se sorprendió al principio pues notó que no había señal en algunos largos trayectos: levantó el aparato luego y advirtió que se trataba de un mensaje de texto proveniente de Roxana que solamente decía: "quiero hablar contigo". "Te llamo luego" fue la contestación que de inmediato le envió por la misma vía. Colocó de vuelta el teléfono en su funda y por unos instantes, pensativo se quedó:

– Creo que sé qué tiene: no le he llamado en días y esto del amor a distancia, tarde o temprano va a terminar – Se dijo para sí, tenía esa corazonada, y como todos sabemos a partir de nuestro primer flechazo, es hechizante e intrincado el juicio de las féminas. No es difícil imaginar que la tillada frase está cargada de un profundo sentimiento por lacónico que parezca y que en la mayoría de los casos no trae algo bueno.

Como poco, o bien, nada podía hacer, no quiso pensar en ello y dirigiendo su vista a un pequeño camión de redilas que pasaba entonces, recordó su romance como un fugaz cometa que ha pasado y deja ver todavía su estela aunque en realidad ya no está y se aleja irremediablemente.

Vicente no hiso comentario alguno y se guardó aquellos pensamientos, lo que más bien le ocupaba era que debían seguir y en tono resignado, rompió el silencio:

– ¿vamos a esperar a que nos traigan la bahía hasta aquí o qué?

– Está perro el solazo ¿te quieres morir de insolación? – Respondió Arturo

– No pero pues ya estuvimos buen rato aquí ¿no? Ya va siendo hora que ahuequemos el ala, faltan 66 kilómetros para llegar a Bahía de los Ángeles, nos los echamos de volada, es más, ya hubiéramos llegado.

– Aguanta un rato más y nos vamos.

– Y así fue. Determinados a vencer la holgazana placidez y seguir adelante, hicieron el recorrido final de aquel día.

El motivo de desviarse de la carretera principal para visitar Bahía de los Ángeles fue que la guía turística le pintaba como un desolado pueblecito pesquero y a fe que lo es: interesante es para aquellos que buscan esos rincones alejados de los aglomerantes complejos turísticos, este sitio es escenario para esas aventuras intimas y diferentes a las de los paseos de turistas llevados en masa.

Tras loma vieron de nueva cuenta el mar de Cortez extendido allá abajo y entre la playa y la colina: el caserío. Vicente se imaginó a si mismo estrenando su flamante caña de pescar dentro de poco.

Arribaron directo a la única gasolinera del poblado; el joven despachador, presto se acercó a los motociclistas a hacer su trabajo y no pudiendo dejar de fascinarse un poco con las motos (que si bien no son las más llamativas del mundo, eran cosa poco común de ver ahí) se animó a hacer plática con los clientes, quienes en verdad no andaban de mucho humor para dar detalles.

– ¿y desde donde vienen? – Preguntó el mozo

– Desde Los Cabos – respondió lacónicamente Alberto

– ¡órale! Ha de ser cansado ¿no? ¿y no les da calor?

– Sí, ¿pues tu qué crees?

– El muchacho entendió que no estaban con actitud de hacer amigos y se limitó a hacer su trabajo. Arturo preguntó luego:

– oye chavo ¿dónde habrá por aquí algún lugarcito para acampar?

– A pues: se va usted derechito por aquí por donde venía, pero donde vea un camino de terracería, en lugar de dar vuelta y irse por la carretera, ustedes se siguen derecho, luego dan vuelta a la izquierda y mas adelantito van a ver un lugar, se llama el Dagget's, es una yarda para trailers y para acampar, está junto a la playa: está muy bonito, tiene baños, asadores y toda la cosa

– Chavo ¿no sabes quién nos pueda vender tantita carnada? – Preguntó Vicente

– Sí mire: se va por esta calle más adelante y allá donde vea unas pangas, pregunte. De seguro le regalan una poca.

– Agradecieron las indicaciones y acto seguido fueron al Dagget's.

Varios bonitos modelos de casas rodantes había dispersos en el predio, cada espacio cuenta con un asador de piedra y una palapa de madera ideal para poner debajo la tienda de campaña, de manera que aquella le hiciera sombra a esta.

– Vamos a la oficina de la SAGARPA – propuso Alberto después de haberse instalado en el espacio que alquilaron, y prosiguió: – a ver si hablo con el encargado y nos dejen acompañarles a un rondín en la lancha para ver las ballenas mañana en la mañana.

– Órale va, Alberto. No falta que esté algún conocido de la UABCS que nos haga el paro – agregó Arturo.

– Luego nos pasamos por la carnada, compramos algo de cheve y nos regresamos al Fagget's – terminó diciendo esto Vicente, lo que causó harta guasa, pues ambos amigos entendieron el significado del apodo que dieron al susodicho parque de campamento.

Dos biólogos marinos atendían la oficina local de la dependencia gubernamental encargada de vigilar la actividad pesquera y la protección del medio ambiente. El plan de Alberto de conseguir un paseo gratis con avistamiento de ballenas, no dio resultado, pese a la verborrea que empleó, sus argumentos como fotógrafo de una revista de buceo y los conocidos en la facultad de biología de la Universidad Autónoma de Baja California Sur. Los encargados se negaron amablemente y les recomendaron contactar a cualquiera de los guías enlistados que para ello prestan sus servicios, claro que a una no muy módica cantidad. Sin lograr éxito en ese propósito, no les quedó más remedio que resignarse a prescindir del paseo en lancha y ver ballenas para otra ocasión. Cuando menos, de uno de los placeres más simples y deleitantes no dejaron de disfrutar; que fue beberse unas cervezas a la orilla del mar al atardecer con los pies en la arena.

Vicente echó unas cuantas en una bolsa de plástico con hielo y con su caña en mano se alejó caminado por la playa solo, dejando a sus amigos y las motos atrás.

Escogió un sitio donde sentarse en la arena, preparó el señuelo con una plomada y lo arrojó con todas sus fuerzas al mar, se sentó acompañado de su cerveza y sus pensamientos y esperó... después de algún rato, mientras sostenía la caña con el mango apoyado en la arena, la punta picoteó tímidamente como un telégrafo. La mirada exaltada de Vicente en la punta de la caña y con automático reflejo, asió fuerte el mango en alerta de un tirón firme, De pronto... la vara se arqueó y la máquina comenzó a chillar. Pronto Vicente comenzó a recobrar pero sin mucho esfuerzo.

– ya se ganchó, ya se ganchó – Se decía emocionado – No es grande pero algo traigo. – de la línea, un pececillo jaloneaba con todas sus fuerzas sin poderse soltar. Era una cabrilla pequeña. Con cuidado le retiró el anzuelo y le regresó al agua. Preparó su carnada y probó de nuevo a ver si mejoraba su suerte. Al cabo de un rato, el acto se repitió, pero esta vez el jaloneo resultó con más fuerza pero aun así el resultado no fue halagador: un botete forcejeaba para librarse del anzuelo y por tratarse de un pescado que no se come, igualmente le devolvió al agua.

Y así la tarde fue cayendo lentamente, ya solo quedaba una de las cervezas que se había acopiado e igualmente la carnada se fue agotando: si no era porque se la comían sin morder el anzuelo, era que algún desagradable botete se enganchaba. De repente... un fuerte jalón tiró del sedal... luego otro y de pronto... la caña se arqueó nuevamente, pero esta vez con más contundencia, el reel chillaba soltando metros de cordel en segundos. Exaltado, asió Vicente su equipo firmemente y recobraba jaloneando pero su presa no se daba por vencida y volvía al ataque desesperada por escapar, luego cesaba por el cansancio, momento que Vicente aprovechaba para embobinar más la línea que se mantenía tensa como cuerda de guitarra. Cuando ya cerca lo tenía, volvía el forcejeo del animal, alejándose de la orilla una vez más, hasta que luego de un rato, una cabrilla de acaso unos cuatro o cinco kilos, salió sacudiéndose con vigor por entre las pequeñas olas que rompían en la playa. Usando las pinzas mecánicas del estuche de la moto, Vicente pescó a la cabrilla del hocico para sacarla finalmente del agua.

– ¿Pescaste algo, Chente? Te vimos desde aquí como que traías algo – dijo Arturo

– Pues nada, ¡que o'ra cenamos pescado! – y con orgullosa sonrisa, les enseñó la pesca levantándola en la mano.

– ¡órale está bueno! O'rita lo asamos en la parrilla, deja no'mas que encontremos algo de leña de camino al Fagget's – agregó Alberto frotándose las manos.

Se fueron entonces rumbo al campamento por aquel camino de terracería estriado como lavadero por la máquina con que hacen los caminos.

El problema fue que no hallaban leña: buscaron y buscaron pero solo encontraron un poco de maleza verde.

– Vamos al pueblo, ahí deben de vender carbón – Dijo Vicente en un lugar sobre la brecha donde habían parado a buscar. Alberto y Arturo no se convencieron de la idea: aunque el pueblo no estaba a más de dos kilómetros. A veces, evitar un poco de fatiga y complicarse la vida lo menos posible, motivaba la inventiva de estos dos sujetos, en especial la de Alberto, si el acto implicaba además acometer una maldad, y si se trataba de quemar algo, tanto mejor aun y señaló:

– Arturo: esos letreros de ahí, jalan: tráetelos – Y Arturo, sin pensarlo dos veces, bajó de la moto, se paró junto a un pequeño letrero hecho de tablillas que indicaba el camino hacia la propiedad de algún vecino, volteó despistadamente hacia ningún lado y de una patada tumbó la señal. Vicente protestó de inmediato:

– ¡¿pues qué tienen en la cabeza, par de tarados submentales?! Esos letreros tienen dueño, no los pueden tirar así.

– ¿pa' que haces tanto pedo, Chente? Nadie se va a dar cuenta, además, cuando estés asando el pescadito ni te vas a acordar – respondió Arturo riendo, y de otra patada, tumbó un segundo letrero.

– ¡Qué ca...! – exclamó Vicente enfadado, pero no quiso decir más a sabiendas que no les haría entender y el daño ya estaba hecho.

Ya en la palapa donde tenían el campamento, Vicente fileteó la cabrilla mientras Alberto hacía gala de su pirómana especialidad: sacó del tanque de su moto un vaso entero de gasolina y la roció sobre las tablillas de los letreros ahora convertidas en leña. En el espacio de junto, un par de gringos acampados en una elegante casa rodante pudieron ver al pirómano Alberto derramar la gasolina en la madera sobre el asador y antes de arrojarle el cerillo encendido, uno se dirigió al otro y en tono de broma pero voz baja dijo: – ¡Lo bueno es que hay suficiente espacio para correr!.

Con un par de cervezas cada quien y unas papas fritas, acompañaron los filetes de la pesca del día, asados con madera de letrero tumbado a patadas; un poco de sal y de la salsa de chile piquín que compraron en el Valle de

Guadalupe, aderezaron la cena, con la brisa de mar y el cielo completamente estrellado sobre la arena de la playa.

\*                              \*                              \*

Era media mañana de aquel día sábado: nueve días hacía ya, que habían partido los tres de San José del Cabo a la aventura de recorrer la legendaria península de Baja California, pero para Vicente eran ya casi tres semanas de haber salido de casa y andar ensillado sobre su motocicleta. La piel, sobre todo de sus brazos, se tornó algo más morena al igual que la de su rostro, que reflejaba la pérdida de un poco de peso, y no fuese que se mal pasara las comidas, pero como es normal, los viajes cambian el apetito y el metabolismo; también notó que ya no sentía calambres en las manos ni en las posaderas después de mucho manejar, hasta casi le pareció que las piernas comenzaban a arqueársele.

# CAPITULO 14

# BALLENAS Y VENADOS DANZANTES

Desperezados salieron de las tiendas de campaña a recibir la brisa del mar y el sol, que se antojaba no se ensañaría tanto como el día anterior. Así que tomaron un baño en las instalaciones del campamento, que buena falta les hacía y sin más demora, alzaron sus pertenencias, se aseguraron de llevar combustible suficiente, y partieron hacia su próxima escala: La Bahía Ojo de Liebre, ubicada del otro lado de la península, por el lado del Océano Pacífico y casi a la mitad de los dos estados que conforman la extensión de tierra.

La carretera estatal 18 es un camino de terracería que va de Bahía de los Ángeles a conectarse de nueva cuenta con la Federal 1, es una vía escénica que en 215 Km recorre hermosos parajes rocosos, planicies y cerros que se juntan con el mar, donde a lo lejos se yerguen misteriosas algunas islas sobre el horizonte azul. Luego el camino se enfila hacia el sur-oeste, cruzando una parte del Parque Natural del Desierto Central de Baja California y pasando por un pueblito llamado El Arco que está dentro de esta misma bellísima reserva de la biósfera, que parece escenario de una película de vaqueros. El camino es ideal para motocicletas doble-propósito, vehículos todo terreno, incluso para camionetas de tracción sencilla, pero no como para las motos de Vicente y compañía; así que decidieron retornar por donde vinieron tomando de vuelta la federal 12, que al cabo, para llegar al mismo punto por la vía pavimentada, serían 223 Km. Incluso esa alternativa resultó conveniente por la distancia (aunque se perdieron del espectáculo natural) puesto que después de pasar por Guerrero Negro, a tan solo 8.5 Km hacia el sur, pasando el kilómetro 209, se ve adelante la señalización turística azul, y en ella, una flecha hacia el oeste y unas ballenitas pintadas en un muro apuntan a la bahía.

El polvo se va levantando tras el correr de las motos sobre la llanura. Van de tres en fondo ocupando todo el ancho del camino para no empolvarse unos a otros. La vereda de 23 kilómetros atraviesa las salinas: blancas sabanas de kilómetros y kilómetros de ancho, planas como mesa de billar bordeadas por el azul del complejo lagunar. Al final del camino yace un parador turístico muy interesante y bonito, con información sobre las especies de ballenas, tienda de recuerdos, un restaurante, un esqueleto de ballena completo en el exterior, y dentro, la taquilla de los tours en lancha para ver de cerca a los cetáceos bebés con sus madres.

– Señorita ¿cuál es la tarifa para el paseo? – Cuestionó Vicente a la de la taquilla y ella amable respondió:

– son cuarenta dólares por adulto, treinta dólares por niño y el paseo dura hora y media.

– ¡¿cuarenta dólares?! ¿Por qué tan caro? ¿Las ballenas van a salir bailando y cantando, o qué? – dijo Vicente con notorio sentido del humor. La chica sonrió y contestó:

– Eso vale señor, si quiere le puedo dar precio de niño si van los tres.

– Me sigue pareciendo caro, oiga ¿nos van a dar champaña y caviar en el camino? ¿Cuánto es lo menos? ¿Sin la champaña y el caviar en cuánto sale? Somos turistas locales oiga ¿no hay precio para estudihambres? – Volvió a inquirir el norteño.

– No señor, es la tarifa que tenemos – contestó la señorita con una apenada sonrisa.

– Bueno, déjeme lo checo y o'rita vuelvo – Vicente se volvió a sus amigos con una expresión de susto y frustración pero esperando alguna señal de sus amigos.

– ¡Yo ni loco pago eso! ¡Es un robo en despoblado! – Afirmó Arturo como indignado y prosiguió – están locos con esos precios, se aprovechan que son los únicos y que

la gente viene desde lejos, yo la verdad no me pelo por
eso, Alberto y yo ya hemos visto un chingo de ballenas.
– Neta que sí. A lo mejor esta bueno el precio para los
gringos pero para uno está bien caro. Si tú quieres ir, ve.
Nosotros aquí te esperamos echándonos una chela. –
comentó Alberto. Vicente se rascó la cabeza y pensó por
un instante, hiso rápido cuentas de sus fondos y lo que
habría de gastar más adelante – Bueno es que ustedes
como quiera por su chamba tienen más oportunidad de
eso, yo realmente quién sabe si se me pueda dar más
adelante ¿cómo ven?
– Si traes la lana y te gusta eso, la verdad vale la pena, ve,
al cabo Alberto y yo aquí te esperamos tirando la hueva.
– Volviose a quedar pensativo Vicente un par de segundos,
y de nueva cuenta se dirigió decidido a la taquilla. – Me da
uno por favor.
– Luego de un rato, un grupo subió a la pequeña
embarcación, la mayoría eran norteamericanos con sus
niños. Todos ellos iban exaltados y emocionados por ver
de cerca a las enormes criaturas nadar libres al alcance de
la mano. Vicente también lo estaba, iba como el resto de
los chiquillos con su salvavidas anaranjado y su sonrisa en
los labios.
A pocas millas de haber zarpado, el lanchero apunta a algo
en el agua adelante: el chorro del sifón de una jorobada
y enseguida su lomo rompiendo el espejo del agua.
El capitán apagó el motor y el bote se fue deteniendo
lentamente.
El cuerpo de la giganta se aproximó a los turistas, dócil
y coqueta, De cerca su cría no se le despegaba. Chicos
y grandes extendieron su mano fuera de la barcaza para
tocar a la gorda quien parecía encantada de dejarse
acariciar y les veía con un ojo desde el agua. Vicente se
preguntó: – ¿Qué pensaran estas criaturas de nosotros
que nos ven pequeños arriba de estas cosas flotantes?
¿Porqué vienen a saludarnos tan alegres en sus

barquitos? No puedo creer que alguien tenga corazón para matarlas.

– Es corto el tiempo cuando uno lo pasa bien. Vicente iba con una enorme sonrisa por dentro, no le importaban ya los cuarenta dólares; la experiencia había valido cada centavo y se reconfortaba pensando: ¿quién dice que el dinero no puede comprar la felicidad?

– ¿Cómo te fue con las gordas? ¿Estuvo chido el paseo?

– Preguntó Alberto

– Sí güey, estuvo con madre, ¡qué chido me la pasé! Gracias por ayudarme a decidir. Vámonos pues, o'ra sigue lo que más me interesa ver de todo el recorrido.

– Va. Deja nos acabamos estas chelas y nos vamos.

\*                              \*                              \*

Volvieron a tomar la carretera con la mirada en el sur. Desde el punto conde cortaron hacia Ojo de Liebre, 89.6 kilómetros adelante y casi una hora después: llegaron al entronque con el camino hacia San Francisco de la Sierra. El anuncio no podía ser más claro, las siluetas rojas y negras de hombres y venado señalaban la casa de las célebres pinturas rupestres. En un lugar recóndito enclavado en la agreste orografía de las montañas bajacalifornianas, están las cuevas que en algún tiempo fueron hogar de los indios Pericúes: impresionantes pinturas centenarias están plasmadas en la noble piedra de la caverna, son el emblema del pasado de esta franja de tierra entre dos mares. El camino de 38 kilómetros de sí, vale toda la pena: comienza con una carrera por la planicie y luego sube y sube, bordeando la cuesta de los cerros tupidos de cardones y enmarcados por desfiladeros profundos; la sierra es toda majestuosidad. El astro rey que ya iba en declive, con un pincel pinta las sombras en los riscos y hace brillar las peñas.

Una hora y media después de pesado camino para los corceles acerados que no estaban hechos para una brecha así, vieron un anciano sobre su jumento que por el camino venía en sentido opuesto.

– Oiga tío, disculpe ¿cuánto falta para San Francisco? – Preguntó Vicente al hombre.

– Está aquí adelantito – Respondió lacónico y prosiguieron todos cada quien su rumbo. Más adelante, en lo alto del borde de un cañón, pararon a tomar unas fotos. – ¡Está chingona las vista! Tómame una con mi cámara Chente.

– Sí Arturo, luego tu a mi... ¡hey, Alberto! ¿Qué chingados estás haciendo?...

– Alberto sacó su M-16 de juguete que llevaba amarrada a la parte de atrás del asiento, le cargaba municiones y con la mirada puesta en una vaca de un grupo que se encontraba pastando a un lado del camino, se dispuso a apuntar.

– Le voy a tirar a esa vaca que está ahí.

– ¡Deja a la pobre vaca en paz, hombre! ¡Qué ganas de joder las tuyas! – pero Alberto hiso como si no escuchara nada... ¡paf! Sonó seco el arma de resorte pero nada pasó, la bestia flaca seguía rumiando y viendo serena a Alberto.

– ¡Qué puñetas estás, Alberto! Le fallaste. – Exclamó Arturo burlonamente, pero Alberto volvió a hacer como si no escuchara, recargó el arma de nuevo y apuntó, esta vez mampostado en su moto... ¡paf! Se escuchó el disparo seco otra vez pero el grande y huesudo animal seguía sin inmutarse. Arturo y Vicente tronaron a reír a carcajadas. No sabían si había fallado a un blanco tan fácil o es que la potencia del arma no causaba ni cosquillas a la vaca. Alberto comenzaba a enfadarse por el escarnio que de él hacían sus amigos y tornó a probar de nuevo, esta vez se acercó un poco más a la vaca con sigilo para no ahuyentarla: puso el balín de plástico en la recámara igual que en las veces anteriores, apuntó hincado y apoyándose

en la rodilla para asegurarse de no errar el tiro y... ¡paf!
El balín salió disparado pero la vaca seguía ahí sin mover
más que el hocico para seguir rumiando la yerba casi seca
y viendo a Alberto con cara de serena extrañeza. Arturo y
Vicente se carcajeaban con más fuerza aún.

– ¡tch, ya güey! ¿De qué se ríen? – protestó Alberto.
Vicente, apenas pudiendo hablar por la risa que le causaba
el caso de Alberto, le dijo.

– ¿Cómo que de qué, güey? La vaca se te queda viendo
como con cara de: ¿y tú qué pedo?, ahí estaba muy
contenta comiéndose su yerba y llegas tu de repente
a hacerla de pedo, con tu pistolita pitera, según tú muy
chingón y no le haces ni cosquillas. Ya déjala y vámonos.

– A ver güey, estas bien pulseras, préstamela para tirarle
yo – agregó Arturo quién no estaba seguro de la puntería
de Alberto o fuera que en efecto, la potencia del aparato no
le causaba el más mínimo cosquilleo al animal. Preparó el
balín, se acercó un poco más, apuntó al centro del cuerpo
y... ¡paf! El mismo resultado pero esta vez sí alcanzaron
a percibir que el balín anaranjado de plástico había
rebotado en la piel del rumiante quien comenzó a moverse
despreocupadamente, alejándose de los molestos
"francotiradores".

Faltaba si acaso una hora para el ocaso cuando por fin
llegaron a la pequeña población ubicada en lo alto de la
meseta. Un lugareño les indicó con quién podrían dirigirse
para que les llevasen a ver las pinturas al día siguiente.
Se trataba del coordinador ejidal. Un tipo regordete y de
carácter bonachón.

– Buenas tardes señor, oiga, quisiéramos ir a ver las
pinturas rupestres, ¿quién nos puede llevar?

– Claro que sí muchachos, miren, tenemos un roll de guías
que se van turnando conforme vienen los turistas a ver
las pinturas, déjenme le llamo a Refugio – respondió el
coordinador a Vicente. De rato, volvió con un tipo ya de
edad madura, de aspecto humilde pero recio.

- Miren muchachos, él es Refugio, pónganse de acuerdo con él.
- Bueno Don Refugio ¿cuánto nos cobra por llevarnos a las pinturas? – Vicente, quién era el más interesado en ver aquel sitio arqueológico, fue el interlocutor. Refugio mantenía una expresión pusilánime sin decir palabra alguna, Francisco, el coordinador, respondió: – Se cobran $400 por dos días, más lo de las mulas: cada mula cuesta $150 por los dos días también, más un impuesto de $35 pesos por cámara para el ejido.
- Bien ¿y si vamos a pie, sin mulas? – Y fue donde Refugio habló:
- ustedes pueden irse a pie si gustan pero tienen que pagar una mula que es donde voy yo.
- ¿Y si fuéramos nada mas en un día? ¿Se puede?
- ¿cómo ves Refugio?...
- El pusilánime y cara de perdonavidas no respondía, mantenía su vista como perdida en el horizonte. Francisco el coordinador, se dirigió a los motociclistas y se retiró:
- Bueno muchachos, ahí pónganse de acuerdo con él.
- Refugio pidió un cigarro, Alberto se lo dio y seguía ahí parado sin decir nada
- ¿Cómo ve Refugio? Somos tres, cuatrocientos, más lo de la mula, son setecientos.
- Así no me conviene, los llevo por los setecientos por un solo día no'más.
- Eso no es lo que dijo el coordinador, ¡se supone que para eso están los precios ahí! ¡¿cómo que no le conviene?! Le estamos pagando lo que es. No tendría por qué darnos menos. – Vicente estaba ya visiblemente molesto pero el Refugio seguía sin inmutarse, fumando su cigarro. Los tres amigos se dieron la vuelta y se apartaron molestos y frustrados.
- Pinche viejo mamón – Exclamó Arturo, y Vicente agregó:
- Mamón y pendejo con eso de que no le conviene, como si hubiera fila de gente esperando, pues bueno, pero

prefiere no ganarse nada a llevarnos los dos días como debe de ser, es lo que se supone cobran todos, para eso tienen las tarifas.

– Nada más que el bato se quiso ver picudo queriendo trabajar la mitad, pues que pendejo, o'ra no se va a ganar nada – concluyó Alberto y Arturo agregó:

– Sí nada más que ya nos jodimos, ni la vuelta que nos echamos hasta acá para nada, todo pa' que por culpa del baboso ese, no pudiéramos ir a las pinturas que Chente tanto quería ver.

– Un hombre estuvo viendo discutir a los muchachos desde su casa, en seguida notó que eran foráneos y que algún problema debían tener. Se acercó y les preguntó:

– Buenas noches muchachos ¿qué pasó?

– Buenas noches señor, pues nada, que aquí venimos a ver las pinturas y el guía que nos pusieron no nos quiere llevar, dice que nos cobra lo de los dos días pero que nos lleva nada más uno.

– ¡Eso está muy mal! ¿y ya hablaron con el coordinador?

– Sí, él fue el que nos dijo que nos arregláramos con él.

– Muy mal, muy mal, pinche coordinador bueno pa' nada, no está viendo que vienen turistas desde tan lejos y en vez de ayudarlos los deja ahí nada más. Acompáñenme, o'rita les consigo un guía que los lleve mañana. Síganme – El hombre los condujo a un par de cuadras de ahí.

En el zaguán de una casa: dos hombres y una mujer platicaban mientras vieron venir caminando a Alfaro con los tres motociclistas.

– Buenas noches – dijo Alfaro a los del zaguán y ellos devolvieron el saludo.

– ¿Qué pasó compadre? – Dijo uno de ellos.

– Pues que el coordinador no vale madre, vienen estos señores desde tan lejos y les pone a Refugio de guía.

– Está muy mal eso compadre, ese coordinador no está haciendo las cosas bien. ¡Eso no se vale! ¿Habiendo tantos guías y que se vayan unos turistas que vienen desde tan lejos porque el guía ese no'mas quiere grupos grandes?... ¿y luego qué tiene en la cabeza el pendejo de Refugio?

– Exclamó Pancho Arce, compadre de Alfaro, después que le informó lo que había sucedido.

– ¡P'os si como quiera se gana lo mismo si los lleva un día o dos! Ni que al otro día fuera a esperar a más gente. Yo los llevo muchachos ¿quieren ir un día no'mas o los dos?

– Pues si se puede un solo día y si nos sale más barato, pues uno, si no, los dos.

– Por los dos días les cobro setecientos llevando una mula para llevar todo el equipo, si es un día, les cobraría quinientos – Vicente se quedó pensativo: la verdad no era ninguna oferta especial la de Pancho Arce. En realidad la oferta por los dos días era la tarifa normal, pero pagar 500 por un solo día, sin llevar mulas equivalía a pagar más del doble por solo llevarles y traerles, por ello no le parecía una ganga; pero como en su corazón no había más anhelo que la aventura de ver aquellos ancestrales frescos, pensó para sí:

– Bueno, no hay más alternativa, además prefiero ir con esta gente que con aquel idiota miserable y si lo pagamos entre los tres, realmente no es mucho. – Volteó a ver a Arturo y a Alberto buscando un gesto de aprobación pues esta aventura sí quería compartirla con ellos. Ambos asintieron con expresión de resignada aprobación y es que en realidad no tenían tantos deseos de ir, mas les pareció que si ya habían llegado hasta allá, valdría la pena no desperdiciar la oportunidad.

Vicente se volvió hacia Pancho y afirmó estar de acuerdo en ir un día solamente.

– Bueno, paso por ustedes tempranito en la mañana, como a las siete. Llévense lo necesario nada más: linterna, comida, agua. Calculo que estaremos de vuelta para las seis, seis y media de la tarde.

Los tres montaron las tiendas bajo la techumbre de lámina del patio escolar con piso de concreto y que tiene cerca una letrina.

*                    *                    *

No había amanecido aun pero ya estaban los tres a punto de levantar el campamento y quedar listos cuando vieron llegar a Pancho para llevarles a las susodichas cuevas. Fría era la madrugada allá en lo alto de la montaña que aloja el caserío. Algunos todavía duermen, otros ya se preparan para la faena de sacar el sustento y los recién llegados turistas van ya, con el primer destello del alba, a las cavernas donde dejaran huella de su existencia, hace cientos de años, hombres y mujeres que se hicieron llamar Pericúes.

– No lleven ropa muy gruesa, es preferible que se aguanten el frio un rato, porque a media mañana, se va a empezar a sentir el calor y van a venir cargando la chamarra. – Esa fue la recomendación de Pancho quien llevaba preparado un rico café de hoya en un termo y que convidó a sus paseantes.

– ¿Cuánto tiempo cree que hagamos para llegar hasta las cuevas? – Preguntó Arturo.

– Unas dos horas y media o tres en total: primero, de aquí al borde del cañón es como media hora y luego bajamos unos mil metros hasta el rio y nos vamos por ahí hasta "la pintada" – Explicó el guía mientras le seguían caminando en fila india.

Cuando llegaron al borde del cañón el paisaje les pareció una maravilla de la creación: Los despeñaderos caprichosos enmarcan el lecho del rio que se ve diminuto, allá abajo, verde, distinto de los ocres del resto de la postal.

La estrecha vereda serpentea quisquillosamente entre las peñas y frondosos torotes enraizados en el risco, y ahí venían bajando: el guía por delante, Vicente luego, seguido de Arturo y atrás, más atrás, Alberto.

– ¡Ándale Alpuerco! no te quedes atrás. Mueve esas patas – Le apuraban sus amigos al cabo de un rato que habían empezado el descenso por el cañón.

– ¡tch! Espérenme güey – Pero aquellos dos seguían aunque no tan delante que le perdiesen de vista.

– Cuidado con la bajada – dijo Don Pancho – ya mero llegamos pero aquí está muy escarpado.

– Luego de un descanso en un puesto de acampar junto al lecho del rio, siguieron su camino por entre el óbice de las rocas. Aquí yacen wasingtonias altas entre la vegetación que forma edénicos oasis donde el agua brota formando remansos turquesa en el corazón del cañón. Desde aquí la orografía les hace sentir su pequeñez. Desde abajo, las paredes de roca se ven colosales. Aquí, siglos antes de la idea de un país, hombres y mujeres escogieron el cobijo de estos divinos acantilados como su hogar, mancomunando con ellos, dejando su espíritu plasmado con sangre y minerales en la piedra.

En lo alto del cielo de la cueva, una multitud de hombres y venados parecen danzar como en una fiesta. No se mueven y sin embargo saludan desde arriba y en todas partes andan: mitad rojo, mitad negro. Los venados corren saltando atrapados por el pincel.

– Por favor, no se salgan del andador – Les pide Pancho atentamente a sus turistas – Según unos arqueólogos del INAH que vinieron, dicen que tienen más de diez mil años de antigüedad pero la verdad no se sabe bien porque hubo muchas pinturas que se hicieron después. Las hacían con sangre de los animales que cazaban, lo rojo; y lo negro y amarillo es de unos minerales y plantas. De pinceles agarraban unas fibras de lechuguilla. Para llegar hasta allá arriba, hacían andamios. – Alberto realmente no prestaba mucha atención, más bien le preocupaba reponer fuerzas, Arturo miraba las siluetas como quien contempla uno de esos cuadros tridimensionales llenos de diminutos rombos de colores en los que solo puede uno distinguir las figuras hasta verles por un rato, parecía querer encontrar algo: el porqué son tan interesantes o célebres, o alguna figura picaresca, pero no la encontró: "están chidas" se remitía a decir sin gran exclamación. Mas Vicente observaba atónito: escudriñaba a los hombres sin rostro, plasmados, tatuados en la piel del cañón, a los venados y hasta una ballena con patas. Todo se le representaba como la bóveda de una iglesia, imaginaba a los indígenas encaramados en rudimentarios andamios como Buonarroti u Orozco, retratando a los sagrados espíritus del cazador y el venado, usando por lienzo el cielo y los muros de la oquedad rocosa. Las familias refugiadas del implacable sol por el día y en las noches, reunidos alrededor de la fogata. Y he ahí él, miles de lunas más tarde viendo los ecos del ritual de la lucha por la vida en ese agreste y árido edén, como aquellos indígenas sentado, con sus botas de motociclista (que muy bien se prestaron para la ocasión) y un sombrero vaquero todo mallugado que siempre llevaba consigo.

– ¿Sacamos el atún para hacer los lonches? – sugirió Alberto en un punto donde iban de una cueva a otra.

– Yo creo que sí, vamos a entrarle de una vez, ya hace hambre – respondió Vicente y a la sombra de un risco, sacaron de las mochilas: latas de atún, verduras, mayonesa, una barra de pan y la deliciosa salsa de chile piquín, que como muy picosa era, la servían en acotadas raciones por lo que el pequeño bote duró por mucho tiempo después del viaje.

En una vasija de plástico revolvieron la ensalada y con aquel apetito, aquello fue un manjar en medio del paradisiaco cañón.

Serían las dos de la tarde cuando convinieron que era hora de regresar:

– Va a estar pesado el camino de regreso, más vale que nos vayamos de una vez – dijo Arturo. Vicente no volteó, veía hacia arriba, a la silueta atravesada por flechas, pensativo, como desquitando hasta el último segundo para verle por última vez el pesado viaje hasta ahí.

– okey, ya estoy listo. Vámonos.

– Iniciaron el penoso regreso. Don Pancho Arce, caminaba quitado de la pena, se sabía cada piedra, cada arbusto de la vereda. Los turistas le seguían a paso fatigado pero constante al principio, hasta llegar al puesto de campamento, antes de subir la cuesta del cañón.

– Vamos a descansar, ¡vienen muy rápido güey!

– ¡¿cuál rápido, pinche panzón?! Venimos bien tranquilos. ¡uta! ¡Que será o'rita que vayamos subiendo! – reclamó Arturo aunque bien también sentía fatiga al igual que Vicente pero no tanto como Alberto.

– Necesitamos apurarnos, Beto. Ya son las tres y va a venir obscureciendo como a las siete. Hay que movernos para no llegar de noche: de bajada hicimos tres horas, de subida, a huevo que van a ser más.

– ¡Hubiéramos rentado unas mulas!

– ¡¿con qué dinero?!... "o bien pudimos ir al cajero automático a sacar lana, ¿verdad?" – respondió con sarcasmo Arturo – Ya no te estés quejando y síguele, vámonos. – Y comenzaron el acenso.

El guía, como siempre por delante, caminaba como si diera la vuelta al parque: Vicente y Arturo trataban de seguirle el paso no con tanto ahínco como cuando iban en descenso, pero persistían; más por no parecer débil ante el otro que realmente por el deseo de llegar. Pero Alberto no se daba el lujo de ocultar flaquezas:

– ¡Espérenme güey! ¡tch! Van muy rápido... oigan: ¡no sean mamones! Parece que vienen solos – refunfuñaba Alberto casi sin aire y dando pasos lentos. Vicente alza la voz y esperando que Alberto le oyese, se dirige a Arturo:

– ¡córrele Arturo, ahí viene Alpuerco, córrele güey, vamos a dejarlo!

– Sí, vámonos, ahí que se quede – Le respondía el otro con guasa hasta que ya por fuerza del cansancio, hubieron de pedirle al guía tiempo para descansar en lo que Alberto les daba alcance.

Y ahí venía el pobre Alberto: sudando la gota gorda, aventando los pulmones por la boca.

– ¡Qué mamones güey! ¿Por qué no me esperan? Les vengo gritando y ustedes cagados de risa corre y corre.

– ¿Y qué crees que estamos haciendo, marica? te estamos esperando – dijo Arturo.

– Lo que pasa es que ya vienen cansados ustedes también ¡no mamen! Yo no sé cómo no ponen un teleférico o algo así para los turistas, así vendrían más.

– ¡Qué pendejo eres Alberto! ¡¿cómo se te ocurre?! Venir a darle en la madre al paisaje con un pinche teleférico para que Alberto no se canse. ¿no quieres algo más? ¿no quieres unos sherpas[22] que vengan por ti y te lleven cargando? – Le respondió Vicente con sorna y Arturo siguió con la mofa.

– Si Alpuerco, o'rita vienen y te ponen tu teleférico con aire acondicionado para que no sufra el nene. ¿No ves que si le ponen teleférico o algo así, le quitan todo el atractivo? De eso se trata, de la aventura de venir y conocer la sierra y que no esté accesible para cualquier turista pedorro. O'ra que si quieres, le mandamos a hablar a unos sherpas, como dice Vicente, para que te suban cargando como faraón.

– ¡tch, ya güey!

– Poco a poco siguieron el acenso, con descansos más frecuentes y prolongados hasta que en el ocaso, alcanzaron a ver adelante las luces del poblado. Aquella noche durmieron a pata tendida.

---

[22] Sherpas.– pobladores de las regiones montañosas de Nepal y los Himalaya

# CAPITULO 15

# ROMANCES DE VIEJERO

Por la mañana del día siguiente, empacaban de nueva cuenta tiendas y bolsas de dormir cuando Pancho llegó a despedirse.

– ¿ya se van muchachos?

– Si, ya listos para seguirle.

– Tengan, les doy esto para que se lleven de recuerdo: – En la mano de cada uno, Don Pancho puso un reluciente pedernal de obsidiana negra.

– Tomen, ojalá les haya gustado la visita.

– Los turistas le colmaron de agradecimientos, sobre todo Vicente que le expresaba el gusto de haber conocido tan hermoso lugar.

Hacia poco antes del mediodía, los aventureros motociclistas habían recorrido los 40 Km del camino que va del poblado de San Francisco hasta salir a la federal 1, más los 116 del punto de la desviación, hasta el pueblo de Santa Rosalía. La pequeña ciudad portuaria es de una bella rareza que la hace única. Y es que justo en aquel desierto como de escenario de película, de cactus y rocas, junto al azul ultramar del golfo de California, un pueblo francés se asentó en aquel árido paraíso. Gracias a que en 1885 la compañía francesa El Boleo, se instalara para explotar los yacimientos de cobre por la concesión que les otorgara el entonces presidente Porfirio Díaz; más no fueron los primeros. Antes que ellos, en 1872 se instalaron las compañías Eiseman y Valle. Pero fue debido al coraje de esta empresa francesa, que se crea el poblado que hasta entonces solo era una misión: la misión de Santa Rosalía de Mulegé, fundada en 1705 por el padre jesuita Juan de Basaldúa.

El rostro de las calles mestizas de este pueblo no puede negar sus raíces: por un lado tienen la elegancia francesa con las casas y palacio municipal de techos inclinados, su herrería vegetal y acabados de madera. Pero innegablemente la genética mexicana se hace presente con sus colores, sus balcones y zaguanes; la plaza con su kiosco y un toque rústico en todas las calles que le dan ese aire muy mexicano. Los vestigios de la industria minera lucen románticamente abandonados: máquinas de vapor, grúas, bodegas y torres de fierro oxidado, dan cuenta del progreso de otros tiempos. Ruinas paleo-industriales son para algunos un montón de vieja chatarra y para otros, como cuadros de naturaleza muerta.

En la gasolinera pararon para definir que hacer:

– Vamos a comer – dijo Alberto.

– Sí, luego a ver si vamos a un cyber, quiero mandar unos correos. – Agregó Vicente.

– En la guía de turistas dice que aquí hay una iglesia de Gustavo Eiffel, a ver si pasamos a verla. – Concluyó diciendo Arturo.

Por las calles aledañas al centro, no batallaron en encontrar alguna fonda donde saciar el apetito con unos ricos tacos de pescado.

Con el estómago satisfecho, fueron luego al otro asunto que les ocupaba y era el de comunicarse con sus seres queridos por lo que una pequeña papelería con internet, funcionó para tal propósito.

Alberto no tardó mucho en revisar su correspondencia electrónica y contestar a su familia que se encontraba bien, a Arturo le tomó un poco más de tiempo pero Vicente tenía un asunto que tratar y era aclarar su situación con Roxana.

– ¿Te vas a tardar, Chente? – Le preguntó Arturo cuando ya él había terminado, mientras Vicente seguía sentado frente a la PC.

- Sí, yo creo que una hora más, algo así. - Bueno, ahí vamos a estar el Alberto y yo en la plaza tomando unas fotos, ahí nos alcanzas.
- Habían Roxana y Vicente, acordado ponerse en línea para platicar ese día a cierta hora, poco después del mediodía. Él le platicó en breve de sus aventuras y ella le leía encantada: ello le atrajo siempre del norteño viajero, ese espíritu de hombre aventurero que en algunas mujeres es un fuerte afrodisiaco, pero por tenerle lejos ya por algunas semanas, se fue convenciendo de la poca probabilidad de verlo nuevamente cerca y con ello fue desvaneciéndose la esperanza de una duradera relación.
- Te extraño mucho, Chente pero ¿Qué va a pasar? Tu ahorita andas allá en Baja California, luego te vas a Mazatlán y luego de ahí te regresas a tu casa ¿y cuándo vas a venir otra vez?
- Yo también te extraño chaparrita, pero la verdad no sé cuando vuelva y la verdad no te quiero dejar esperándome toda la vida.
- De seguro andas con alguna golfa allá que traes en tu moto paseando por toda la baja ¿verdad? Eres un malo.
- Ja ja ja ja No corazón, ¿cómo crees? A ti es a la que me gustaría traer conmigo.
- Eres un mentiroso, malo, te burlas de mí y yo acá de tonta esperándote.
- No seas así Roxana, no me estés levantando falsos ya te dije que me gustaría que vinieras tu, pero no es así, lo siento mucho pero ¿qué quieres que haga?
- Pues ven por mí.
- Ay corazón, ojala fuera así de fácil. Yo no quiero que te hagas esperanzas y tampoco quiero seguir haciéndome esperanzas contigo. Esto ya lo sabíamos desde un principio.
- Tienes razón, es solo que quería decirte las cosas y que no quedara así.
- Te entiendo muy bien y gracias por decírmelo

– Gracias a ti, muñeco, te extraño mucho y ojala siga pendiente esa invitación a que visite tu ciudad.

– No tienes que agradecer, chiquilla; por el contrario, y ya sabes cuando llegue a mi casa, podrás visitarme cuando gustes y yo también te extraño un montón.

– Bueno. Cuídate mucho y luego seguimos platicando y espero que me mandes muchas fotos de tus aventuras.

– Así lo haré, cuídate mucho tú también.

– Bye.

– Bye.

Esa es una de esas raras veces en que una relación sentimental termina sin saldo rojo para ambos lados. Como dos personas maduras y emocionalmente inteligentes, separan sus caminos sin tristes apegos y poniendo aquel apasionado encuentro en el cajón de los gratos recuerdos íntimos, que dejan en el alma una feliz sensación de paz al cerrarle.

Ahí estaban: troglodita y Chita, plácidos tomando una nieve en la plaza, contemplando el pintoresco kiosco, el palacio municipal, pero con más atención, a las jóvenes transeúntes.

– ¿Qué tal si le echamos un vistazo a la iglesia antes de irnos?

– preguntó Vicente esperando que no se negaran sus poco interesados amigos en sitios históricos por haberles hecho esperar nuevamente.

– Va. Pues ese es el plan, al cabo está aquí a una cuadra, nos tomamos unas fotos chidas y le seguimos. – Dijo Arturo y Alberto agregó.

– Si güey, un ratito no'mas, ya quiero llegar a los Cabos.

– Como quiera hoy no vamos a llegar, y mañana hay que llegar a La Paz a ver al inge a ver si nos tiene alguna chamba.

– Es cierto, pero como quiera ya quiero llegar, ya se me borró la raya de las nalgas. – Y Vicente responde.

– ¡uy! Imagínate yo, a mi ya se me borró desde hace un buen.

– La famosa iglesia de Santa Bárbara se expuso junto a la emblemática torre parisina en la exposición internacional de 1889 para luego permanecer embodegada en Bruselas hasta que en 1895 se trasladó hasta aquí, terminándose en 1897. Este edificio se diseñó como un, por entonces novedoso, edificio portátil pero que encontró en esta villa francesa a la orilla del mar de Cortez, su sitio perene. Tal vez el diseño no es el de una majestuosa catedral, pues como se explicó: se trataba de hacer algo práctico y sencillo (más aun, de todas formas tardaron casi dos años en levantarla). Es coqueta e inocente y no deja de ser un atractivo independientemente de la firma de su célebre autor.

\*                    \*                    \*

El plan era llegar a acampar a Ensenada Blanca, lugar por el que pasaron de noche en su camino de ida y que a decir de Arturo, quien ya había estado antes ahí, era un lugar realmente bonito para acampar. Así que por ahí de las dos y media de la tarde reanudaron la rodada. El descanso en Santa Rosalía de tan solo poco más de tres horas, fue reparador y con ánimo renovado, migraron como con la formación de los pelícanos en vuelo.

Dos horas más tarde hicieron escala de nuevo en Loreto que está a 196 kilómetros de Santa Rosalía y a 36 kilómetros aproximadamente de su destino de ese día; de manera que era ahí el punto donde podían reabastecerse de víveres.

Vicente entró al mercado a hacer las compras mientras Alberto iba, según esto, a atender lo que le había menester, entre tanto Arturo montaba guardia cuidando de las motocicletas con el equipaje cargado. Más luego de un rato que Vicente tardara en salir de la tienda, Arturo y

Alberto no desaprovechaban el tiempo y fue que al llegar donde les había dejado, halló a Arturo platicando con dos lindas chicas de aspecto zajón. Al llegar donde los tres estaban, les saludó en su idioma y se presentó, ellas hicieron lo propio con cortés simpatía: Katherine y Susan, dijeron llamarse.

– Vienen de San Diego – dijo Arturo – Susan habla un poco español pero Katherine no.

– ¿Y Alberto? – Fue a darle la vuelta en mi moto a otra chava que viene con ellas.

– ¿A dónde van? – Les pregunta a las jóvenes.

– vamos hasta Los Cabos – responde Katherine y señalando un jeep rojo con un kayak amarrado al techo, le dice:

– venimos en aquel jeep y queremos kayaquear en algunas playas bonitas de México. Tu amigo nos dice que hay una muy bonita donde van ustedes hoy.

– Esa es la idea. Arturo conoce muy bien por aquí, él les puede decir donde hay buenas playas para ir a hacer kayak, ¿verdad? – Sí, playa Ensenada Blanca muy bonita, muy tranquila para kayak. – Respondió Arturo en su inglés escaso pero entendible.

– ¡Ustedes vienen desde Tijuana en moto, qué emocionante! ¿Cuánto tiempo llevan desde que salieron? – Preguntó Susan a lo que Vicente respondió:

– once días desde que salimos de Los Cabos pero ya vamos de regreso – en eso, Arturo agrega un comentario, que devolviéndole a Vicente la intención de impresionar a las chicas, con respecto de que él conoce muy bien las playas de la región, apunta:

– Chente viene desde mucho lejos, tiene un mes cruzando México.

– ¡Qué asombrosa aventura! A mi padre le gusta mucho también viajar en su moto también.

– De momento, volvió Alberto con Emily, la otra chica que venía con Susan y Katherine viajando por la Baja, tal como ellos pero en su jeep colorado. Ahí se quedaron todos platicando por un rato, y viendo que agradable comparsa hacían y que pues en el grupo brillaba el espíritu aventurero, no faltó que los mexicanos invitasen a las simpáticas extranjeras a que les hicieran compañía en el campamento de aquella noche. Las jóvenes aceptaron de agrado y entre todos planearon una singular tertulia en la playa: bajo la luz de las estrellas, fogata, salchichas a la lumbre, música y algo de fermentado de malta. Aprovechando el espacio en el jeep, cargaron un buen número de botes de cerveza con hielo para que no faltase para los seis.

A Vicente le pareció atractiva Katherine, además de alegre e interesante, así que no vaciló en invitarla a subir a la moto y ella no dudó en aceptar. Arturo hiso lo mismo con Susan: ella al principio se negó por no dejar a Emily que condujera sola pero como buena amiga, le dijo que no se preocupase, que anduviera en la moto con Arturo si ella lo deseaba y que no tendría problema en conducir el vehículo, sola siguiendo a los tres motociclistas hasta la citada playa que al cabo no lejos de ahí estaba.

Cuando pensaba Vicente que nada podía mejorar la aventura de aquella rodada, que los atardeceres de postal de aquellas carreteras en el desierto con el mar de fondo y él solo sobre su moto, serían lo mejor que se podía esperar; el destino le puso el ingrediente para completar la fantasía. No era su linda Roxana quien había imaginado llevar de parrillera pero una preciosa trigueña era la que le asía detrás de él y vaya que no le hizo recordar pasados romances. Al paso por el asfalto y acelerando suavemente, se le ocurrió que aquella noche podría terminar en una apasionada velada entre los pliegues del saco de dormir, más luego se calmó así mismo: – mejor será que no me haga muchas ilusiones, estas chicas tal vez solo quieren compañía y es todo, recuerda que entre más te insinúes, más difícil es que se sientan atraídas. Mejor tranquilo,

si pasa algo, que bueno, y si no, como quiera la estoy pasando genial, mucho mejor que solo con puro pelado.
– Pasando Puerto Escondido, Arturo que iba a la punta, hiso reducir el ritmo de la marcha para encontrar la brecha que sale de la carretera y los llevase a la playa que él recordaba era el lugar ideal para acampar. Un señalamiento verde le indicó justo el sitio que buscaba; el señalamiento decía: "parque marina nal."
Al salir del camino asfaltado, optaron Arturo y Vicente porque Katherine y Susan se trasladasen a acompañar a Emily en el jeep para maniobrar más fácil la moto en el camino de terracería. La tarde ya estaba encima y con cuidado de no atascarse en la arena, se fueron metiendo monte adentro hasta la dichosa playa.
En cierto punto, los motociclistas sintieron hundirse las llantas en la arena pero pararon y con calma, sacaron los ciclomotores del pequeño atorón; cuando en eso, el jeep de las extranjeras que venía en tracción sencilla atrás, se empezó a atascar. Los hombres apenas dieron cuenta de esto al escuchar el patinar de las llantas en la arena y tranquilamente se apearon de las motos para ayudarles a sabiendas que la doble tracción del rojo, les ayudaría fácilmente. Con lo que no contaban era que Emily, al sentir la pérdida de control del vehículo, de inmediato dio marcha en reversa y aceleró desesperadamente, lo que hiso que para antes de que los muchachos se acercaran a desatascar el auto, éste se atascara aun más. En el acto, los tres abrieron los ojos en alarmada expresión y agitando los brazos en el aire, hicieron señas para que dejase de acelerar de inmediato, pero Emily seguía viendo hacia atrás para tratar de sacar el mueble en reversa y volvió a acelerar impulsivamente haciendo que las llantas quedaran sumergidas en la arena.
– ¡Stop, stop, stop! – gritó Vicente mientras palmeaba el capacete para llamar la atención de la conductora quien volteó harto asustada y nerviosa.

Apagaron el jeep y las tres mujeres bajaron asustadas y nerviosas. Los hombres, las invitaron a calmarse y que no se preocuparan pues ellos se encargarían de sacarlas de su cuita.

Vicente recordaba a un amigo de él a quien le apasionaban esta clase de vehículos y que en algunas veces lo invitase a rodar por montes y ríos donde con frecuencia se llegaban a atascar. Sabía que debía hacer aunque eso no garantizaba que fueran a salir de ahí.

– Vamos a bajarle el aire a las llantas, le metemos la doble y le torcemos el volante. – al punto hicieron eso pero no dio resultado, incluso, las llantas de adelante comenzaron a hundirse también.

– ¡¿Qué vamos a hacer?! – Llamemos a una grúa – ¡se arruinaron las vacaciones! – Decían alarmadas las chicas.

Los mexicanos, preferían no escuchar las angustias y optaron por concentrarse en el problema, además, si querían parecer como héroes e impresionar a sus amigas, lo mejor sería mostrarse ecuánimes.

– ¿Y si lo empujamos? – Dijo Alberto.

– ¿Y si buscamos unas tablas para ponerle a las llantas? – Dijo Arturo.

– Vamos a terminar empujando y sí, unas tablas o unas piedras servirían de mucho, pero aquí se me hace muy difícil que hallemos, la única va a ser escarbarle a la arena primero, quitarle el estorbo que se le hiso con el pozo y luego le vamos dando. – resolvió Vicente y sus amigos lo secundaron.

– Órale, va, pero hay que apurarnos porque ya se está obscureciendo. – Agregó Arturo. Y poniendo literalmente manos a la obra, se dedicaron a escarbar con sus propias manos la arena que obstruía los neumáticos por más de hora y media. Y hubiese sido menos si no aprovecharan en cada descanso para tomarse una cerveza.

Las extranjeras ya no parecían tan angustiadas, seguramente porque veían a aquellos tipos tan seguros de hacer lo que estaban haciendo y no parecían estar preocupados, entonces decidieron ayudarles sosteniendo las linternas cuando ya comenzó a obscurecer.

Al fin, pudieron liberar las llantas traseras y se acomodaron todos para empujar al jeep afuera del pozo; incluyendo las féminas quienes se contagiaron de entusiasmo y trabajo en equipo. Vicente subió al asiento del piloto y encendió la marcha del jeep: en la parte delantera, el resto se apoyaba de donde podía para empujar y a la voz de "¡go!" con determinación, intentaron moverle: sintieron a la carreta que quería desprenderse del agujero pero sin éxito aun. Entonces, volvieron a probar con denuedo: Vicente aceleraba el motor con lo que las ruedas escupían arena mientras el resto empujaba con todas sus fuerzas, cuando Alberto, como lanzando un espontaneo grito de guerra, entonó la singular porra mexicana: "si se puede, si se puede" para animar a la escuadra, ésta le respondió con ímpetu y la mole de cuatro llantas pareció querer salir, pero aun se resistía. Como balanceándose hacia adelante y atrás, acelerando poco a poco en cada retroceso, con el equipo luchando y empujando a ultranza, el rojo se fue liberando de su propia huella, hasta que en una de esas, rodó fugándose de la necia trampa.

Los vítores y hurras explotaron de inmediato con aplausos y abrazos. Vicente paró el jeep fuera del peligro de atascarse otra vez y bajó para unirse a la celebración. Katherine se apresuró a abrasarle, estiró sus brazos como para colgándose del cuello y le plantó un apasionado beso en los labios sin que aquel por nada se lo esperara.

Luego de salir airosos del atorón en que se habían metido, buscaron un paso más seguro y llegaron por fin a la playa. El contento del desenlace de la hazaña duró por largo rato, instalaron las tiendas de campaña, encendieron la fogata y la velada se fue sucediendo como de inicio la habían idealizado: sentados todos alrededor del fuego, tomando y cantando alegres canciones.

Vicente y Katherine pasaban el rato tomados de la mano y no desaprovechaban para besarse furtivamente. Arturo intentaba aproximarse a Susan de la misma manera, hasta que luego de varias cervezas, consiguió animarla a que siguieran el ejemplo de la pareja de tórtolos. Emily era quien más bien no parecía estar receptiva a la seducción de Alberto aunque, de todas formas, no parecía molestarle y bien aun, le seguía el juego sin realmente ceder a sus insinuaciones, por lo que optó Alberto a renunciar a sus eróticas pretensiones y se metió en su bolsa de dormir antes que los demás; y así quedó Emily un poco relegada de la plática ya que las dos parejas dialogaban entre sí.

La leña se fue acabando y en un disimulado escape, Katherine entró en la tienda de Vicente con el pretexto de estar cansada, él la siguió después de darle el último trago a la cerveza que tenía en la mano. La encontró con su pelo suelto y recostada sobre su espalda; comenzó a acariciarle lentamente y ella le contestó de igual forma entre besos largos y húmedos; él la desprendió del short y de su blusa luego. Debajo llevaba un sensual bikini que rehusaba dejarse retirar para no descubrir su piel completa, resistiéndose a la lujuria; entonces, su compañero de tienda se desvistió pronto pero sin prisa para igualar su desabrigo y continuó en la garatusa hasta completar la desnudes de ambos: ella sentía su íntima humedad y ya en el pecho la sangre propia exaltada por el biker, se resistió hasta asegurarse que estarían protegidos y fue así que se entregó a su carnal deseo, dejo poseer su cuerpo despojándose de sus sentidos, prisionera entre el suelo y el cuerpo de su amante; sus manos inquietas le arañaron la espalda bajando hasta asirse de sus duros glúteos, sus ojitos entreabiertos y su boca abierta exhalaba en cada ceñir con fuerza hasta llegar a la cima del precipicio, dejó ella ir el aliento de un último alarido de desahogo y enseguida, él que no pudo contenerse más, se unió al vuelo de la hermosa trigueña. La risa nerviosa los invadió como niños traviesos. Luego ella usó de almohada el hombro de Vicente por unos instantes antes de ir a la tierra onírica.

\*                    \*                    \*

Por la mañana del día siguiente, tomaron un ligero desayuno, con suficiente agua para aminorar la resaca que algunos tenían; bajaron el kayak tándem del capacete del jeep y enseguida lo echaron al agua: las parejas se turnaron para dar cada una un paseo en él. El viento soplaba suave y aquellas aguas lucían serenas, de las que emergen las islas elegantes, rodeadas de playas de arena y piedras.

Llegó la hora de seguir cada quien su rumbo. Las lindas extranjeras decidieron pasar el resto del día en aquella hermosa playa o quizás quedarse una noche más, pero los motociclistas hubieron de despedirse. Quedaron ellas de ponerse en contacto con Arturo y Alberto cuando llegasen a Los Cabos, cosa que nunca pasó. Vicente y Katherine intercambiaron contactos y se dijeron hasta pronto, pero sabían que no sucedería: él partiría de La Paz en dos días de vuelta a Mazatlán y ella iría a Los Cabos por unos días y luego de vuelta a su país.

Para Vicente ese día fue la recta final de la travesía por aquella legendaria y hermosa extremidad del territorio mexicano. En ese último bocado de aproximadamente 315 kilómetros de carretera, saboreó en su moto el desierto y el mar juntos, con su rock'n roll clásico para recordarlos cada vez que lo oyera, cuando en doce días recorrió aquellos caminos. Quedó satisfecho pero sin duda con ganas de volver.

# CAPITULO 16

# EL SALUDO DE LOS CARDONES

Para su suerte, tocó que en esa semana la ciudad de La Paz celebrara también su carnaval y aprovecharon entonces para salir por la noche por unos tragos y convivir las últimas horas antes que Vicente partiese de regreso. Pensaron entonces que iba a ser difícil encontrar un hotel económico donde alojarse pero de los tantos que hay, no hubo problema para instalarse.

– Vamos Arturo y yo a ver al inge, a ver si nos tiene algo de chamba, nos dijo que lo buscáramos por estas fechas a ver si les aprobaban un proyecto. La verdad que ya nos urge, andamos bien gastados por el viaje y ya casi nos acabamos la lana.

– órale, pues mucha suerte, ojala se haga. Yo voy a comprar mi boleto para irme en el ferri de mañana, luego me regreso al hotel a meterme a la alberca un rato mientras ustedes van a eso.

– No nos vamos a tardar mucho, si quieres, aquí nos vemos más tarde y luego vamos a dar el roll todos. – Dijo Arturo, Vicente asintió y los dejó ir a su negocio entre tanto él iba por su boleto.

Al cabo de un par de horas: Vicente se zambullía regaladamente en la alberca del hotelito cuando los biólogos volvieron. Se les veía motivados:

– ¿cómo les fue?

– Bien – dijo Alberto – ya nos dijeron que nos viniéramos la próxima semana a jalar.

– ¡Eso está muy bien oigan, felicidades! Es buena noticia – exclamó Vicente y Arturo agregó.

– Sí, pero la verdad es que es poco lo que nos van a pagar, pero bueno, al menos es algo, porque sin esa chamba al rato no sé cómo le íbamos a hacer. Nos

metimos una buena lana con esto del viaje y todo para que
ni al Alpuerco ni a mí, nos dieran la puta visa, tanto pedo y
tanto gasto para nada.

– Velo del lado bueno: estuvo conmadre la rodada, si no
es porque tenías que ir a eso, quién sabe cuándo íbamos
a poder hacer ese viaje, a lo mejor nunca, y la experiencia
valió la pena. – En eso tienes razón.

– La alberca del hotel no era la más lujosa y bonita de todo
La Paz, pero el agua estaba realmente limpia y fresca, y
con aquel calor y viendo que Vicente tan a su sazón se
solazaba en el agua cristalina, Arturo y Alberto, fueron por
sus trajes de baño para acompañar a su amigo en el uso
de la instalación.

Nada más relajante que un baño en la alberca después de
un largo viaje de doce días en motocicleta: así como para
refrescarse como para destensar los músculos. Ahí hacían
un recuento de la aventura, de los momentos chuscos:
como cuando se alojaron en la "suite presidencial" en
Ensenada, la pocilga de hotel que encontraron con la
gotera y las "pinturas rupestres" en el cuarto, la singular
y retozona anécdota de Alberto en la planta de Tecate o
de cuando se espantó de los ruidos una de las veces que
acamparon junto a la carretera; también se recordaban de
los momentos de pesadumbre: como cuando se quedaron
sin gasolina o como cuando les negaron la visa en el
consulado; por su puesto también hablaban de los lugares
más bonitos que a su opinión, cada quien consideraba:
Alberto alegaba que el Valle de Guadalupe era el más
sublime paraje de toda la Baja California; Arturo argüía que
el Valle de los Sirios es el más hermoso lugar y Vicente
juzgaba que los cañones y la sierra de San Francisco eran
de la más incomparable belleza. Hicieron memoria, claro
está, de su experiencia en ese sitio último: como cuando
usaron a la vaca de blanco y cuando Alberto requería
que unos sherpas le subiesen por el cañón de la sierra.
También claro, aludían la aventura con las gringas del jeep

de lo que Arturo casi no dejaba de tocar el tema de su experiencia con Susan, describiéndola con detalles lo que llegaba a ser de mal agrado, más para Vicente que para Alberto quien ya estaba acostumbrado.

Para culminar aquel último día en que se verían, con la esperanza de volverse a ver en un improbable futuro, salieron a convivir a uno de tantos bares que sobre el malecón de La Paz se encuentran. Ahí estaban cómodamente en una mesa alta de bar, con sus acostumbrados fermentados de malta y contemplando la anatomía de las paceñas que concurrían al lugar. Al salir se mimetizaron con el bullicio de ríos de gente fluyendo despacio por el malecón vestido por la algarabía del carnaval paceño. El menú de la cena fueron unos tradicionales "jochos" de uno de tantos puestos que se instalan por las noches en la banqueta y que los preparan, como es usual: con tocino envuelto en salchicha con queso, cebolla frita, tomate y aderezos.

\*                             \*                                   \*

Con el desvelo de la noche anterior, hubieron de despegarse de las almohadas hasta casi el mediodía. Desperezados, cargaron las motocicletas para emprender: Alberto y Arturo el camino de vuelta a los Cabos, mientras Vicente esperaría hasta en la tarde, la hora de partida en el ferri.

– Váyanse con cuidado, trogloda: que tengan buena rodada de aquí hasta su casa, carnal.

– Tu también fresita, que tengas buen viaje de regreso a tu casa y seguimos en contacto – dijo Arturo en el acostumbrado tono acémila que enmascara su sentimiento fraternal. Tal vez ese comportamiento y el alarde frecuente de su vida sexual, ocultaban una heterosexualidad insegura, que bien ni a el mismo parece atañerle. De un abrazo y fuertes palmadas en la espalda terminaron de despedirse, de igual gesto lo hicieron Vicente y Alberto:

– Carnalito: cuídate mucho y ya sabes que siempre serás nuestro brother, gracias por acompañarnos, la neta que fue la mejor rodada de mi vida, ojala la repitamos algún otro día.

– Sí camaradita, esta fue y será la mejor rodada que hayamos tenido. Muchas gracias a ustedes por invitarme, en serio no tengo palabras, si no hubiera sido por ustedes, esto no lo hubiera disfrutado.

Nos mantenemos en contacto y que siempre lleguen sanos a casa y muchas felicidades por su nueva chamba.

– Igualmente, que llegues bien.

– Bay.

– Bay.

– Sin más caravana y levantando la mano para despedirse por última vez, los amigos se alejaron con el rumbar de sus motos hasta que les perdió de vista por la avenida.

Las horas antes de la partida, Vicente aprovechó para comer, usar un cibercafé para escribirle a su familia y llevar algunos recuerdos.

Las seis de la tarde se dieron cuando el pesado navío zarpaba de vuelta del puerto de Pichilingue en dirección a Mazatlán. Con nostalgia veía Vicente las peñas bañadas por las olas y los cactus parados alzando sus brazos, como la seña de los indios americanos que bien significa un saludo o una despedida. Él les contestó el saludo como honrando simbólicamente a la tierra aquella cincelada por el sol y el viento.

La travesía de regreso no fue diferente a la de su llegada, y acompañando el amanecer se avistó la tierra en el horizonte. De la mole flotante salieron las personas y vehículos cuando atracaron en puerto. Entre ellos, Vicente sobre la Vulcan, puso ruedas de vuelta en tierra sinaloense y agarró querencia a la casa de los Calderón quienes ya le tenían lista la habitación de huéspedes. Con alegría y sonrisas recibieron al viajero y él con grande contento, les relató las aventuras de su recorrido por la península. Más tarde, Felipe y Vicente se avocaron a los asuntos laborales, dispusieron un espacio de la casa como área de trabajo y pusieron manos a la obra.

En los días sucesivos a aquel cuando Vicente se instaló en casa de los Calderón, no ocurrió suceso alguno digno de contar, salvo hasta la noche del segundo día, que fue sábado. El norteño decidió salir a familiarizarse con la vida nocturna de la ciudad costeña que es célebre por su jaranero ambiente vacacional, subió a su compañera de aventuras y vagó a lo largo del malecón tomando la brisa del mar cual si fuera en una pulmonía [23]. Las olas acarician la playa de arena a un lado de la costera, y del otro, las luces multicolores de la ciudad: comercios, hoteles, restaurantes y bares.

Despreocupado y deleitándose de la rodada, pasó de pronto frente a un bar donde a la puerta había un buen número de motocicletas posadas en batería. En la banqueta, una concurrencia quienes no podían ser otros que los propietarios de aquellos acerados equinos y que al ver pasar al forastero, algunos le saludaron con esa amistosa cortesía tan inherente de los moteros y que se entrega espontáneamente al hermano anónimo, transmitiendo en un simple gesto que dice tácitamente: "te saludo, comparto la misma afición y espíritu y por ello somos de la misma raza". Vicente alzó también su mano y se retornó en la primera oportunidad con la intención de acercarse al grupo, no porque pensara que le habían llamado a juntarse con ellos, pues entendió que le saludaron solo por afabilidad, si no, que parecía la oportunidad perfecta para hacer nuevas amistades y

---

[23]  "las pulmonías" se les conoce así a una especie de taxi abierto emblemático de Mazatlán Sinaloa.

convivir con bikers locales quienes parecían amigables y a fe que lo eran.

El grupo platicaba amenamente. Una trike ambientaba la convivencia con el equipo de sonido que llevaba instalado y que tocaba típica música de banda. La concurrencia era predominantemente de hombres pero también había algunas mujeres; todos jóvenes que bebían unas cuantas cervezas y de ellos, alguna que otra pareja bailoteaba muy divertida al son de la tambora. Vicente estacionó su moto de reversa y no faltó de inmediato quien se acomidiera para ayudarle jalando el ciclomotor por la parrilla. Luego de agradecer el gesto, se aproximó a presentarse y saludar al grupo; todos le recibieron hospitalariamente con la calidez que caracteriza al sinaloense y más pronto que luego, le convidaron a tomar de las cervezas que junto tenían en una cubeta con hielo. De ninguna manera el forastero quiso desairar a los anfitriones y extendió su mano para sacar del balde un bote de aluminio escurriendo trocitos de hielo. El acogimiento le hiso sentir en casa.

Desde luego no se hicieron esperar los habituales cuestionamientos curiosos: ¿de dónde venía? ¿Qué moto era? Si venía solo, ¿Cuánto tiempo se quedaría de visita? Y éste les respondió uno a uno con el orgullo de compartir su experiencia pero como siempre, procurando la modestia. Vicente les preguntó cómo se hacían llamar como grupo.

– Somos Los Filibusteros de Mazatlán – respondió un tipo de cuero cabelludo completamente mondo quien dijo apodarse "el casco" – Los jueves nos reunimos en el taller de un amigo y los sábados aquí, luego nos vamos a rodar y a veces vamos a un antro que está allá, por Olas altas, de hecho en un rato nos vamos para allá por si te quieres venir con nosotros.

– ¡Claro! Eso me gustaría mucho. No conozco mucho por aquí pero yo jalo pa' donde sea.

– ¿Y vas a estar mucho tiempo aquí en Mazatlán?

– Yo calculo que más o menos un mes.

– Pues ojalá te quedes para el evento, este año va a estar fregón, vas a ver una cantidad de motos que no te la acabas ¿dices que es la primera vez que vienes a Mazatlán en moto?

– Así es, pero he escuchado mucho de esta concentración, dicen que es la más grande de México. Muchos de mis amigos ya se están preparando para venir y yo de seguro me voy a quedar aquí para esas fechas.

– Que bueno. ¿Y allá de donde eres tú, hacen buenos eventos?

– La verdad no he ido a ninguno todavía, pero si sé que hacen buenos eventos en toda la región aunque creo que no tan grandes, de eso estoy seguro.

– Te la vas a pasar fregón, aquí la gente viene hasta de Canadá todos los años, siempre traen a grupos fregones de rock a tocar, vienen de canales de televisión americanos a cubrir el evento, hay cheve y desmadre por todos lados, la fiesta es en grande. Con decirte que se va a poner mejor que el carnaval y el spring brake.

– Suena muy bien eso, Casco. Bueno ¿y qué onda, ya nos vamos a rodar o cuál es el plan?

– Sí güe, ya vámonos a rodar.

– Encendieron motores aquel grupo de amistosos piratas del asfalto más un vaquero: la formación se creó entre bramidos de las máquinas que al irse desprendiendo de la acera, se enfilaron por la avenida del malecón cuando la luna roja asomaba por el horizonte sobre el mar. Serían unas diez o doce las ratas de Hamelin, contando a Vicente, que iban en derredor de la trike al son de "El Sinaloense".

Al antro llegaron y más cervezas ordenaron. Todos tomaban tranquilamente, no hubo a quien se le pasaran los tragos pues como debe ser, se "hidrataron" con moderación. Cada quien, se fue despidiendo de los últimos, hasta que ya la moto de Vicente quedó sola sobre la banqueta. Para las cuatro de la mañana no había casi ni un alma en toda la avenida; la tertulia había sido espléndida conviviendo con sus nuevos amigos, Los Filibusteros de Mazatlán: cerveza, chistes y risas junto a lindas mazatlecas bailando sobre sillas y mesas. La euforia vino a menos pero a Vicente todavía le quedaban ganas de pasearse un rato solo por la bella avenida costera y de ahí se fue.

Rodaba a velocidad moderada cuando en una banca vio sola a una despampánate rubia sentada. Animado tal vez por el ligero estado beodo, se decidió a regresar en el primer retorno y acercarse a platicar con tan solitaria damita a esa hora de la madrugada. Pero no hubo si quiera vuelto a pasar para cuando ya unos tipos de un automóvil se habían detenido a hacerle plática desde la ventana. – No pasa nada, ahorita los manda a volar, aunque fuera prostituta, ni de chiste les da entrada. Me daré la vuelta y al rato vuelvo a pasar ya que los vote. – Se dijo para sí.

Se tomó su tiempo pero al regresar donde la chica se encontraba, no estaban ya los tipos del carro, si no un hombre visiblemente maduro sentado junto a ella. – Paciencia, a este ruco o'rita lo manda a volar también. Una vuelta más y regreso a ver si todavía está. – Pensaba confiado. Y se alejó nuevamente para regresar a los diez minutos y la porfía le dio frutos.

– Oye ¿tú sabes para donde queda "Las Gaviotas"? – le preguntó a la rubia desde la moto junto a la cuneta: artificio que maquinó con el pretexto de ser foráneo.

– Está para allá – señaló amablemente.

– Pero dime bien por donde, yo no soy de por aquí ¿sabes?

– Te vas todo derecho aquí por el malecón – Contestó la chica con dulce voz, pero socarrón el norteño, haciendo chunga le respondió:

– Se me hace que tu quieres que me pierda y me estas mandando para otro lado – ella rió y él prosiguió: – ¿Por qué no te subes conmigo y me llevas a donde es?, así te doy la vuelta y te llevo a tu casa.

– Es que estoy esperando a alguien. – Para esto, la chica se levanta, se acerca y el vaquero le insiste.

– Anda, no nos tardamos nada, te llevo y te traigo de volada; no muerdo. – En eso, en la acera de enfrente para un tipo en una moto pequeña. La chica se pone nerviosa y apurada le responde:

– Ya vinieron por mí, corazón, pero otro día con gusto: mi teléfono es catorce, veintitrés, cuarenta: Betsy. – Vicente saca su móvil para apuntarlo pero rauda ella lo detiene:

– que no te vea que lo apuntas, apréndetelo y luego me llamas. Chao.

– Días después, una tarde luego de una jornada de trabajo en la improvisada oficina, llamó entonces Vicente a la tal Betsy solo para saludarla, tenía una bonita voz. Ella le dijo que trabajaba cantando en un bar y aparte atendía en una estética. Quedaron de hablar luego para salir a dar la vuelta en la moto. Al viernes de esa semana, el norteño cumplió su promesa de llamarla:

– Voy a salir de la estética algo tarde y me voy a ir a arreglar a la casa ¿te parece bien si nos vemos a las ocho?

– Está bien, yo ahí te espero – Respondió Vicente.

Quedaron de verse en una esquina y aquel llegó puntual: sentado en la moto esperó por un rato bajo la luz de un arbotante hasta que vio venir la esbelta silueta con su pelo esponjado caminado desde la otra cuadra obscura. Al irse acercando notó algo raro en la figura de Betsy, algo inusual, no podía precisar exactamente que era pero algo no andaba bien. Cuando ya de cerca se saludaron, le asaltó una desconcertante duda: ¿Será Betsy un travesti? Las caderas y las manos no son de hombre, eso es seguro; no se distingue manzana alguna en el gaznate y la voz es claramente femenina, pero hay algo muy extraño, sus facciones debajo del maquillaje tienen un rasgo no muy femenino. ¿Será solo una mujer fea, alta y un poco tosca? La vez que le vio primero no le pareció así, ¿sería que no tuvo tiempo de verle claramente? No andaba lo suficientemente ebrio esa noche como para ser la causa del efecto ¿o es que bien es cierto que de noche todos los gatos son pardos?

La situación se presenta muy incómoda para el motociclista, pero estoicamente hace de la vista gorda. Más aun, visiblemente se comporta renuente: no tiene prejuicios hacia los homosexuales, independientemente le parecen personas como cualesquier otras, con preferencias diferentes, no les tiene ni filias ni fobias, pero de eso a salir con uno, no es algo que le agrade precisamente y tan franco es el norteño que está pensando preguntarle sin cortapisas su verdadero género: poner en claro amablemente que no acepta imitaciones por mucho que la copia se parezca y dejar la cosa ahí ¿y si en verdad es una chica? De seguro el interrogatorio no le caerá absolutamente nada bien y fuera de que se perderá una conquista, le causará una pena enorme a la que parece buena persona. La tesitura es delicada, parece que para no ser descortés, lo mejor que puede hacer es seguir la corriente y ver hacia qué lado se decanta la balanza.

– ¿Nos vamos entonces? – Inquiere Betsy.

– Sí, pero ponte el casco por favor – "para que no vean que vienes conmigo" pensó. – Por Dios, que nadie me vaya a ver, dirán que subo tipas feas o peor aún, si mis sospechas son ciertas, chance y es un travesti y no me la acabo nunca.

– Como alma que lleva el diablo se fue conduciendo por donde más rápido se pudo ir y donde menos tráfico y gente pudiera haber. Allá lejos, en una esquina poco transitada, hicieron un alto pues Betsy quería llamar a unas amistades para ponerse de acuerdo sobre el lugar donde reunirse "ella" y Vicente con ellos. Momento que este aprovechó para observar más detenidamente a su acompañante y tratar de definir su género, más aun después del escrutinio, seguía sin salir de su interrogante a lo que concluyó que ante la duda, mejor la retirada y elaboró un ardid para escapar sin herir susceptibilidades. En ello, Betsy cuelga su móvil y le dice a Vicente:

– Que tal si vamos a un barecito que está por el malecón, ahí por donde me conociste la otra noche, es donde voy a cantar a veces. Ahí van a caer mis amigas y amigos.

– No sé, ya es algo tarde y mañana tengo que levantarme temprano.

– Ándale, vamos.

– Bueno vamos pero de ahí me tengo que ir temprano, mañana es sábado pero tengo un chorro de cosas que hacer, ¿okey?

– Sí, está bien, pero no vayas tan rápido, me da miedo.

– Vicente hiso como si no escuchara lo último y se tendió al dichoso bar, esperando zafarse lo antes posible de la bochornosa situación.

Al fin llegaron al local y no habían parado aun cuando Vicente, al alzar la vista, en ese instante le fue despejado el enigma. Pues que sobre la entrada del bar, un letrero luminoso decía claramente: travesti show. Pero por estar viendo a la "güera despampanante" nunca se percató, la noche que estuvo rondando para abordarla, que justo había salido del trabajo y estaba esperando enfrente a un tipo, quien lo más probable es que fuera su pareja. La sensación de escuchar arañar un pizarrón, recorrió su espina dorsal. La idea de haber llegado a pensar que era solo una exótica mujer la que llevaba en el asiento trasero de la moto, cuando en realidad era un hombre, era como vivir una pesadilla surrealista. Pero ante todo, la diplomacia y el respeto, al fin que no era como si nunca hubiera subido a un amigo en la moto y de ahí no pasaba nada.

– Oye Betsy, la verdad que yo ya me tengo que ir, me la he pasado muy bien pero no puedo desvelarme ¿está bien

si te dejo aquí para que veas a tus amigos o te llevo a tu casa?
– Está bien, no te preocupes, aquí me quedo, más noche les pido que me lleven. Gracias.
– Bueno, pues que pases buenas noches y una disculpa ¿he? – Gracias a ti, a ver cuando salimos de nuevo.
– okey.
– Bay – Bay.
– En aquello, dio la graciosa retirada y como despertando del mal sueño, se sintió liberado en su trayecto a la casa de Los Calderón.
Al día siguiente que era sábado, Vicente fue a reunirse con Los Filibusteros de Mazatlán en el bar de la vez anterior. Ahí los encontró de igual forma que el fin de semana pasado.
– ¿Qué tal camaradas, cómo les va? – Llegó saludando el norteño; el grupo le contestó con igual ánimo. Y uno de ellos agregó:
– ¡ha, oye! Por cierto, te vimos pasar ayer en la noche, ibas hecho madre con una güera buenísima atrás ¿he?

# CAPITULO 17

# LA TOMADA DE MAZATLAN

Semanas ulteriores a la del paseo con Betsy, de quien por cierto no mencionó palabra alguna y de quien no volvió a tener noticia. Fue que después de la cotidiana rodada nocturna del sábado con los Filibusteros de Mazatlán: El Casco y otro amigo, el Sapo; le invitaron a Vicente a ir a un bar estilo taurino, muy conocido que en el centro histórico del puerto se encuentra. El lugar es sumamente divertido a pesar de la temática, los grupos que tocan en vivo Rock en español, Ska y trova. Los comensales, que mejor dicho "bebensales" disfrutan sus tragos en aquel ambiente bohemio con singular contento.

En un rincón: el Sapo, el Casco y Vicente, le dan trámite a las cervezas que tienen en una cubeta sobre la mesa: hablan de aventuras y de sus modelos favoritos de motocicletas, al tiempo que echan de ver a las lindas féminas que concurren el sitio. En la mesa de junto hay unas chicas sin compañía masculina, al igual que otro grupo que frente a la tarima del grupo están. La conquista no es el propósito de la noche, de manera que el trió de amigos no hace por llamar la atención de las damitas y continúa en su coloquio. Hasta que de pronto, una mujer poco menos que anciana, pero bastante jovial se acerca vendiendo flores, trae unas rosas rojas preciosas. Los tres rechazan la oferta con la razón de que no les pretenden dar uso, sin embargo la tía insiste jubilosa en hacer la venta. Vicente se deja llevar por la actitud de la señora e intercambia las monedas por el botón que más bello le pareció, hace una rápida inspección de las jóvenes que tiene a la vista de todas, una le hace dilatar sus pupilas y le dice a la florista:

– Llévele esta rosa a la chica aquella que está allá, la de blusa negra.

– ¿Le digo que se la manda usted?

– No.

– ¿Entonces que es de parte de un admirador secreto?

– No, tampoco; no soy admirador de nadie – responde ufano con cierta sátira. – No le diga nada, menos que de un admirador, "ahí se la mandan" si acaso, y si insiste en preguntar quién la manda, usted le dice que le dijeron que no dijera nada, así insista y patalee usted no le diga nada ¿está claro? – La mujer cumple con lo ordenado y pasa el tiempo mientras la velada sigue.

– ¿No vas a ir a platicar con la chava? Está bien guapa. – pregunta el Sapo.

– No, solo se la mandé por hacer el daño. No hay mujer que soporte la curiosidad. Tal vez vaya pero la quiero dejar sufriendo un rato. A ver qué pasa. – Contesta cínicamente despreocupado.

Al cabo de tres cervezas más, el pseudoconquistador ocupa de ir al sanitario, en su camino de regreso, entre las mesas y la gente amontonada del bar, pasa por donde la susodicha estaba sentada, junto a sus amigas con la flor sobre la mesa. En un arranque de resolución, se para detrás de la damita y toca su hombro ligeramente: intrigada por el gesto, ella vira y le ve con aquellos enormes ojos negros cándidos y escucha:

– ¿Te gustó la flor? – En ello, una sonrisa se dibuja en sus labios carmín.

– Sí, me encantó ¿tú la mandaste, verdad?

– Sí.

– Gracias ¡qué lindo!

–… Un silencio se apodera de la boca de Vicente: con la espontaneidad del arranque, olvidó cargar de municiones la pistola de argumentos y con aquella angelical sonrisa, el arma vacía cayó de las manos al suelo. Al segundo, una voz interna como la de un diminuto general le comienza a gritar: ¡rápido idiota, di algo, abre la boca imbécil, lo que sea pero dilo ya!

– ... este... ¿te gustan las motos?

– Sí, me encantan.

– La confianza volvió arriba como la montaña rusa y prosiguió: – Qué bien, bueno pues a ver qué día te invito a dar una vuelta ¿no?

– ¡Claro que sí, eso me encantaría!

– ¿Y cómo te llamas?

– Mirna ¿y tú?

– Yo soy Vicente.

– Mucho gusto.

– El gusto es mío. Mira ahorita estoy con unos amigos en la mesa de aquel lado y veo que tu también estas con tus amigas aquí. ¿Me pasas tu teléfono, Mirna, y te llamo luego?

– Sí, apuntalo...

– La "conquista" no pudo salir mejor, aquello que brotó tan de súbito, sin la más mínima táctica y tan de improviso, resultó el método más fácil para causar una muy buena primera impresión. El orgulloso norteño volvió a donde sus amigos estaban y el chisme no se hiso esperar. Estrada les compartió del feliz encuentro que no poco contento les causó. Cuando Mirna y su grupo se retiraba, se despidió con los dedos y le regaló una sonrisa más desde su mesa al norteño, quien contestó igualmente el gesto.

\*                          \*                          \*

La llamada de Vicente a los varios días fue tan sorpresiva para Mirna como su primer encuentro, ella se encontraba todavía en la oficina y Vicente en la suite de los Calderón. Ella le contó de lo que hacía e intercambiaron algunos detalles particulares de la vida de cada quien, como es normal. Al final, quedaron de salir un jueves a cenar.

El corcel de acero debía lucir impecable ese día; con esmero, la Vulcan recibió el tratamiento completo de belleza: lavado de motor y carrocería, encerado, pulido al cromo y abrillantador a llantas y al asiento. Para Vicente era la moto más hermosa del mundo y estaría orgulloso de subir a la linda mazatleca en ella.

La orientación parece no ser una cualidad muy femenina incluso para cuando de dar señas se trata y he que para que Estrada diera con la casa de la galana, hubo de hacer un laberinto a lo que solo consistía en virar dos pares de ocasiones y si le agregamos a que la ciudad no la conocía del todo, un buen rato hubo de dar vueltas antes de localizar el domicilio. Aun así, Mirna cual hija de Afrodita, no había terminado su ritual de belleza. Sin más remedio, el norteño aguardó hasta que la mariposa saliera del capullo: con unas botitas altas sobre unos jeans entallados, una linda blusa de tirantes con un chalequín encima, su pelo negro lacio, carmín en los labios como en la vez del bar y un exquisito perfume.

Con aquella belleza apoyando sus pechos en su espalda y deslizándose por el asfalto del malecón, olvidó por completo la tan distinta rodada de hacía unas semanas.

Él, que no estaba del todo familiarizado con la oferta restaurantera del puerto, le pidió a Mirna que escogiera el sitio para cenar, ella eligió un lugar ideal, con mesas al aire libre, música en vivo y deliciosa gastronomía.

La chica sinaloense tenía esa ingenuidad femenina encantadora pero de mente vivaz; muy preparada en su carrera y con chispa en su conversación.

Ese contacto ilumina el cielo como una pequeña estrella fugaz: cuando él roza su mano y ella la mantiene ahí. Hay tanta excitación en las venas de ambos con tan sutil gesto, luego, sin darse cuenta, están de pronto tomados de la mano como chicos adolecentes.

Terminan la cena. Antes de partir, él coloca su casco en la joven y de las correas la jala para besarle los labios pero coqueta ella, se desvía para recibirlo en la mejilla.
– ¡Vas muy rápido! Apenas es nuestra primera cita, corazón.
– Bueno, solo considera que no voy a estar aquí mucho tiempo. – Eso es a lo que temo. Pero vamos a ver qué pasa ¿sí?
– Esta bien ¿pero sí me vas a acompañar al evento, verdad?
– Claro que sí, ¿cuándo dices que es?
– El siete de abril, o sea en tres semanas.
– Aprovecharon la apacible noche para rodar un poco más antes de dejar a la princesa de vuelta en su castillo, quien se despidió con un beso entre labio y mejilla, entre tímido y osado.

\*     \*     \*

Motocicletas de todas partes de México y alrededores, comenzaron a llegar desde el fin de semana previo, para darse cita en aquel magno evento que iniciaba oficialmente el miércoles: caravanas de aves migratorias desfilaban por las carreteras que convergen al puerto, pronto la ocupación hotelera estará saturada y las calles se verán invadidas por miles de ciclomotores deambulando de aquí para allá.
El programa es extenso y completo, hay actividades todos los días y el sábado por la noche, un importante grupo de rock cerrará con un concierto.
La cede es una enorme plancha abierta de asfalto, las únicas sombras las darán decenas de toldos colocados ordenadamente y bajo los cuales se instalaran comerciantes que venden accesorios y recuerdos; algunos comida, otros son rentados por marcas de motocicletas que exhiben sus más recientes modelos, también habrá

un stand con mecánicos y piezas para quienes requieran de una reparación. Otros espacios son ocupados por moto-clubes que colocan salas y hasta a veces, sus propios asadores para hacer sus parrilladas. Estas carpas circundan amplios espacios; en ellos, se van acomodando las motos y de remate, al fondo, un enorme escenario se alza con un sofisticado equipo de luces y sonido.

Por fin el día de la inauguración oficial ha llegado. Hay un acceso para el público en general y otro para los motociclistas por una calle lateral. Junto al stand de registro, los participantes ansiosos por entrar, estacionan las motos y compran su pase de acceso por el cual reciben una camiseta bien impresa, un pin y un parche muy bonitos, un boleto para la rifa de dos motocicletas, pero lo mejor de todo es una preciosa gorra finamente bordada con un espléndido diseño.

Durante el día y la tarde los visitantes yacen algunos descansando del viaje en sus cuartos o en la playa o en las albercas de los hoteles; pero al llegar el ocaso la explanada comienza a llenarse de ambiente y el estruendo de motores que van llegando: los abrazos de viejos y lejanos amigos por doquier reflejan el ambiente de camaradería y la música enmarca la fiesta.

El viento del norte trajo una nueva: en su Boulevard y en su Sporster, Federico y Raúl respectivamente, habrían de llegar, si Dios les daba su anuencia, a tierras mazatlecas el viernes. Arnoldo no podía aunque no había nada que más quisiera en el mundo.

De gusto no cabía en sí Vicente y no podía esperar a decírselo a sus amigos Filibusteros, que sus camaradas bikers venían en camino:

– ¡Conmadre, Chente! Se va a armar un buen pachangón, diles que si no tienen en donde caer, aquí con nosotros sobra quien les ofrezca su casa – afirmó El Casco, a lo que asintieron sus compañeros que junto estaban.

– ¡Qué chingón, compadrito! Muchas gracias, no tengo palabras para agradecerles, pero aquellos me dicen que ya vienen con reservación de hotel, así que no te apures pero la verdad se los agradezco como si me hicieran el paro a mí.

– N'ombre carnal, ya sabes que pa' eso estamos: tus camaradas, son nuestros camaradas – Agregó El Sapo con denuedo.

Esa noche, Vicente se recogió temprano para terminar al día siguiente los últimos detalles del trabajo que estaba haciendo con Felipe, tomarse el resto de la semana libre y poderse regresar a su tierra junto con sus amigos el domingo sin dejar algún pendiente.

Desde temprano, el norteño puso manos a la obra, sabía que si no terminaba ese día con los pendientes, no podría disfrutar del evento, así que no se despegó del escritorio.

Al fin, como a las nueve de la noche, le pusieron él y Felipe el último clavo a la obra: se felicitaron como quitándose un peso de encima.

– ¿No quieres venir al evento, Felipe?

– Ahora no Chente, estoy cansado, pero vamos mañana. ¿Qué tal se puso ayer?

– Bueno, la verdad solo estaba con los amigos que conocí, y aunque se veía mucha gente, se me hace que ahora van a llegar más y mañana todavía muchos más.

– Sí, he. Cada año se pone hasta el gorro de motos, dicen en la prensa que llegan a venir hasta quince mil motociclistas.

Tú ve, y mañana me platicas que tal está de morritas.

– Ya dijo, voy a regresar tarde, así que nos vemos mañana

– No te apures y pásala bien.

Luego de una ducha, fue Chente a ver a Mirna a su casa. Tenían ya un romance de hacía varios días y era casi de diario que se veían después del trabajo.

– Pasa, corazón, siéntate ¿quieres algo de tomar?

– No gracias, cielo. Vengo a verte un rato no'mas y me voy al evento con mis cuates. ¿Segura que no quieres venir?
– Ya sabes que no puedo mi amor, mañana entro a las siete de la mañana, pero mañana en la noche ya sabes que sí voy contigo ¿va?
– Bueno.
– Pero ándale, siéntate tantito en la sala, mi mamá ya se durmió allá arriba en su cuarto. – Vicente quedó preso por ese tono suplicante y no le quedó más remedio que tomar un lugar en el sofá.
Mirna apagó la luz de la sala, solo dejó encendida la de la cocina para tener una atmosfera más romántica y se sentó junto a él. Lo empezó a besar lentamente con sus ojos bien cerrados, despacio le acariciaba el rostro, luego bajó su mano por el cuello y se detuvo en el pecho.
– ¿Seguro que quieres ir con tus cuates?
– Creo que ya no. – Respondió casi con los ojos en blanco y volvieron al ósculo en el que estaban pero más apasionados ahora: él la asía con una mano de la cintura y la otra la posó delicadamente en sus pechos. La mano derecha de Mirna jugaba con los cabellos de la nuca de su vaquero y con la otra acariciaba su pecho, en un instante, esta última traviesa atacó con una caricia las partes nobles de su amante. El cazador había caído en la trampa, la recatada princesa en realidad era una licántropa salvaje de deseo con disfraz de oveja. La respiración acelerada, el sudor por todo el cuerpo les hiso desprenderse de la ropa sobre aquel sofá, la presa estaba lista para ser devorada hasta la última gota, la fiera se le fue encima: lo montó sin pudor meciéndose con fuerza, arañando los hombros del prisionero entre sus piernas. Como poseída, echó su pelo hacia atrás cuando sintió estremecer sus entrañas. El condenado no pudo contenerse más tampoco y clamó un alarido pero inmediatamente fue ahogado por la mano de la fiera satisfecha.

– shhh despiertas a mi mamá. – suspiros y un largo silencioso descanso luego. Se levantó ella a la cocina por un vaso de agua, pero furtivamente sintió el ultraje por la espalda frente a la barra de la cocina. Se entregaron a sus pasiones como si no hubiese mañana.

– ¿Ya te vas?

– Sí mi amor.

– ¿Vas a ir al evento?

– Un rato nada más

– Cuidadito y andes de ofrecido ¿he? Ya sé la clase de golfas que andan ahí, casi encueradas.

– Después de como me dejaste ¿crees que todavía voy a andar de ofrecido?

– Pues no lo sé, de seguro vas a andar mandándole flores a esas golfas para ligártelas ¿verdad?

– No mi amor, claro que no, en serio que me dejaste bien satisfecho y me vas a dejar pensando en ti toda la noche. Solo quiero ir a tomarme unas cheves con mis cuates ¿okey? – Esta bien, cuídate mucho bebe

– Sí amor, tu también. Mañana paso por ti cuando salgas de la chamba ¿va? – Se despidieron con un tierno beso y Vicente se fue rebosante de contento, mas con esa sensación de haber sido exprimido.

\*                          \*                          \*

Para aquel segundo día del evento la población de motociclistas creció drásticamente, por las calles, había cientos o quizás miles. La sede del evento no era simplemente la plaza de la moto, era la ciudad completa; la plaza era solo el corazón.

Como dijera Don Manuel Botello algún día: "la moto te elige a ti": es porque el motociclista se ve a sí mismo en el modelo que está comprando y cuando está en sus manos, siente el deseo de imprimir su personalidad en ese objeto de transporte, que se vuelve una extensión de uno mismo. Como individuos únicos que somos, cada quien le pone algo que refleje su persona, un mínimo detalle basta; así que todas las motocicletas son o pretenden ser singulares. Parte del atractivo de los eventos es ver aquel caleidoscopio de personas con sus juguetes.

Serían las once de la mañana cuando Vicente, por así decirlo, abrió los ojos. Se encontraba en una resaca regular: después de dejar a Mirna la noche anterior, llegó con sus amigos los Filibusteros de Mazatlán, quienes para no perder la costumbre, apuraban unas aguas de malta que habían metido con hielo al evento, en las cajuelas de una Ectra Glide. La convivencia estaba tan de buen humor que se mandaron traer una y otra ronda más, al grado que el norteño prácticamente olvidó que tenía que regresar manejando a casa de los Calderón. Cuando ya llegaba la hora de la retirada, cayó entonces en la cuenta de ello. En la eufórica briaguez colectiva, no faltaron las buenas intenciones: "aquí deja la moto, no le pasa nada, yo te llevo", "yo ando bien, güe, me llevo la moto y me regreso en una pulmonía", "mejor vente a mi casa, está aquí cerca, ahí hay donde meterla", "no, mejor que alguien se la lleve a casa de este güey, que se vaya en taxi y mañana va y la recoge". Y así todos opinaban pero la verdad es que nadie andaba completamente sobrio, todos llevaban ya por lo menos un ligero estado de ebriedad, algunos incluso, estaban en peor estado y se atrevían a conducir su moto como si nada. Chente lo meditó por un rato a ver si en eso recuperaba los sentidos a un nivel aceptable para conducir. Evidentemente no le gustaba la idea de separarse de su moto y menos soltársela a alguien que llevara tragos encima, se acercó a El Casco y con una mirada perdida le dijo:

– ¿Cómo andas Casco?

– Ando bien compadrito, casi no he tomado, ¿y tu cómo andas?

– Ya ando pedo... no bien pedo pero si algo.

– Ya me di cuenta ¿Quieres que te lleve a tu casa?

– Si me haces el favor, compadrito, yo te doy o'rita p'al taxi.

– No te preocupes güe, yo te llevo con gusto.

– Muchas gracias compadrito, te quiero un chingo.

– Solo eso recordaba levemente y cuando entró en el cuarto de huéspedes.

\*                            \*                            \*

Después del mediodía, Vicente se apuró para preparar una espléndida parrillada para sus anfitriones en agradecimiento a las finas atenciones que habían tenido con él. Se sentía en deuda y apenado por las molestias, y sabía que esa sería la mejor forma de darles las gracias. Como buen norteño, se apreciaba de dominar el arte culinario de la carne asada: de entrada hiso quesadillas, preparó un guacamole y sirvió unos hongos portobello con queso y salsa encima, eligió unos gruesos cortes Ribe eye que puso sobre la mesa escurriendo en su jugo. Don Omar y su señora Sofía quedaron encantados al igual que Felipe.

Eran las cinco de la tarde: Federico y Raúl no habían llamado todavía para avisar que ya habían llegado a Mazatlán y sus móviles no contestaban. La razón era una interrogante que comenzaba a preocupar, pues la última comunicación que tuvieron había sido a la una de la tarde cuando dijeron que iban saliendo de La Ciudad, Durango ¿sería que venían sobre la moto en camino y por ello no podían contestar o acaso algo les había pasado? Ya era hora que debieran aparecer pues son solo poco más de 160 Km como para recorrerlos de bajada en más de cuatro horas, aunque sea el mismo camino por su fama conocido como "El Espinazo del Diablo". Entre tanto, Vicente esperaba la salida del trabajo de Mirna para ir por ella, cuando de pronto sonó su móvil y un viso de incertidumbre se desvaneció. Era Federico quien llamaba:

– Camaradita: ya estamos en Villa Unión.

– ¿Qué pasó güey? Los esperaba desde hace un chorro, me tenían bien preocupado, esa carretera está bien peligrosa.

– Estamos bien, camaradita, no te preocupes, al rato que lleguemos te cuento.

– ¿Seguro que está todo bien?

– Sí güe, no hay problema, nos vemos en el hotel que te dijo Raúl, más o menos en media hora y ahí te contamos.

– Órale pues, vénganse con cuidado.

– Cuando Vicente les recibió en el hotel, venían Federico, Raúl y dos chavos más a los que nunca había visto. Se saludaron con mucha alegría de volverse a ver después de tantas semanas, y de tan contentos que estaban todos por haber llegado al fin.

– Chente: ellos son Israel "El Soviético" y Camilo, los encontramos en el camino cuando nos paramos a ayudarles, por eso nos tardamos.

– Órale ¿y qué les pasó?

– Al rato te platicamos, primero vamos a instalarnos y dejar las cosas.

– Bien porque el evento ya empezó y para ahorita ya debe estar lleno.

En lo que ustedes se instalan, se bañan y descansan, yo voy por mi chava y me regreso aquí para irnos juntos

– ¿ya traes vieja aquí, perro? – Le pregunta Federico.

– Es una chava con la que salgo pero me encanta.

– ¡Dile que saque unas amigas!

– claro, deja le digo.

– Al cabo de dos horas, regresó Vicente al hotel junto con Mirna. En la recepción esperaban Israel, Camilo y Raúl.

– ¿Y Federico? – Pregunta Vicente.

– Le dio hueva, dijo que él se quedaba y que luego nos alcanzaba en el evento.

– ¿Quieren ir a cenar primero a alguna parte o cenamos ahí en la plaza?

– Como tú digas, camaradita ¿qué nos conviene más?

– No sé, depende de ustedes ¿como qué se les antoja?

– La verdad andamos recortados de lana, así que no importa lo que sea pero que no nos salga muy caro. Prefiero unos tacos o una hamburguesa y el dinero mejor gastarlo en cheve.

– Podemos ir ahí por la Avenida Pesquería y la Gutierrez Nájera, ahí he visto varios puestos – Dijo Vicente volteando a ver a Mirna pidiendo su opinión y ella agregó:

– O podemos ir por la Miguel Alemán, también hay puestos de tacos y hamburguesas, o mejor en la Plaza Machado: hay restaurancitos buenos frente a la plaza y está muy bonito.

– Esa me parece excelente idea, corazón.

– La plaza machado es un rinconcito de Mazatlán en el centro histórico: sus fachadas de ese México antiguo, su kiosco, sus árboles y palmeras, tienen un acogedor sabor bohemio. La luz de los faroles, crea una plácida atmósfera para comer en aquellas mesas sobre la banqueta, mientras los comensales contemplan la arquitectura urbana.

Satisfechos los tanques, pasaron entonces al recinto de la gigantesca fiesta. Ahí estaban los Filibusteros de Mazatlán quienes ya se habían apropiado de un espacio no muy lejos del escenario, ocupándolo con las motos entre las que parecía habían dejado un campo para el vaquero y su recua. Como era de esperarse, por los comentarios que sobre unos y otros había hecho Vicente, el recibimiento fue como de viejos amigos. Aunque Chente en realidad no conocía ni a Camilo ni a Israel mas que de un par de horas, eso no fue razón para no verse igualmente bien tratados.

Luego entonces arribó Federico para unirse a convivio, aportando en sus alforjas, más fermentado de malta a la cofradía.

– ¿Qué pasó Chente, por qué casi no tomas? – Preguntó Raúl

– Es que ayer me puse una buena peda, amanecí bien crudo y la verdad ahora no me quiero poner hasta atrás. Luego es bien peligroso manejar y ahora va a estar más complicado porque traigo a Mirna y además, hay muchas más motos que ayer.

Bien ¿Entonces cómo fue que se toparon a Israel y a Camilo? – Inquirió Vicente por la curiosidad que todavía aquello le causaba y Federico le contó la historia:

– Nada pues que ahí veníamos Raúl y yo bajando del Espinazo muy bien: yo venía adelante y él atrás. En eso veo una moto orillada más adelante, pero ahí parada sola, y que de volada le hago la parada a este güey pues para ver si no le había pasado algo a alguien que estuviera tirado por ahí, aunque lo raro era que la moto estaba bien estacionada a la orilla. Como quiera nos paramos a ver si alguien necesitaba ayuda. Nos detuvimos y volteamos a ver si salía el dueño por ahí, a lo mejor se había parado a miar nada más y andaba entre el monte, en eso vemos un batito que sale de más adelante que venía como contando las hormigas o yo no sé qué; cuando llega con nosotros le digo: "¿qué onda compita, todo bien? ¿Qué te pasó?" y el bato bien agüitado me dice: es que se me zafó el sproket y ando viendo a ver si de casualidad me encuentro un tornillo por aquí tirado – ¿Y a poco vienes solo? Le pregunté, y me dijo: – No, vengo con un amigo pero se fue aquí a Concordia a ver si encuentra un taller o a ver dónde, que le regalen unos tornillos para ponérselos a esta madre – y le digo: pues lo de menos es que le quitemos unos tornillos a la moto mía a ver de dónde y con eso la hacemos; total, si llega tu camarada, aquí los reponemos y ya así nos vamos más rápido. Entonces así le hicimos: y ahí nos tienes buscando a ver de dónde le podemos hacer un trasplante de tornillos de mi Boulevard a su Honda, hasta que le sacamos unos y ya por lo menos con dos tornillos en el sproket la pudimos hacer jalar.

El problema era que ahora teníamos que esperar a Camilo a que volviera porque su celular no contestaba para decirle que ya habíamos resuelto el problema.

– ¿Y sí encontró los tornillos? Pregunta Vicente.

– Sí, encontró unos pero no le quedaron porque la rosca era distinta. Menos mal que como quiera le quedaron los míos y así pudimos llegar.

Ahora a ver si aquí en el stand donde tienen mecánicos, haya unos tornillos para que le ponga los que le faltan y reponer los que le di.

– La fiesta la siguieron hasta las tres de la madrugada. Vicente y sus camaradas quedaron de verse al día siguiente para ir a comer unos mariscos a sabiendas que se saltarían el almuerzo por levantarse tarde.

Serían las doce del mediodía cuando les amaneció a los camaradas en el cuarto del hotel. Lentamente se desprendieron del amodorramiento, hasta que el último que fue Federico, salió de las cobijas para meterse en la ducha.

En recepción Vicente y Mirna aguardaban listos para ir en comitiva al desayuno cual bien ya parecía comida. El apetito les apuraba a todos para irse al restaurante que había recomendado Mirna, llegaron todos, de inmediato juntaron las mesas y ordenaron bebidas. Luego de meditar cada uno lo que les apetecía, pidieron primero al centro unas tostadas bien servidas de ceviche de pescado y de camarón y unos camarones aguachile exquisitos. Individualmente pidieron las especialidades como el pescado zarandeado, los camarones a la diabla y los tacos gobernador. La mesa era un verdadero festín: los comensales saciaron la barriga con singular alegría y se quedaron haciendo la sobremesa hasta las tres de la tarde.

No había plan para hacer antes del desfile el cual sería a las siete de la tarde pero coincidieron en ir a la playa luego de tomarse unas fotos con el bronce de Pedro Infante.

A sus anchas se asoleaban sobre la arena los cinco norteños y la mazatleca, bebiendo su agua de coco o comiendo los ricos cocteles de piña, jícama, y pepino con chile y limón, después se alistaron para llegar puntuales al desfile.

– Yo no quiero rodar en el desfile, camaradita. Yo mejor me paro en el malecón y desde ahí los veo.

– Yo también – dijeron Raúl y Federico respectivamente.

– ¿Porqué güe? Va a estar fregón ¿no ves cuantas motos son? ¿Viniste hasta acá y no vas a rodar en el desfile? – Les reclamó Vicente y Raúl le responde:

– Es que no me gusta, ya he estado en varios desfiles y la verdad me desagrada: nunca falta alguno que va regándola y va incomodando o porque no sabe bien o porque va payaseando, luego también en un desfile como éste que son muchos, está muy saturado y vas muy despacio encloche y encloche, es bien cansado y desesperante, yo por eso mejor me paro a un lado y viendo el desfile así lo disfruto.

– Eso es cierto camaradita – agrega Federico y continúa: – Además las motos se hicieron para rodar, no para desfilar.

– Me parece buen punto – responde Camilo – pero yo sí quiero rodar en el desfile, si cuando somos pocos, se siente bien padre que vas en el grupo, todos rodando al mismo tiempo, ahora imagínate ir con toda esa manada impresionante de motos, y no sé cuando vaya a tener oportunidad de volverlo a hacer.

– Tienes razón – dijo Israel – yo también quiero ir en el desfile aunque es cierto que es bien cansado ir enclocando y aparte la máquina va bien caliente; pero no importa, yo si quiero ir. Y de los que van ahí rodando mal pues por eso mejor nos vamos juntos y nos vamos cuidando ¿cómo ven?

– Es cierto, yo también voy – Resolvió Vicente.

– Bueno entonces denle ustedes, nosotros los vemos pasar y luego nos vemos en el evento más tarde, por ahí donde estuvimos anoche con los camaradas Filibusteros de Mazatlán.

– El malecón con sus amplísimas aceras de piso con formas de colores, pronto se vio abarrotado de gente ansiosa de ver el inmenso cardumen de motos, moverse por el rio de asfalto. Hombres, mujeres y niños estaban exaltados por el espectáculo que estaban a punto de presenciar, saludaban a los jinetes y ellos les contestaban acelerando sus motores. El estrépito parecía hacer temblar a la ciudad entera sintiéndose cada vez en aumento, la gente gritaba, las motos rugían más y más fuerte, clamando para ser liberados y comenzar a fluir por el pavimentado torrente.

Y el caudal se abrió entonces: las miles de llantas comenzaron a rodar, la inmensa columna se alargaba por kilómetros en medio del rumbar de motores: motos grandes, chicas, elegantes o sencillas, de todos colores y estilos, se desplazaban en un solo grupo.

El operativo de tránsito mostró su experiencia y capacidad con la excelente labor para evitar percances: el recorrido estuvo bien acordonado y resguardado por elementos que garantizaron la seguridad del desfile.

En el lugar citado, dentro de la plaza de la moto, Israel, Camilo y Vicente, encontraron a Raúl junto a su moto y la de Federico pero no a este último.

– ¿Dónde anda aquel? – Inquirieron los que a Raúl se allegaron.

– Anda saludando a sus ex compañeros de los Oráculos y los del Pueblo Maldito que vio por allá.

– Entre tanto Israel y Camilo se daban la vuelta por los puestos de la vendimia, Vicente y Raúl platicaban de las anécdotas que desde el día de la partida hasta la fecha, les habían sucedido. Volvió Federico entonces con ellos, contento de ver a sus antiguos correligionarios. Él mostraba orgulloso en su chaleco, los pines y parches como medallas de guerra obtenidas por los cientos de kilómetros recorridos, hacia los cuantiosos eventos a los que había asistido: "este es el de Torreón, este otro de cuando fui con los del Pueblo Maldito a Ciudad Victoria, este de acá es del Rally fronterizo" parecía como si Federico disfrutara del ambiente de los eventos y los moto-clubes como el objetivo principal del motociclismo, y el hecho de viajar en su moto pasaba a segundo término.

– A mí me parece que esto de ir a los eventos es nada más un pretexto para rodar y el pin o parche es un pequeño recuerdo nada más – comentó Vicente y Federico contestó:

– No son nada más el pretexto de ir a rodar fuera: son la oportunidad de saludar a amigos que viven lejos y de hacer nuevos amigos. Ya ves por ejemplo Israel y Camilo. Son bien buena onda, y si no es porque los vemos en la carretera, no los hubiéramos conocido.

– Sí, pero es que como quiera. Yo veo que el evento está muy bonito y todo: hay bastantes motos, la música está chida, el ambiente está con ganas, pero después de un rato ya no le encuentro mucho el chiste. Viene uno nada más de espectador y no haces más que estar agarrando el pedo.

– ¿Y el desfile? ¿y las carreras lentas? ¿y los concursos? – Replica Federico.

– El desfile es de un rato nada más, las carreras lentas ¡qué hueva me dan! Y ni ganas me dan de entrar, y los concursos que hacen arriba del escenario a mí se me hacen de lo más tonto: son miles de gentes en el evento y solo son unos pocos los que participan y aparte los usan para hacer el ridículo. La verdad no veo mucha variedad de actividades.

– También hay show de acrobacias, concurso de tatuajes y edecanes ¿pues qué esperabas?

– No sé, algo más de interacción: un torneo de dominó, de póker, un toro mecánico...

– En otros eventos he visto toro mecánico pero no en todos. El chiste es venir y convivir.

– Sí, pero igual no necesitas de un evento para salir a rodar. Yo creo que si lo que quieres es ir a la aventura y conocer otros pueblos y ciudades, no necesitas el pretexto de un evento, solo subirte a la moto y darle.

– Estaban en aquella polémica cuando anunciaron al grupo estelar de la noche con bombo y platillo; la gente estaba prendida con el espectáculo. El grupo roquero de fama internacional tocó sus mejores piezas que fueron el deleite. Eufórico el público cantaba y se divertía en la noche cumbre del evento. Ya por la madrugada el convivio se fue segregando: algunos dentro de la plaza seguían la fiesta, otros en el malecón, otros ya en sus hoteles hacían un bacanal. Raúl, Camilo, Israel y Federico eran de estos últimos: al verse cerca de entrar en un estado alcohólico poco conveniente para conducir, pero con muchos ánimos de ver el amanecer acompañado de bebidas espirituosas, optaron por continuar la parranda en el hotel. Vicente por su parte, tenía un plan similar pero de hacerlo en compañía de la sensual mazatleca, para ello, una amiga de Mirna les facilitó su departamento mientras ella se iba a Culiacán. Sería su última noche juntos y no la iban a desperdiciar, encontraron el momento en que nadie les prestaba atención y huyeron sin despedirse.

El resto de la noche era toda de ellos, el mañana no era una posibilidad. Sabían que la distancia era un reto muy difícil de vencer así que esa noche habrían que dar el todo por el todo y cerrar el telón con ovación de pié.

\*                        \*                        \*

Un rayo de sol se colaba por el pliegue de la cortina, la mañana que quisieron que nunca llegara les sacó de uno

VÍCTOR QUINTANILLA

de los más felices y húmedos sueños. Tiempo bendito, enemigo invicto en toda batalla.

La despedida de la noche anterior había sido más que suprema, ni un solo adiós bastaba decir ya. Un "hasta pronto" y un ósculo de película fue lo último necesario.

El cuarto de hotel donde terminaron los camaradas, era una zona de desastre: botellas tiradas por todos lados, bolsas de frituras, colillas de cigarro en el piso, ropa regada, vómito en el baño, botas sobre las sillas y calcetines en el televisor. Los protagonistas de temblor yacían roncando a pata tirante y hubiesen seguido en ese estado de no haber escuchado los golpes en la puerta del enfadoso Vicente que llegó para apurarles su salida hacia tierras norteñas.

Como tráiler cuesta arriba, los motociclistas salieron de las cobijas para encarar el día tan odiado aquel.

– Camaraditas: mientras ustedes se levantan y se arreglan, yo voy a despedirme de la familia de Felipe y o'rita las caigo de vuelta para irnos. – Les dijo Chente.

Con atentos agradecimientos, Vicente se despidió de su familia mazatleca adoptiva: pues independientemente de la relación laboral que llevaba con Felipe, la calidez de los Calderón era tierra fértil para cultivar una entrañable relación con esa familia. Vicente prometió volver y con hartos deseos de ser ahora él el anfitrión algún día. Doña Sofía y Don Omar, así como Felipe, le desearon sus parabienes en su camino de regreso a casa y le pidieron les avisase cuando hubiese llegado.

# CAPITULO 18

# ESPINAZO DEL "DIABLO"

Eran pocos minutos después del mediodía. La comitiva estaba lista: las alforjas llenas de nueva cuenta, aire a las llantas, revisión de líquidos, y llenos los tanques de gasolina y comida. El pelotón se dispuso a abandonar la plaza y cabalgaron con la mira en el norte.

Ya no hubo tiempo de regresar a la plaza de la moto para el cierre oficial, ni de despedirse de los Filibusteros de Mazatlán. No era momento de aplazar más la retirada pues el día sería tan largo como la carretera que se les ponía enfrente. Al cabo que tenían sus datos y luego se pondrían en contacto.

La caravana de motocicletas parecía interminable: así como habían llegado, el desalojo de la ciudad se hiso en masa. Desde el puerto hasta Villa Unión, la columna era una sola, luego, en este poblado se dispersó: en los que van al centro y sur de la república, y los que al norte y noreste se dirigen. Ante estos últimos, la imponente sierra madre occidental: es la barrera entre el Pacífico y la meseta de Durango. La vía es forjada por el capricho de la orografía; una increíble pieza de la creación junto a la mano del hombre que forjó este heroico camino, rebuscado como una columna de humo.

La cadena montañosa ha sido cruzada por este paso por generaciones, hasta que una autopista de modernos túneles y enormes puentes se ha comenzado a construir, mas por entonces de la aventura, no había sido terminada.

La serpenteante cuesta ondula entre el perfume de los pinos. Desde el cielo, la procesión debía parecer una fila de hormigas subiendo presurosas; en algunos tramos, algún tráiler que subía penosamente, refrenaba el paso de la hilera, pero en el momento oportuno, el trailero les hacía la seña para que le sobrepasasen y los motociclistas volvían a la fiesta de curvas: columpiando las motos con gracia de un lado a otro, esperando un breve tramo para distraer la vista del asfalto un poco y echar un vistazo al majestuoso paisaje de la sierra tupida de pinos.

No hay placer en el mundo del motociclismo que se le compare a viajar por esta ruta: por la piel se siente una calma pero en la sangre hay adrenalina. Los ojos parecen querer abrirse más de lo posible para gozar del escenario natural y no perder la concentración en la cinta asfáltica a la vez.

Las coníferas se señorean enclavadas en el risco y saludan con su sombra a las motos, que de ellas se despiden rumbando con los cambios de velocidad.

Desafiando la montaña, el grupo subía y subía: Raúl a la cabeza, seguido de Israel, Federico, Vicente y Camilo de barredora. Vicente recordó entonces un comentario del papá de Felipe sobre los traileros, y en una oportunidad, le cambió el liderato del grupo a Raúl. Era que debido a la estrechez del camino y que algunas curvas son muy cerradas, los tráileres se abren ocupando los dos carriles, por lo que para evitar accidentes, los traileros se comunican usando el claxon en las curvas donde no se puede ver lo que detrás de ellas hay; así que Vicente puso en obra esa práctica al irse a la delantera y cuando delante tenían una curva ciega, fuerte hacía sonar el claxon de la Vulcan para avisar al supuesto trailero que venía bajando e invadiendo los dos carriles. Al principio la medida no parecía tener mucho sentido incluso así lo pensó el que delante venía; cuando en una sorpresiva curva, de esas que parecen de ciento ochenta grados, el grupo estuvo a punto de atacarla por el lado de afuera, Vicente pitó, como ya lo venía haciendo desde más abajo, cuando en eso casi topan de frente con un inmenso tráiler que cual largo, maniobraba a lo ancho del camino para sortear la curva. El encuentro les tomó por sorpresa al borde de un acantilado, controlaron sin problema la situación pero ello no pasó sin que se llevaran un pequeño susto que pudo haber sido grave de no ser por el consejo que sin querer les dio el señor Calderón.

La lucha por alcanzar las nubes tiene una tregua a 126 kilómetros de Villa Unión yendo únicamente por la libre que pasa por Copala: dos cumbres son unidas por un gigante muro natural franqueado por dos abismales precipicios. Cuenta la leyenda que antes de todos los tiempos, el arcángel Miguel, venció al rey de las tinieblas quien cayó prono en la tierra, el paso del tiempo le cubrió de tierra formándose así la cordillera. Es por ello que el paso por aquel tramo de la federal 40 fuera bautizado por la sabiduría popular como "El Espinazo del Diablo".

Seguido del paso entre las montañas, aparece una gran placa conmemorativa de concreto de cuando la carretera fue construida para conmemorar el cincuentenario de la revolución mexicana, frente a ella, un mirador desde donde se contempla la cordillera hasta el horizonte; en aquel mirador, bajo unos sencillos puestos: mujeres autóctonas preparan suculentos guisados tradicionales, servidos en tacos o gorditas de maíz a precios increíblemente económicos.

Como ya la hora de la comida era, el grupo no dudó en hacer alto como tantos otros motociclistas que alrededor de los puestos habían parado. Al fin de decidir en cuál de todos habrían de tomar una mesa, (pues los aromas eran tan deliciosos unos como otros) saciaron el apetito con tal gusto que fue una pena no poder comer más.

En la mesa de junto, un hombre robusto de edad madura, su mujer y tipo más joven, no pudiendo evitar escuchar la conversación de los cinco amigos, se enteraron que igualmente iban con dirección al norte, así que se animaron a entablar conversación con los del grupo:

– ¿ustedes no andaban en el evento anoche, ahí por el stand de tortas y hamburguesas? – Preguntó el mayor.

– Así es – respondió Federico – ¿qué no es usted el de una Goldwing guinda?

– Sí, es aquella que está allá.

– Ha, con razón se me hacía conocido ¿De dónde es usted?

– Inquirió Vicente – Soy de Gómez Palacios.

– Nosotros vamos por ese rumbo ¿no quiere venir con nosotros? – mencionó Camilo.

– Sí, claro, pero no vamos muy rápido.

– Nosotros tampoco, pero no queremos que se nos haga muy noche – contestó Israel y agregó: – a unos ciento diez, ciento veinte, más o menos ¿está bien?

– Nos parece perfecto. – respondió el más joven y continuó: – ahí nos la llevamos tranquilo.

Terminada la sobremesa, continuaron su periplo: la siguiente escala sería el poblado La Ciudad, para reabastecerse de combustible a casi 22 kilómetros del mirador aquel y luego Durango capital a otros 133 kilómetros más. En aquel trayecto pasaron por el poblado de El Salto, ubicado a 77 antes del libramiento de la capital. Desde aquí se llega al Parque Natural Puerto de los Ángeles por una vereda que se interna en la sierra, rodeando por ríos y colinas de postal, para llegar a la ciudad de Durango. Este camino de 278 kilómetros, seguramente es un sueño para los que andan en doble propósito, solo que los aventureros no iban con la intensión de desviarse y prosiguieron por la 40 para llegar a Durango.

Otro parque natural se atraviesa antes del siguiente destino, y es el Tecuán: más pequeño en extensión que el de Puerto los Ángeles pero igualmente hermoso.

Cuando rodearon la capital algunos tuvieron lástima de no contar con tiempo disponible para conocer ni aquellos parajes naturales, ni la ciudad de Durango.

– Tenemos que avanzar lo más posible antes que nos caiga la noche. Todavía de aquí a Torreón son más de 220

kilómetros y ya van a ser las cinco; necesitamos apurarle.
– Dijo Raúl, y Federico agregó:
– De todas formas no la vamos a hacer, vamos a venir llegando a la casa como a las doce, si bien nos va.
– Y Vicente agrega: – pues si cabrones, ¿quién les mandaba haberse desvelado y ponerse hasta la madre ayer? Hubiéramos salido a las ocho o nueve de la mañana a más tardar.
– Sí, pero ya ni modo o'ra habrá que darle hasta Torreón y buscar donde quedarnos ahí – opinó Camilo.
– Pues yo tengo trabajo mañana y tengo que llegar hoy – dijo Israel.
– Yo también – afirmó Federico.
– Yo digo que mejor avisen en sus jales, que van a llegar hasta el lunes en la tarde o hasta el martes, como quiera van a llegar bien agotados y no van a trabajar, pero bien que nos vamos a ir bien cansados todo el camino y a parte más peligroso manejando de noche. Mejor descansamos en Torreón, recargamos pilas y llegamos a casa para antes de mediodía del lunes – Concluyó Vicente. Israel y Federico no se mostraban convencidos de la idea de faltar a sus compromisos laborales al día siguiente, pero al fin entraron en razón que alojarse en la comarca lagunera, sería lo más sensato.
– ¿Y si nos vamos por la autopista? – Sugirió Raúl pero Israel y Vicente aludieron:
– Yo ya ando bien recortado de gastos, y si encima vamos a pagar hotel, luego ya no voy a traer ni para gasolina.
– Yo tampoco ando muy sobrado ya de billetes que digamos, mejor vámonos por la libre, al cabo que no es mucho el tiempo que nos vamos a ahorrar y si como quiera nos vamos temprano en la mañana, esa lana de la autopista, la guardamos para el hotelillo o lo que se ofrezca.

– Yo prefiero irme por la libre y como quiera traigo para prestarle a Israel para el hotel, pero como ustedes gusten – dijo Camilo y la última palabra la tuvo Federico:

– Mira: por seguridad yo creo que no hay tanta bronca pues al cabo venimos siete, la carretera se ve en buen estado y como es domingo, se ven muy pocos tráileres. Digo que nos vayamos por la libre esta vez.

– Y sin más discusión, conciliaron en la vía más económica.

Don Beto, el señor de la Goldwing les escuchaba con atención y no quiso opinar, cargó de gasolina su motocicleta, al igual que los demás en aquella estación a las afueras de Durango y reanudó la marcha junto al grupo con una idea en mente.

Las siete motocicletas corrieron por los caminos de las planicies de Durango. Cuando a Vicente, en su equipo de sonido escuchaba algunas piezas de José Alfredo Jimenez como: Serenata Huasteca y Caballo prieto azabache; se le representó que venía con una tropa de constitucionalistas entre las sendas rodeadas de nopaleras y corrales de piedra.

La ruta de 228 kilómetros por la federal 40, les hiso pasar por los poblados de: Colonia Hidalgo, Guadalupe Victoria, El Paisajito, el Parque Estatal Cañón de Fernández y Chocolate; de haber tomado la autopista, hubieran recorrido 208 kilómetros y se hubieran ahorrado una hora aproximadamente.

El sol bajaba en barrena contra el horizonte a medida que se acercaban a la comarca Lagunera. Serían pasadas las ocho de la noche cuando aquel ya se había perdido tras las montañas, fue el punto donde nuevamente alimentaron a las aceradas bestias y tomaban un breve descanso.

Don Beto, se acercó a sus co-navegantes y después de platicar con su mujer y su compañero, les reveló lo que en mente tenía:

– ¿Dónde se piensan quedar, muchachos?

– No sabemos todavía. Federico dice que conoce unos hotelitos que están por la salida a Saltillo – Responde Camilo.

– Pues si no tienen inconveniente, ahí les ofrezco la casa: tres de ustedes se pueden quedar conmigo y los otros en casa de Carlos.

– No, señor. De veras muchas gracias pero no queremos darle molestias, nosotros nos acomodaremos bien – respondió Vicente, pero Don Beto insistió:

– No es ninguna molestia: ahí hay espacio suficiente, hay un colchón grande y un sofá donde se pueden quedar, también hay agua caliente para que se bañen en la mañana y en casa de Carlos también hay espacio; ustedes no se preocupen.

– Los cinco amigos no hallaban que decir, se miraban entre sí apenados por tan finas atenciones de con quien en realidad no habían cruzado muchas palabras y ya les estaban ofreciendo sus hogares para pasar la noche. A aquellos hombres y mujer que de tan buen corazón les daban posada, les fue imposible denegar la cortesía. Apenados pero con enorme gusto de encontrar tan noble gente, la pandilla se fue con los Lagunenses que desde la estación hasta la entrada por Ciudad Lerdo, serían unos 14 kilómetros.

Carlos y el señor Beto vivían a unas casas de distancia entre sí: Camilo e Israel se fueron a casa de Carlos, y Federico, Raúl y Vicente, con Don Beto.

Al pórtico sacó el anfitrión unas sillas y se mandaron pedir para todos unas hamburguesas al carbón que cerca de ahí, una señora las hacía.

La velada fue tan agradable como espontanea: todos tenían algo que decir sobre sus aventuras y comentarios del evento y del viaje que desde Mazatlán venían haciendo.

Legó la hora de pagar el sueño atrasado y las horas de viaje, los huéspedes se instalaron y sin más caravana, reposaron en sus respectivos lechos.

Seis de la mañana fue la hora pactada para poner los pies afuera de la cama: Israel, que apuro tenía por llegar ese día aunque fuera después de mediodía, tomó una ducha en casa de Carlos y de los que en casa de Don Beto pernoctaron, solo Raúl hiso uso de la regadera.

Más tarde Federico avisaría que llegaría hasta el martes a su trabajo con el pretexto de una descompostura en su moto y con tal de no dar más supuestas molestias a sus anfitriones, la cuadrilla se despidió de los lagunenses con toda la gratitud que les pudieron mostrar. Para las siete de la mañana abordaron sus máquinas y se reincorporaron a la 40, entusiasmados por ver el final de su recorrido.

Con la mañana de frente, se abrieron paso como el viento por la desértica planicie de Coahuila de Zaragoza.

Por aquello del mediodía, Vicente advirtió de nuevo las puertas de su ciudad después de setenta y dos días fuera de casa, pasando gran parte de ellos como centauro motorizado; vio de nueva cuenta sus calles, el barrio donde vive, las plazas y el trajín cotidiano esperando ver algo distinto, quiso sentir esa sensación de encontrar una sorpresa en cada esquina, un descubrimiento nuevo como al que ya se había acostumbrado; no sintió más esa emocionante inseguridad que dan los lugares vírgenes para nuestros pies pero si, el cobijo de su hogar. El sueño terminó, todo era igual y nada había cambiado solo él. Sintió que los días aquellos le envejecieron el juicio pero le rejuvenecieron el alma.

Paró en su moto frente a su casa y contempló por un instante la puerta, repasó en unos segundos los momentos felices y desventurados y con satisfacción en el rostro se dijo: – Si, pero no hay nada mejor que casa.

# CAPÍTULO 19

# SE CAYÓ DE LA MOTO

El motociclismo puede llegar a ser una enfermedad contagiosa. Las historias de las aventuras, los síntomas en las personas que afecta pueden llegar a trasmitirse hacia los más cercanos y puede infectar hasta el más hogareño y sedentario hombre o mujer. Algunos ya la tienen de herencia pero otros la contraen por contacto visual y auditivo.

A la Kura llegaban los cofrades como usualmente los viernes lo hacían. Siete meses habían pasado ya desde la odisea de los setenta y dos días: Vicente seguía con su Vulcan, Federico con la Boulevard, Arnoldo con la YZF pero Raúl trocó la Sporster por una Street Glide negra. A la pandilla se les unieron Israel en su Honda Shadow y Camilo en su Victory Vegas. Aun salían a rodar juntos aunque no regularmente los seis.

Una noche de noviembre, Marcelo pidió al mesero que se hiciera cargo de los pocos parroquianos que había esa noche para convivir con sus clientes predilectos pues tenía algo que decir. El virus había estado latente y llegó el momento en que se activara:

– Camaraditas: ya ahora sí voy a comprar moto, junté una lana y ando bien caliente que me la quiero comprar la próxima semana, ya estuvo bueno que nada mas ustedes traen juguete y yo no.

– ¡Qué bueno que ya te animaste camaradita! Ahora si no te vas a quedar ahí solo en la casa. – dijo Federico, a lo que Marcelo agregó:

– ¡sí cabrón! es que siempre que les hablo el fin de semana para juntarnos, nunca están, siempre contestan en sus casas que andan en las motos – reclamó en tono irónico.

– Pues era cuestión que te decidieras, desde cuando hubieras andado ya rodando con nosotros – Agregó Vicente. ¿y ya sabes como qué te quieres comprar?

– Sí, una deportiva, así más o menos como la de Arnoldo, ese es el estilo que me gusta. Y la verdad no la quiero para andar hecho madre, yo soy bien culo, yo quiero ir tranquilo nada más y pasear a mi esposa. – y Arnoldo comenta:

– Esta muy bien eso camaradita, solo que toma en cuenta que esas motos son muy cansadas para viajar. Igual con el tiempo luego te acostumbras, pero la posición es agotadora.

– Eso sí. Oigan, pero yo nunca he manejado una moto, no sé ni cómo se prenden ni nada.

– Los que a la mesa estaban, se quedaron en puntos suspensivos esperando que alguien dijera algo, todos querían mucho al buen Marcelo y no dudarían en prestarle sus bicicletas... si es que alguien no lo hacía primero, pues son juguetes caros, susceptibles de accidentarse. Cuando parecía que varios de ellos ofrecerían al mismo tiempo su moto en sacrificio para aleccionar a Marcelo, un valiente se adelantó a dar un paso al frente. Federico cortó el breve silencio:

– Camaradita: pues cuando gustes, ahí está la mía... sin albur ¿he? – aclaró al terminar la sentencia de lo que a ninguno le pareció poca gracia.

– ¿En serio me puedo enseñar en la tuya? – Replicó aquel en tono afeminado para seguir con la chunga.

– Claro que sí, te presto la mía para que la montes

– ¡Méndigo maricón! Ni cómo decirte nada porque hasta me estás haciendo el favor. No importa que me alburees, yo entiendo lo difícil que es prestar una moto, por eso quiero que pruebes de cortesía un litro de Uka.

– ¿Qué es uka?

– ¡Chorizo con peluca, papá! – respondió Marcelo triunfante, tronando en una carcajada a la que hasta el mismo Federico se unió.

- Okey Marcelo, me madreaste con esa, ya me la sabía pero me agarraste desprevenido. Si quieres probar la moto, que sea de una vez, antes que me arrepienta. - Marcelo no daba del todo crédito, la verdad no se lo esperaba que le dieran su primera lección de manejo tan de pronto, pero entusiasmado por la euforia del momento, se envalentonó y dispuesto se levantó de la mesa determinado a tomar la oferta de Federico.

De la mesa todos se levantaron y al exterior del local fueron donde las máquinas reposaban en batería. Marcelo montó en la Boulevard mientras Federico con paciencia le dio las instrucciones básicas, el resto observaba en derredor:

- Esta es la palanca de los cambios en el pedal; esta palanca, el clutch; esta, el freno delantero y el pedal es el freno trasero.

Mete primero la llave y mientras: sujeta la moto con el freno en el volante. ¿okey? - Marcelo seguía las indicaciones que Federico le daba muy atento y con precaución. Cuando ya la moto está encendida le dice: - aprieta el clutch y con el pie, pisa la palanca y mete primera... ahora acelera un poco y ve soltando el clutch poco a poco. - Marcelo lo hiso tal cual, pero en ello, giró el volante un poco, dudó en un instante, los nervios lo atacaron y sin querer, aceleró y soltó de golpe el clutch. Sintió que perdía el equilibrio con la brusca reacción del bramante motor y se soltó del endemoniado aparato, dejándolo caer al piso. El vehículo se apagó y el asustado Marcelo, poco más que sus amigos, se apartó del sobresalto.

Quedaron todos pasmados: Marcelo apenado no cabía de la vergüenza, Federico vio donde Marcelo saltó cayendo de pie y en su cabeza exclamó: ¡mi moto! Sin que aquello dejara de provocarle una carcajada interior. Los demás guardaron con todas sus fuerzas la gracia que les causó el incidente. De no ser porque el infortunio ocurría en su amigo y en la moto de su otro amigo, risotadas les hubieran causado; mas en el acto se pusieron alerta para socorrer al gafe, luego al dueño de la Boulevard, la que pusieron de pie en un parpadeo.

Viéndose todos seguros, les pareció haber pasado por una broma, posteriormente pasaron al recuento de los daños.

– ¿Qué te pasó, camaradita? – Le preguntaron.

– Todo bien, no pasó nada, ¡pero la moto de mi camaradita! ¡chin! A ver si no la mandé a la fregada.

– Comenzaron entonces a inspeccionar el vehículo... todo parecía en orden pero en efecto, un raspón en el cromo de un mofle delataba el accidente y eso era todo.

– ¡Ay camaradita! Qué pena, tu moto, ya le di en la madre, discúlpame.

– No te preocupes, no fue nada, así pasa.

– En serio, yo te lo pago.

– ¡N'ombre! Así déjalo luego no vayas a descompletar para tu moto, además, el raspón es por abajo y casi ni se ve. Tú no te preocupes.

– Me vas a hacer sentir mal.

– Mira: no eres al primero que se le cae una moto y lo peor es que no por eso te vayas a arrepentir de comprarte la tuya.

– Ha, eso claro que no, pero yo creo que mejor me enseño en la mía.

– Arnoldo le puso la mano en el hombro y dijo: – compadre, hay dos tipos de motociclistas: los que ya se cayeron y los que se van a caer y tu ya eres de los primeros – gracia causó lo oportuno del comentario, pero en ello Vicente afirmó:

– Corrección camaradita, los tipos de motociclistas son: los que se van a caer, y los que se van a volver a caer.

*                    *                    *

Al día siguiente, fue Marcelo por Arnoldo para que le ayudase a elegir una moto de las que había visto anunciadas en el periódico: necesitaba de alguien que supiera en especial de motos deportivas y sobretodo que la probara.

Hasta caída la tarde anduvieron viendo una y otra pieza: encontraron bellas máquinas pero ninguna les convenció del todo. Una moto confiable, en buen estado, era lo que esencialmente buscaban.

Días más tarde, Arnoldo llamó a Marcelo con una buena noticia: – Camaradita ¿cómo te va?

– Bien, aquí voy llegando a la casa ¿Qué pasó?

– Nada, pues que encontré una moto muy buena que creo que te va a gustar y la están dando en buen precio

– ¿A sí? ¿Qué moto es?

– Es una Kawasaki Ninja, es de un amigo, yo la conozco y la tiene bien cuidadita – ¿y cuánto quiere por ella? – pide cuarentaicinco pero si le digo que es para ti, seguro se baja.

– Órale, me parece muy bien ¿cuándo la podemos ir a ver?

– Ahorita él no puede, sería hasta mañana en la tarde ¿cómo ves?

– Muy bien, entonces, si quieres te echo un grito como a las cuatro para ponernos de acuerdo y paso por ti ¿va?

– Ya quedó, así le hacemos.

– Al viernes siguiente de aquel de la caída de Marcelo en la moto de Federico: en la Kura, Arnoldo anunció al grupo la adquisición de la Ninja por parte de Marcelo lo que le convertía oficialmente como un motociclista más en las calles. Las felicitaciones no se hicieron esperar y todo el grupo animó al amigo a que olvidara aquel percance prometiéndole las mieles que estarían por venir.

– Conozco una colonia que están urbanizando: está sola, todavía no hay casas. Podemos ir ahí a que practiques, no hay ni un solo carro que pase – dijo Vicente.

– ¿No está lejos?

– No. Yo te acompaño y si alguien más quiere venir estaría muy bien. – respondió, y Arnoldo se apuntó.

– Yo también voy, Marcelo: te caemos temprano y nos vamos a dar el roll – bueno pero primero unas vueltas ahí por la cuadra.

\*                              \*                              \*

– Te digo Quico: necesitamos hacer una buena rodada, ya estuvo bueno de rodar los fines de semana nada más a donde mismo, hay que salir de las rodaditas banqueteras ¿desde cuándo no salimos a un viajecito de perdido de ir y regresar al día siguiente? Lo más que hemos rodado ha sido a no más de doscientos kilómetros a la redonda. Es justo y necesario que vayamos a conocer otros lugares: desde Mazatlán que no tenemos una rodada decente.

– Sí Vicente, nada más que tú no tienes compromisos: no estás casado y trabajas por tu cuenta. Además, estamos en enero y muchos todavía estamos gastados por las compras navideñas, luego también hemos tenido fines de semana muy fríos de repente.

– Algunos sí pero otros nos han tocado soleados.

Te entiendo perfectamente pero eso ya pasó. Hay que organizar una buena rodada que valga la pena quedarnos a dormir allá y regresar al otro día: el que quiera llevar a su novia o su señora, que la lleve.

– Pues ahí viene la bendición de cascos de Parras de la Fuente. Es el próximo mes ¿Qué te parece si el próximo viernes que nos juntemos, lo platicamos y a ver quien se apunta?

– Órale, me parece buena idea, nos vemos en la Kura el viernes y ahí lo platicamos.

En sesión "solemne" la pequeña caterva motociclista se congregaba en la madriguera oficial. En la mesa de siempre, los temas versaban en toda clase de paliques.

Estrada soltó lo que habían tramado él y Federico días antes:

– Raza: necesitamos hacer una rodada fuera, ya estuvo bueno de rodaditas banqueteras.

El otro día estuvimos Fede y yo platicando que a ver si nos íbamos por decir un sábado y regresar el domingo y él propuso que si nos íbamos al evento de la bendición de cascos en Parras Coahuila ¿cómo ven?

– ¿Cuándo sería eso, camaradita? – Pregunta Arnoldo.

– Falta un mes, es a principios de febrero.

– Pues hay que movernos rápido para conseguir lugar porque va mucha gente a ese evento y se llena; no hay tantas habitaciones en todo el pueblo para tanta gente que va – Agregó Raúl y continuó: – El año pasado fuimos dos camaradas y yo, nos la pasamos de poca y eso que nos fuimos a la buena de Dios, de pura suerte encontramos lugar donde quedarnos: llegamos y luego, luego fuimos a buscar donde alojarnos; recorrimos todos los hoteles y posadas y ya no había donde quedarnos. En una de esas que preguntamos en una posada, sale un chavito y dice: "yo sé donde se pueden quedar, hay una señora que renta cuartos". De volada le digo al chavo que se suba a la moto y allá vamos. Total que llegamos a una casa en la calle Sor Juana, ahí por el parque de beisbol, que por cierto está cerca del centro de convenciones donde fue el evento, una señora de nombre Isabel, salió y nos atendió muy bien, los cuartos muy limpios, cada uno con su baño, cama matrimonial, muy casero todo, con un patio con portón donde dejamos las motos.

En la noche nos fuimos al centro de convenciones y luego, ya después de las doce, nos fuimos a la plaza del reloj. Ahí estaba medio mundo, con madre. Todos en la fiesta hasta que nos dieron las tres de la mañana y nos regresamos a la casa de la señora.

Al otro día, Doña Isabel nos preparó un desayuno riquísimo, yo pedí unos huevos con un chorizo que hacen ahí mismo en Parras, con frijoles de olla, tortillas recién hechas y con agüita de tamarindo natural. De rato nos fuimos a la casa Madero; igualmente ahí nos volvimos a encontrar a toda la raza: estaba lleno de motos alrededor del kiosco. Un compa y yo aprovechamos para dar el tour por la planta y neta que vale la pena. Te llevan por todo el proceso: te muestran los viñedos, las maquinas, incluso tienen un museíto de implementos antiguos, luego te llevan donde tienen las barricas y los toneles. La verdad está muy padre ver las bodegas. Al final compramos unas botellitas de tinto para llevar pa' la casa.

– Bueno pues entonces ¿quién se apunta? Para saber cuántos vamos a ser – Inquirió Vicente. Marcelo fue el primero en descartarse, luego Israel. El resto aceptó la invitación.

– Siendo fin de semana yo no puedo desatender el bar, tendría que dejar a alguien encargado y ahorita con los fríos se ha vendido poco.

– Yo tampoco voy a poder, me salieron unos gastos y la veo muy difícil.

– Bien – concluyó Vicente: – entonces somos cinco: Arnoldo, Raúl, Camilo, Fede y yo. ¿Alguno de ustedes piensa llevar a su esposa? – Federico por entonces no tenía novia, así que era obvio que callara a esa pregunta, el resto lo pensó por un instante: Camilo dijo que no, Raúl contestó afirmativo y Arnoldo dijo que lo checaría con su mujer.

El cuadro estaba casi completo entonces y la misión sería encontrar alojamiento para siete o posiblemente ocho personas, preferiblemente en parejas. A partir del día siguiente, Arnoldo y Vicente se abocaron a la encomienda. Faltaban cuatro semanas para la fecha, por lo que supusieron que sería fácil encontrar habitaciones disponibles, sin embargo, estaban en un error: hotel al que hablaban para reservar, hotel que les contestaba con la misma respuesta: "no tenemos habitaciones disponibles para esa fecha, señor" Alguno se aventuraba a recomendar a personas locales que daban alojamiento en sus casas, pero la respuesta era la misma.

El viaje daba indicios de que se vería frustrado: llevar bolsas de dormir y tiendas de campaña no era una opción, puesto que las mujeres de los implicados, no eran de la clase que disfruta ese tipo de incomodidades, más aun, si se vaticinaba que por las fechas y la latitud del destino, fueran a pasar un frio muy fuerte.

– ¿Y si llegamos al evento y nos vamos a dormir a Torreón? – Pregunta Vicente a Arnoldo.

– Son más de 160 kilómetros ¿tú crees que estando pisteando en el evento, te vas a querer salir manejando esa distancia, ya de noche para luego regresar al otro día?

– Si no hay de otra, igual yo sí lo hago.

– Sí, pero yo no y también falta ver que quieran Raúl y Camilo si llevan a sus esposas.

– Es cierto. Bueno pues a ver que encontramos, voy a ver si contactando una chava por internet que viva por allá que nos pueda ayudar – Yo mientras voy a preguntarle a unos amigos de un moto-club que van para allá, a ver si en el hotel donde se van a quedar, todavía hay cuartos.

Ariana es una chica de veintitrés años, esbelta cual gacela, cabello negro y de unos hermosos ojos avellanados que tenía su perfil en una de esas redes sociales, decía residir en Parras de la Fuente; por lo que Vicente no dudó en mandarle un correo electrónico que así decía:

Hola Ariana:

Me llamó la atención algo en tu perfil.

Unos amigos y yo queremos ir a Parras para la bendición de cascos y no hemos encontrado lugar donde quedarnos.

Quisiera saber si de casualidad conoces a alguien que dé hospedaje a la gente que va al evento y nos ayudaras a contactarlo.

Te lo agradecería un montón.
Ciao.
Vicente

A los dos días un correo de Ariana apareció en la bandeja de entrada y decía así:

Hola Vicente
Que fue lo que te llamó la atención?
Sí conozco a alguien que a veces hospeda a los chopers cuando vienen, es una vecina. Deja le pregunto y te aviso.
Cuídate y platicamos luego.

El correo de vuelta fue el siguiente:
Muchas gracias Ariana.
Seguimos en contacto y espero conocerte pronto.
Ciao

Al otro día llegó la contestación:
Ya hablé con la vecina, dice que ya lo tiene ocupado el cuarto para ese día, pero deja ver si encuentro a alguien más.
Por cierto que no me has dicho qué fue lo que te llamó la atención.
Saluditos.

A lo que Vicente contestó:
Gracias por la molestia que te tomas, es muy lindo de tu parte, pero si no encuentras, no te preocupes, nosotros veremos cómo hacerle.
Y sobre lo que me llamó la atención, luego te digo.
Seguimos en contacto, igual luego podemos platicar por chat.
Cuídate mucho

La curiosidad femenina usualmente es su talón de Aquiles, y la duda, un artificio para seducir a una mujer: entre más joven, mejor el efecto que tiene; puesto que con la madures, los humanos perdemos el interés por descubrir los misterios que las cosas y las personas nos ocultan.

De los correos, pasaron a las conversaciones en tiempo real y con ello comenzó un sutil a flirteo hasta que la atracción se hiso evidente. Y es que para la mujer las palabras le enamoran más que el solo cuerpo, por lo que no fuera de extrañar que: con verbos del teclado que le hicieron reír e imaginar, la parrense sintiera deseos de conocer al cyber-novio. Pero la posibilidad de que fuera a suceder eso pronto, se desvanecía a medida que la fecha del evento se acercaba y la búsqueda de habitaciones resultaba infructuosa.

A una semana del evento, Estrada llama a Arnoldo para replantear la opción de hospedarse en Torreón o de plano concluir que el viaje se cancelaría en vista de no encontrar alojamiento, con lo que no contaba era con la respuesta de Arnoldo:

– Estaba a punto de llamarte, Chente.

– ¿Qué pasó?

– Nada, que ya encontré habitaciones en dónde quedarnos en Parras.

– ¿En serio? ¡no me digas! ¿Cómo las conseguiste?

– Los amigos de un moto-club con los que me junto a veces, me acaban de decir que siempre no van a ir y nos van a pasar sus reservaciones.

– ¡Qué buena noticia, camaradita! ¿Por qué no van a ir siempre?

– Según esto porque se va a venir un frente frio esos días, con lluvia.

– Pues quien sabe. Tú por lo pronto agarra esos lugares. Deja les voy hablando a los demás para que vayan preparando sus maletas para salir este sábado tempranito.

– Al primero en llamarle fue a Federico: – camaradita ¿Qué crees? Arnoldo ya consiguió hospedaje en Parras, para que te vayas alistando, es un hotelito baratón pero al menos es algo.

– Camaradita pues con la mala noticia... ¿Qué pasó, Fede? – Que el otro día me puse a lavar la moto con una pistola de presión y algo eléctrico le descompuse.

– ¡No le hagas!

– Sí, no sabes el coraje que me da. Luego esas piezas son bien caras.

– ¡Qué lástima, camaradita, cuánto lo siento! Nos hubiera gustado mucho que fueras con nosotros.

– Ni hablar, ahí será para la próxima.

– El día esperado llegó: la salida se pactó a las ocho de la mañana. Puntual llegó Arnoldo pero sin su esposa, Luego Vicente, más tarde Raúl con su mujer pero Camilo no llegó, canceló de último momento la noche anterior puesto que le ocupaba un asunto familiar.

Decidieron que el punto de reunión fuera una tienda de conveniencia: mientras Vicente y Arnoldo esperaban a Raúl, Arnoldo entró a comprar unos cigarros. Él usaba una bolsa de cinturón donde portaba su cartera con tarjetas y dinero para el viaje, documentos de la moto y teléfono celular. Echó los cigarros ahí, cuando en eso llega Raúl con su esposa y sin más demora, suben todos a las motos y arrancan.

Con la fresca mañana, salieron rumbo al famoso pueblo vitivinícola. No había una sola nube en el cielo y el sol resplandecía, mas el aire era helado. Días antes el termómetro indicó temperaturas por debajo de los cero grados en las noches, aunque gracias a la ausencia ya de nubes, el sol entibiecía tímidamente el aire.

En la última gasolinera que está a la salida de la ciudad, paran para llenar los tanques cuando Arnoldo siente la ausencia de algo que llevaba en la cintura. – ¡mi cartera!

– Un frio balde le ha golpeado en el instante que tienta

el lugar donde sus pertenencias debían estar, pasan segundos en que ha dejado de respirar sin darse cuenta, cierra los ojos y ve en su mente el momento en que guardó los cigarros, se ajusta el bolso de canguro porque lo trae apretado y... – ¡chin! Se me cayó en el estacionamiento de la tienda – Del susto, pasa al enojo consigo mismo por la torpeza y al punto deduce que hasta ahí llegó el viaje. Quedaba solo la remota esperanza de regresar y encontrar que algún samaritano lo hubiese hallado y entregado en la tienda. Mientras suda en frío.

En tanto: Raúl y Vicente se ocupaban de echar gasolina a sus motos y pagar al despachador cuando en ello notaron que Arnoldo un problema debía tener:

– ¿Qué pasó camaradita? ¿Todo bien? – Pregunta Raúl.

– ¡Mi cartera, mi celular! Todo se me cayó en la pinche bolsa – contesta atribulado a lo que Vicente responde:

– Calma, camaradita ¿dónde fue la última vez que la viste?

– Allá en la tienda, cuando compré los cigarros. ¡Chingados! Ya valió madre todo el viaje. Ni modo, váyanse sin mí, yo deja me regreso a ver si de pura chingadera alguien la recogió.

– Nosotros te acompañamos.

– No, mejor espérenme aquí, deja me lanzo en chinga a ver si la encuentro pero la verdad la veo muy difícil. Si no regreso, váyanse ustedes.

– No acababa de decir eso Arnoldo cuando un automovilista en un carro de buena marca, para junto a ellos y desde la ventana pregunta a los motociclistas:

– ¿Arnoldo Segovia? ¿Alguno de ustedes es Arnoldo Segovia? – Todos voltean sin todavía saber de qué se trataba. Arnoldo sospecha una pequeña esperanza y pronto contesta: – Sí, soy yo. – El hombre voltea y del asiento del copiloto alza el más brillante objeto negro que para Arnoldo pudiera ser en el mundo en ese momento.

– ¡Se le cayó esto allá atrás! – dice triunfante el hombre y con el gusto de ver la cara de felicidad de Arnoldo, agrega: – Los vengo siguiendo desde la tienda, vi que se les cayó y se arrancaron hechos madre. Y allá vengo tratando de alcanzarlos. – Arnoldo, a quien le ha vuelto el color al rostro no haya si besarle los pies al samaritano; le agradece de mil amores el generoso acto pero por el aspecto burgués del bienintencionado, no se atreve a ofrecerle recompensa que lo pudiera ofender.

– Muchas gracias mi hermano, no sé como agradecerte, en serio que nos hiciste el día: íbamos rumbo a Parras pero cuando me di cuenta que me faltaba la cangurera, ya se me hacía que se iban a ir ellos nada más.

– No tienes que agradecer, suerte y vayan con cuidado.

– De cualquier manera, Arnoldo no quiso dejar de tener una atención con el amigo aquel, así que le pidió sus datos pensando traerle a la vuelta, una buena botella de vino de la casa Madero.

Aquel acontecimiento fue para Arnoldo tan bendito, que durante el viaje no paraba de mencionarlo, presumía de su buena fortuna y se congraciaba de saber que hay gente buena todavía en el mundo.

Tendidos por el asfalto ya iban los tres: Arnoldo y Raúl presionaron sus motores cual era su acostumbrado gusto, dejando a Vicente apartado del grupo. Por un tiempo les siguió el paso, mas luego les dejó que se adelantasen y se fue solo con su música y sus pensamientos cruzando el desierto de Coahuila de Zaragoza.

Cuando ya a algunos kilómetros antes de llegar a Paila, el ciclomotor comenzó a perder velocidad, el rugido del motor se empezó a entrecortar – ¡ha! Necesito meterle la reserva – Se dijo... ¿reserva? ¿Cuál reserva?... – ¡chin! Ya venía con la reserva, ¡me lleva la fregada! – En cuestión de un segundo, Estrada hiso un viaje mental al pasado: se trasladó hacia unos días antes por la noche cuando iba para su casa. Le sucedió aquello de meter la reserva y se dijo: mañana en la mañana le pongo; y así fue, pero nunca se acordó de girar de nueva cuenta la válvula y por venir alcanzando a sus amigos, no repuso combustible en la última estación. Sin más remedio, se apeó en el próximo acotamiento a ver cómo resolvía su cuita.

La acción lógica primera fue en llamarle a Raúl y a Arnoldo, pero es el destino tan bromista que ocurre que a veces, hasta los botes salvavidas hacen agua: ya por causas humanas, naturales o tecnológicas. He que ninguno de los dos contestaba: sería que iban manejando todavía, que se les acabaría la batería o el saldo, no escuchaban el timbre; las causas podían ser muchas. Total que Vicente se sentó a esperar a sabiendas que no tardarían sus amigos en extrañarle y pronto estarían de vuelta para auxiliarlo. Entre tanto, les envió un mensaje de texto como una botella arrojada al mar y si la botella no llegaba a su destino, seguro algún navegante de los tantos que pasaban también rumbo al evento, se apiadaría de su infortunio y en el último de los casos, para eso están los ángeles verdes marcando el 074.

Por lo pronto se dispuso a retratar su motocicleta en el despoblado aquel. Pasaba ya del mediodía: el aire era aun fresco, mas sobre la moto se sentía gélido; aunque quieto y fuera de la sombra, cálido se percibía.

Junto al naufrago: una pila con agua había en medio del hostil desierto. Lo singular era una gruesa capa de hielo en la superficie a pesar del sol.

Transcurrió poco más de media hora de espera y ver que ninguno de los motociclistas se detenía sin siquiera a preguntar. Lo curioso era que siempre pensó que tal como Federico y Raúl pararon a ayudar a un desconocido la vez aquella, no faltaría por lo menos un samaritano que tuviese el gesto de ofrecer ayuda. Fue entonces que empezó a comprender la supuesta hermandad motociclista: aquella de la que tanto se jactaban, no era más que un mito que adorna al mundo del motociclismo; ese velo deja ver su forma mas no sus detalles reales y humanos. Mucho se habla de esa unión como algo esencial y representativo de todos los motociclistas, pero la verdad es que no existe un código de sangre al que deba de honrarse que venga junto con la adquisición de una moto. Los seres vivos procuramos a los de nuestra especie y raza, en esencia: ese es el principio del amor entre hermanos y amigos, como se mencionó antes; pero también existe el egoísmo y entre que cada cabeza es un mundo y el mundo del motociclismo tiene muchas cabezas, cada motociclista tiene una concepción diferente de la hermandad, la libertad y la aventura.

Vicente comenzó a contemplar el plan "B": llamar a los ángeles verdes o en el último de los casos empujar la Vulcan hasta la gasolinera a fin de que en ese penoso trance ahora si no faltaría algún piadoso que al verle, le hiciera el favor. En eso estuvo a punto de marcar cuando sus amigos llegaron al rescate. Raúl llevaba en un bidón pequeño algo de gasolina:

– ¿Qué te pasó? recibimos tu mensaje pero te estuvimos marcando y no entraba la llamada.

Nos paramos en Paila a esperarte y en eso vimos el mensaje y las llamadas perdidas.

– Fue lo que pensé, que no había señal. Lo bueno es que ya llegaron.

– ¿Y nadie se paró a ayudar? – Inquirió Arnoldo.

– Pues lo primero que hice fue hablarles, luego les mandé el mensaje y me senté a esperar; en ese rato vi pasar muchas motos, pero nadie se paró. Cuando vi que no venían, entonces ya me puse a hacer señas pero los batos no'mas pasaban y saludaban.

– ¡Qué raro! – exclamó Arnoldo, pero Raúl respondió:

– Hay mucha racita que sí se para a ayudar, sobre todo a los que ya les ha pasado, esos sí son moteros de corazón. Pero la verdad es que a la gran mayoría les importa un carajo ver a alguien tirado, igual se paran si ven que eres del mismo moto-club y algunos ni así – a lo que Arnoldo agrega:

– Es muy cierto lo que dices, lo que yo digo es que se me hace raro porque de tantos que vio pasar Vicente, por lo menos uno se hubiera parado, hay mucha raza buena onda que no duda en pararse a por lo menos ver qué se ofrece, pero la mayoría son culos, van en su rollo y les vale madres quién se quede tirado al menos que te conozcan o seas del mismo moto-club. Es cuestión de suerte.

*                              *                              *

– El hotel ciertamente no era un cinco estrellas pero mucho mejor que el de "un millón de estrellas" y no era para quejarse puesto que de no ser por el traspaso de reservaciones, aquel viaje hubiera quedado en un sueño nada más. Realmente la posada estaba decente: limpia, agua caliente, estacionamiento, jaboncitos y hasta con televisor. De ninguna manera tenía finos acabados, ni pequeños botes de shampoo, las toallas ya estaban muy desgastadas, las almohadas ya eran casi un tapete y las cobijas eran de las más baratas. Lo que sí era incómodo: los reducidos baños y que los cuartos no tenían ventanas mas que al pasillo interior. De manera que se escuchaba a la gente andar a toda hora y la luz del pasillo se mantenía encendida, iluminando los cuartos sin cortinas toda la noche.

Al ver Arnoldo entonces la baja categoría de las instalaciones turísticas, se le ocurrió que sería mejor salir a buscar otras opciones en el pueblo, antes de ocupar las habitaciones.

– ¡Estás loco! Hasta crees que vas a encontrar algo. ¿No viste cómo batallamos y la cantidad de gente que está llegando? Ni de chiste vas a encontrar lugar. Y luego por irnos a buscar, vamos a perder la reservación esta – alegó Vicente y Arnoldo repuso:

– Camaradita pero es que está bien gacho, de seguro hay algo mejor, vamos a buscar y si no encontramos, ahorita regresamos.

– ¡Ahora me saliste muy fino, Howard Hughes! ¿Qué esperabas por trescientos pesos? Está bien el hotelito, mucho mejor de lo que podíamos esperar. Olvídate que vas a encontrar en otra parte y que el cuarto te va a esperar para cuando llegues y entonces sí, ya te quiero ver: dejando el evento bien temprano para ir a dormir a Torreón. Si ustedes se la quieren jugar, adelante. Yo no dejo lo comido por lo servido. – Protestó tajante Vicente.

Raúl dijo:

– Por mí no hay problema, mi esposa y yo no somos tan exigentes y está bien si nos quedamos aquí. – Arnoldo hiso una expresión como si no le quedara de otra opción y resolvió quedarse ahí, incluso compartiendo el mismo cuarto que Estrada.

Posteriormente a instalarse, pasaron a resolver el tema de la manduca. Pidieron sugerencia a la recepcionista por un buen restaurante y ella les recomendó "La Casona" donde sirven muy buenos cortes de carne ubicado en una casa antigua de la calle Francisco I. Madero entre Andrés Viesca y Gral. Cepeda.

Al lugar llegaron y como buenos norteños, de entrada sus fermentados de malta fríos pidieron. Como se dijo: el ambiente estaba agradablemente fresco, e invariablemente esta gente toma la cerveza a baja temperatura.

Ordenaron entonces la gastronomía: alguien pidió arrachera que era suave y jugosa, no menos que el corte de T-bone, que parecía de brontosaurio; otro solicitó una tampiqueña excelentemente servida con sus frijoles, guacamole y queso con mole. No podían faltar las quesadillas, los frijoles a la charra y las salchichas asadas. Acto seguido del de saciar el apetito, a la plaza de armas se dirigieron.

Cientos de motocicletas rodeaban ya las calles pintorescas, la gente local se tomaba fotos con los moteros que convivían en las rústicas banqueras de piedra la luz de los faroles que ya por entonces del ocaso estaban encendidos. Éste que es uno de los Pueblos Mágicos, se viste de fiesta como cada año para dar la bienvenida a los motociclistas quienes esperan recibir el agua bendita en sus cascos como un simbólico acto para que el creador les proteja en su camino.

Frente al kiosco habían quedado de verse Ariana y Vicente. Él estaba parado mientras Arnoldo, Raúl y Matilda curioseaban en los puestos de artesanías. En eso, sintió la mirada de una linda joven que caminaba hacia él, su mirada picara la delató. Era más hermosa de lo que parecía en las fotos. Vestía un entallado jeans con unas botitas negras y una chamarrita negra afelpada.

– Hola, pensé que no ibas a venir – dijo ella.

– Yo tampoco, de puro milagro alcanzamos lugar. Pero qué bueno que ya estamos aquí.

Luego, aparte me quedé sin gasolina antes de llegar.

– ¡¿En serio?! ¿y cómo le hiciste?

– Mis amigos fueron a traerme. Es que según yo, me quedaba la reserva pero ya se la había acabado.

– ¿Cuál es tu moto?

– Es aquella de allá.

– ¡Qué linda está! Se ve mejor que en las fotos

– Tú también te ves más linda que en las fotos…

– El de la Vulcan presentó a Ariana con sus amigos, entonces decidieron ir al lugar del festejo; el cual se llevó a cabo en un parque recreativo llamado Pueblo Viejo: donde hay palapas, albercas y cabañas. El lugar está decorado como una especie de safari africano con figuras de fibra de vidrio a tamaño real de animales africanos: elefante, león, gorila, rinoceronte, etcétera.

Cada grupo de motociclistas llevaba su propia música y estaban dispersos de modo que nadie se molestaba con los sones de los demás: así unos tenían rock aquí, música grupera otros, por allá country y hasta en un sitio, algo arrinconado por cierto, unos jóvenes músicos interpretaban en vivo buen rock.

La baja temperatura de la noche Parrense no demeritaba el ánimo del convivio: Arnoldo, Raúl, Matilda, Chente, Ariana y unas amigas de Ariana que después llegaron, la pasaban genial, acompañados de un buen tequila que compraron en una licorería del pueblo junto con unos vasitos tequileros, para tomarlo como se debe, y unos puros.

Allá para las dos de la mañana, el lugar se comenzó a ver menos lleno. Los concurrentes se retiraron a sus posadas lo que también hicieron los que con Estrada venían. Arnoldo y Raúl se ofrecieron a llevar a sus casas a las amigas de Ariana, mientras Matilda esperaba al regreso de su marido en compañía de Vicente. Aquel regresó pero sin Arnoldo.

– ¿Y Arnoldo? ¿Dónde lo dejaste? – Preguntó Vicente.

– Se fue directo al hotel.

Bien, nosotros ya nos vamos. ¿Te vienes o te quedas otro rato?

– Me voy a quedar otro rato con Ariana, luego me voy al hotel

– Okey, entonces te veo mañana.

– La parrense y el motociclista esperaban el momento para quedar a solas, ella se acurrucó entre sus brazos y se fueron luego por las calles del pueblo, ella lo guió hasta el pie del cerro sobre del cual está la capilla del Santo Madero.

La luna llena los descubrió besándose: él sentando de lado en su tordillo mecánico, ella abrazada abrigando sus manos entre su espalda y la chamarra, recargando su cuerpo en el de su galán.

Ariana no quería que la noche acabara, él deseaba pasar la noche juntos. Los ojos de ella brillaban con las estrellas y su cabello largo y negro se deslizaba con la brisa nocturna del desierto.

Hablaron sin decir palabra, sus ojos y sus manos lo dijeron todo: – No, corazón, esta noche no, pero me encanta estar contigo.

– ¡Me encantas! Vámonos a ver las estrellas, lo deseas tanto como yo.

– Si pero ahora no, te prometo que te iré a ver y haremos lo que quieras.

– Esta bien, pero me llevo el sabor de tus labios conmigo, chiquita.

– Se quedó con hambre el gavilán dejando a la tortolita en casa. Se fue de vuelta a la humilde posada entre el silencio de las calles donde solo el eco de la Vulcan se escuchaba. La habitación que compartiría con Arnoldo tenía una sola cama grande. El amigo yacía fetal en un lado roncando sin inmutarse de la llegada de su compañero; en el lugar que habría de ocupar el recién llegado: dos cobertores le esperaban, este pensó que aquel tomó los suyos en igual cantidad. Con los dos en mano se dijo: "¡de aquí soy!" y se cubrió con singular contento.

Entrada la madrugada, Arnoldo se levantó a ponerse algo de ropa. El movimiento despertó al que junto estaba, quien entresueños preguntó si algo sucedía.

– No puedo dormir del pinche frio, me voy a poner un sweater – contestó aquel.

– ¿Tienes frio con dos cobijas?

– No, solo tengo una.

– Mira, yo tengo dos.

– ¡Ah que pasado de lanza! – le recriminó satírico.

A media mañana, la pandilla salió de la hibernación y se dirigieron a almorzar al bufete de un hotel: otro que restaurante sí tenía, de categoría más cuidada sin llegar a mucho lujo y por ende, muy reconocido en la localidad.

La ceremonia de la bendición por el momento no les preocupaba; el pueblo es más interesante de conocer y qué mejor que visitar uno de sus íconos: la capilla de Santo Madero. Durante el almuerzo, Vicente les platicó que había ido ahí pero solo hasta la base del caprichoso cerro donde se encuentra, que seguro la cima debía tener una panorámica espectacular lo que sin duda constataron. De camino al sitio, Chente pasó por Ariana y todos fueron juntos al peculiar otero, semejante a un hongo. El macizo de piedra se yergue desafiante y en la cumbre, la pequeña capilla blanca corona la orografía.

Tan solo el camino debió ser un reto construirlo y poca cosa no es transitarlo en especial si no se tiene condición; sin embargo, la cúspide es la mejor gratificación. Desde ahí el paisaje a los pies se extiende hasta las lejanas montañas.

El pequeño templo es como de cuento: blanco, su campana colgada en un hueco justo sobre la puerta arcada que es de gruesos tablones de madera.

Por un buen trecho, el grupo disfrutó del hermoso mirador: tomando fotos y contemplando el paraje; hasta que llegó la hora de volver a casa, mas antes hubieron de dejar a la anfitriona en la suya y ¿Por qué no? Llegar de pasada a la casa Madero donde muchos motociclistas todavía se encontraban conviviendo después de la misa y de donde partieron para hacer un desfile.

La dichosa bendición de cascos resultó un acto muy ameno: sobre una tarima, parado el sacerdote, remojaba unas hojas en una tinaja y con ellas esparcía el agua bendita a los "rudos" pero felices motociclistas que desfilaban frente a él. El jubiloso cura no parecía cansarse de agitar su rociador en los jinetes que pasaban. Vicente se detuvo un brevísimo instante frente a él esperando para que le tocaran algunas gotas y no faltó la voz de alguien que atrás venía en la fila que le gritó: – ¡te va a bendecir la moto, no te la va a lavar!

# CAPITULO 20

# HERMOSAS CARRETERAS

De aquellas concentraciones que Vicente renegaba no ser más que estacionamientos convertidos en cantinas menos interesantes que una ordinaria feria de pueblo, algo positivo podía ganarse, después de todo: los concurrentes sienten la libertad de abrir su confianza con el extraño de junto y traban conversaciones que con frecuencia truecan en amistades solo por relacionarse con la misma afición, sin distingos religiosos, sociales o culturales.

La ocasión aquella de Parras de La Fuente sirvió de cruce de caminos entre la camarilla protagonista y un clan de motociclistas de León Guanajuato. Tal como Federico afirmaba: en los eventos haces muchos amigos o te encuentras a algunos que son de afuera y aprovechas la oportunidad para verlos.

Ese grupo de León se hacía llamar los Amigos del Ruido: gente buena, bastante amena con quienes Raúl, Arnoldo y Vicente intercambiaron bromas y buena charla. De ahí que decidieron seguir en contacto y pasado el tiempo llegó el día en que los Amigos del Ruido les extendieran la invitación para que les visitasen durante un magno evento en su ciudad, allá por el mes de octubre. La pandilla norteña no pudo reusar tan cordial atención y comenzaron a organizarse para el viaje.

Desde agosto hicieron los preparativos. Lo más importante era separar la fecha ante otros compromisos en especial los laborales, también era menester contar con recursos económicos para sufragar la vacación (importante aspecto para los que no tienen un alto ingreso) definir quienes serían los implicados en la empresa, luego reservar alojamiento y con eso sería todo por el momento, antes de la partida.

... y mientras tanto, en el "salón de la justicia"... (Apodo que le pusieron al bar de Marcelo) la cáfila maquinaba la aventura. Al punto, se enlistaban los posibles participantes: Raúl, siempre dispuesto, fue el primero en dar un paso al frente, le siguieron Federico e Israel; Vicente no se manifestó muy convencido dando por razones su opinión acerca de los eventos pero al fin accedió justificando que valía la pena por el hecho de salir a rodar lejos, a una ciudad que no conocía y de paso saludar a los Amigos del Ruido; Camilo se entusiasmó también mas no quería quedar mal como la vez anterior y prefirió dar su respuesta cuando la fecha estuviera ya cercana; de igual manera Arnoldo aplazó su decisión pues como hombre de familia, tomar en cuenta a la pareja es importante.

La fecha se llegó al fin. Sin problemas habían reservado alojamiento cerca del lugar de la concentración con más de un mes de anticipación. Quienes finalmente se apuntaron fueron: Federico, Raúl, Camilo y Vicente. Irían sin novia o consorte, solo amigos. Israel tuvo que cancelar pero Camilo lo relevó y un día jueves partieron entrada la tarde.

El cuarteto rodó por la vía a Matehuala tomando la 57 a buen paso mas sabían que la noche les llegaría mucho antes de ver San Luis Potosí donde pensaron pernoctar.

La planicie potosina les regaló un majestuoso atardecer: el sol como una enorme pelota roja pintaba de naranja y violeta el cielo. Una multitud de gigantes con penachos de espinas, inmóviles como estatuas, se contemplan por todo el paraje, mientras los tasajillos resplandecen con el brillo de sus espinas a contraluz; cuando pasaron por El Huizache. Allá sintieron que sus estómagos necesidad tenían de recargar combustible. Justo en el kilómetro 100 encontraron un parador turístico con una muy buena cafetería.

Tomaron un buen condumio sin prisa alguna, volvieron a sus monturas de vuelta, y enfilaron hacia la capital del estado con la noche encima y algo de tráfico de tráileres. Algo mutó de pronto: al parecer el cambio de temperatura del aire luego de ocultarse el sol, desató fuertes vientos en la planicie aquella corriendo transversales a la carretera. Las rachas iban de allá para acá violentas e inestables. La columna se movía como culebra, cada moto como pluma era jalada por el viento entre las enormes moles de acero que pasaban junto a ellas sin inmutarse de la tromba. Aun Raúl en su pesada moto, sufría los embates del vendaval. La marcha nocturna se hiso tortuosa y con aquel peligro, bajaron el ritmo. Hubo un momento en que un ventarrón casi los saca repentinamente del asfalto. Luego de ello, a un tráiler que pasaba a mas o menos buena velocidad, se le pegaron detrás usándole de escudo para atajar el viento pero aun así las condiciones no eran seguras para seguir conduciendo en aquella obscuridad.

La situación era precaria y faltaban todavía algo menos de cien kilómetros antes de ver las luces de la ciudad, que era lo que más deseaban en ese momento, pero había que mantener el paso y no parar en aquellos despoblados. Cada angustiante tramo recorrido se hacía más largo y más lejana la meta. Despacio iban pero con la zozobra les pareció haber recorrido un largo trecho: tan solo unos cuantos kilómetros desde el paradero habían recorrido, mientras los otros tantos por delante parecían eternos y sin remedio a sufrirlos. Cuando en eso, el cariz del trance cambió en un instante al llegar al kilómetro 55: una luz junto al camino, adelante del tráiler y de su lado derecho, anunció el fin de aquel aprieto. Un motel situado en mitad de aquellos páramos estaba como un verdadero oasis; no hubo necesidad de hacer ninguna señal de alto, la voluntad de hacer la parada era unánime y viendo el acotamiento, el pelotón salió del asfalto.

Quien hubiera dicho que encontrarían una posada nueva, limpia, enormes cuartos con grandes camas, estacionamiento techado bajo los cuartos y por un bastante razonable precio de trescientos pesos la noche; además, hasta una palapa había donde un amigable taquero servía unos deliciosos tacos de bistec y molleja y por si fuera poco, también había una fonda donde se vende cerveza y algunos enseres como rastrillos, medicinas y revistas de traileros.

– ¡Qué fregón lugar nos vinimos a encontrar! Hasta parece que lo mandaron hacer para nosotros. Ya se me hacía que no íbamos a llegar nunca a San Luis – Opinó Vicente a lo que Raúl, con quien compartiría el cuarto, respondió:

– Sí camaradita, no se puede pedir nada más. Pero ya te has de imaginar al Arnoldo: "aquí está bien gacho güey, mejor vámonos, aquí adelantito debe haber otro mejor" – Parafraseando a su amigo con voz de arremedo.

– ¿Qué tal si compramos unas cheves, vamos y nos las echamos allá en la palapita que se ve a toda madre?

– Me parece perfecta la idea. Adelántate, deja yo le digo a aquellos maricones y ahorita te alcanzo.

– La pandilla no dejaba de felicitarse de encontrarse en tan buena posición luego de tan pocos pero apremiantes kilómetros, como si hubiesen recibido un premio, festejaban con unas cervezas obscuras en mano y contemplando el cielo impresionantemente estrellado.

– ¡Mira! ¡¿viste?!

– ¿qué?

– Una estrella fugaz

– Yo también la vi. – Exclamó Camilo, luego Federico y Vicente.

– ¡mira, allá va otra!

– ¡Qué chido!

– Como acto culminante de una sinfonía, las Oriónidas[24] bañaron la bóveda celeste esa noche, los ojos maravillados de los motociclistas, miraban atónitos el espectáculo natural, sintieron como si un ángel los hubiera sacado de una tormenta y los puso en un paraíso y con el día soñaron.

\*                         \*                              \*

Fresca mañana de viernes, los ánimos arriba les pusieron temprano en las cabalgantes máquinas y en ayunas partieron de la posada a muy bien ritmo.

Al llegar a la ciudad de San Luis Potosí, pararon a cargar gasolina justo antes del periférico. Aquí tomaron la decisión de mejor cruzar siguiendo la carretera Federal 80, tan solo por echar un ojo a la ciudad, que si no tenían tiempo de visitarla, por lo menos al verla fugazmente les agradaría el camino.

Aquella decisión fue una grata sorpresa: La carretera se convierte en una moderna avenida con amplios pasos a desnivel desde donde se ve la ciudad progresista con bonitos edificios y el tráfico fluido. Fue una pena no conocerla más a detalle pero sin duda se pensaron que valdría la pena hacer luego una expedición para adentrarse en las calles.

San Luis Potosí capital quedó atrás siguiendo la ruta que continúa por la Federal debiendo pasar por Ojuelos de Jalisco y posteriormente Lagos de Moreno. La senda hace unas preciosas curvas al salir de la urbanización: sube y desciende alegre por unos lomeríos entre los que está el poblado de Escalerillas. Con algo ya de hambre, buscaron el primer puesto para hacer el desayuno. Solo encontraron

---

[24]   Lluvia de meteoros que radian de la constelación de Orión, su actividad se presenta desde el 2 de octubre hasta e 7 de noviembre

un tendajo de tacos que por el momento les satisfizo y prosiguieron.

Llevaban 47.7 kilómetros de haber dejado el periférico de San Luis Potosí y 3.2 antes de Villa de Arriaga, donde un singular paradero les llamó la atención y no dudaron en hacer un alto.

Aquel sitio parecía un coqueto y moderno parador americano muy al estilo western, con su restaurante de comida rápida y baños impecablemente limpios. La fachada es digna de una película de vaqueros: con la excusa de cargar gasolina, aprovecharon para servirse un café y tomar algunas fotos junto al maniquí de caballo.

Vadearon Ojuelos de Jalisco por el libramiento y permanecieron en la 80 hasta llegar a Lagos de Moreno, donde tampoco hicieron escala pese a que es sabido que es una bella ciudad colonial, de la cual se rumora que viven las más bellas mujeres de occidente. León de los Aldama ya les esperaba y no repararon en dejar de visitar interesantes lugares y reservarlos para otra ocasión.

Al calor del mediodía, la capital de la industria del calzado les dio la bienvenida. La metrópoli se ocupaba de sus asuntos cotidianos mientras que era invadida por miles de motociclistas que deambulaban en las arterias.

Como es costumbre, el primer paso era llegar al hotel a registrarse. Aquel se encontraba en la llamada "zona piel", cerca de las instalaciones de la feria. Ésta era un mar de motocicletas: los jinetes llegaban a montones hasta de remotos lugares de la república.

Los Amigos del Ruido se portaron a la altura como excelentes anfitriones, convivieron en jubilosa cogorza hasta las tres de la mañana.

\*             \*             \*

El mediodía les halló a los norteños en la piltra; desperezándose apenas y con jaqueca, buscaron primero servirse algo para el estómago. Las opciones eran muchas, mas con aquello de conocer el atractivo histórico urbano, ocurrieron a la plaza principal a ver qué encontraban y vaya que la elección no pudo más que superar las expectativas: Los árboles que parecen recién salidos de la peluquería, el quiosco elegante, son de lo más típico de las plazas mexicanas; enmarcada por un soberbio palacio y edificios algunos antiguos, otros ya no tanto. En los del costado sur, de arquitectura clásica con sus arcos de cantera, se ubican restaurantes sencillos que ofrecen deliciosos platillos de comida tradicional. En especial unas suculentas tortas de lomo y de otros guisados en bolillos recién horneados, saciaron los antojos por un precio verdaderamente barato. A las tortas, las acompañaron con grandes vasos de aguas frescas: horchata, jamaica y sandía.

Que mejor que hacer la digestión caminando por los alrededores como por la fuente de los leones o contemplando la majestuosa Catedral de Nuestra Señora de la Luz, construida por Jesuitas a mediados del siglo XVIII: impresionante por su altura, sus vitrales y lo exquisito de sus acabados.

Fue una lástima que el museo de la ciudad estuviera cerrado gracias a que los "ínclitos" burócratas descansan, en el mismo horario sin pensar que estos sitios pueden ser más visitados durante las tardes, en especial los fines de semana como al igual ocurre en otras partes.

El siguiente acto en la agenda eran las compras de artículos de piel: la industria talabartera de aquí es célebre por su calidad y precio. De modo que el magno evento sirve de pretexto para los comerciantes de este gremio para hacer buenas ventas: Chamarras, guantes, chaparreras, alforjas, botas y cinturones son adquiridos de oportunidad por los moteros dentro de los lindes de la feria o en las calles donde incontables locales ofrecen estos productos en cientos de estilos.

La tropa se fue a descansar un rato antes de ir al evento. Hasta entonces, la aventura iba saliendo clásica y para rematar el hecho, surgió un detalle que le puso un poco de pimienta: Federico notó que le faltaba aceite a su ciclomotor, tan solo medio litro pero una diminuta lágrima de fluido se notaba.

Allá en la concentración preguntaron a sus amigos locales si alguien a aquella hora de sábado por la noche, les podría vender un par de litros. Nadie supo decir con certeza y comenzaron a indagar. Sin éxito por el momento, resolvieron que en el último de los casos, al día siguiente que era domingo, fuese a una tienda de reconocida franquicia donde con seguridad encontraría el lubricante especial para la moto. Por tanto no se preocuparon más del asunto y continuaron la fiesta que ese día no fue tan prolongada a razón de que el viaje de regreso, al día siguiente, largo sería.

*                    *                    *

El simple desayuno continental les esperaba en el restaurante del hotel. El cuarteto se apuró para empacar las maletas, ir a comprar el aceite para la moto de Federico y emprender la retirada lo antes posible. Con lo que no contaban para que el plan funcionara, era que la "seguridad" de encontrar el aceite para motocicleta en la famosa refaccionaria no era del todo cierta; variadas marcas de lubricantes había pero ninguna especial para motocicleta. Lo primero que pensaron fue pedir apoyo a los Amigos del Ruido. Los dos que contestaron la llamada, de inmediato se movilizaron a preguntar en los talleres de amigos y conocidos pero todos estaban fuera de combate por el aquelarre de la noche anterior. Entre tanto "preguntando se llega a Roma", el grupo se decidió a investigar dónde podrían encontrar el dichoso lubricante especial mientras los minutos corrían.

Preguntaron en gasolineras, a otros motociclistas, a los policías de tránsito y hasta a taxistas pero nadie tenía idea cierta. Algunos con buenas intenciones les dieron indicaciones de posibles lugares pero eran solo rumores. El mediodía había llegado y ni los Amigos del Ruido ni ellos, habían tenido éxito; la única solución que les quedaba era la de echarle aceite convencional para carro, el único riesgo es que éste tiene más antifriccionantes y a la larga puede desgastar el clutch más rápido así que para el caso, un aceite poco espeso resolvería por lo pronto el problema, además, era realmente poco lo que se estaba derramando y con suerte, un solo litro de aceite convencional que le fueran revolviendo con el que ya tenía, sería suficiente.

La búsqueda ya más bien parecía caprichosa que necesaria. En ello, el menudo almuerzo les hiso digestión y he que por la calle Pradera, tres cuadas al sur de la Av. Lopez Mateos, encontraron un restaurante modesto de sabrosas tortas, tan buenas como las que habían comido (al parecer son algo muy tradicional de aquí). Con la prisa de volver a su tierra para que la noche no les llegase, resolvieron en poner en práctica el último, y desde el principio, el más viable de los casos y partir rumbo al norte al terminar la pitanza.

– Vamos a darle un poco más derecho por esta calle, a ver si encontramos una tienda de lubricantes y nos vamos – Propuso Vicente.

– No güey, ya vámonos, se nos va a hacer bien tarde – repuso Camilo.

– Unas cuadras más, no nos tardamos nada, chance y encontramos. Si no, le damos y ahí en la carretera nos paramos y le rellenamos de aceite normal ¿cómo ven?

– Ya buscamos por todos lados camaradita, no creo que vayamos a encontrar. Es domingo y está todo cerrado – respondió Raúl.

– Por aquí hay un chorro de negocitos de refaccionarias y cosas así, me late que no ha de faltar un güey que tenga el changarro abierto en domingo – insistió Estrada y Federico lo apoyó:

– Chente tiene razón, vamos a darle unas tres o cuatro cuadras más por esta calle, ya si no encontramos nada, pues in'gue su y nos vamos y en la primera gasolinera de la salida le echo cualquier aceite de cocina y fuga. Al cabo ¿que tanto nos podemos tardar? – No muy convencidos Raúl y Camilo, les dieron la razón que porfiaban sus amigos y así lo hicieron.

Cuál fue la sorpresa que como conjuro gitano, a no más de tres cuadras al sur, por la misma calle de Pradera. Un localito con letrero de "filtros y lubricantes" tenía su mostrador abierto y efectivamente, el tan mentado aceite especial, le tenían en existencia.

Prácticamente a la una de la tarde iniciaron el regreso. Raúl dijo que la ruta que sugirió Vicente por la que habían llegado, era más larga que si hubiesen pasado por Silao. Por ende, optaron ahora por seguir esa vía de regreso: usando la federal 45 y al llegar a Silao entroncaron por la estatal 77. La carretera tal es un sueño de paisaje, comparable en belleza con la ruta del tequila o el valle de Guadalupe, esta es una de esas típicas postales mexicanas: la campiña se señorea de maizales de un intenso verde limón y de dorados trigales; parcelas salpicadas por alguno que otro mezquite solitario. El paisaje serrano juega con la carretera contorneándola en exquisitas curvas entre subidas y bajadas, y qué mejor que acompañarlas con algo de los Beatles o de U2. En hilera las motos se acuestan ligeramente en esas suaves aperaltadas, cruzando la escénica que por momentos corta las lomas mostrándonos sus rocosas entrañas, y saludando a los ríos desde los puentes. 59.4 kilómetros van de Silao al libramiento de San Felipe, de ahí el camino se corta hacia entroncar con la carretera San Luis Potosí

– Querétaro, pasando por Villa de Reyes. Aquí la carretera de 78.4 kilómetros, no es tan amplia ni tan hermosa, además que es transitada por algunos camiones.

Al entroncar con la 57 federal, se llega a San Luis Potosí y el resto es camino ya trillado.

# CAPITULO 21

# MOTOCICLISTAS SOMOS

"Arrieros somos y en el camino andamos" dice el conocido refrán. En los andares por carretera hay arrieros en mulas y a caballo; hay cuatreros, pioneros y beduinos. Algunos ayudan al averiado, otros no; unos buscan horizontes lejanos, otros no tanto: temerarios, conservadores, humildes y soberbios, de todo hay en la viña del señor. Toca la suerte que los caminos se cruzan, como cuando estaban: Vicente, Federico, Camilo y Raúl, en algún paraje donde en ocasiones llegan los motociclistas, compartiendo su experiencia en tierras Guanajuatenses con sus cómplices: Israel y Arnoldo; junto a otro grupo muy amigable de bikers regiomontanos que coincidieron en aquel punto. En particular, un tipo sencillo llamado Ramón, manifestó haber también viajado a la concentración Lionesa y con gusto conversaron sobre las vicisitudes y recuerdos que a cada quien les dejó el viaje.

Cuál sería el asombro de los que recién conocieron a Ramón cuando este les señaló su vehículo con el que realizara la travesía: era una motoneta Itálica con motor de 150 c.c. en la que recorrió poco más de 700 kilómetros. Sin ocultar su admiración quedaron absortos esperando que se tratase de una broma de aquel y sus amigos, más él, serenamente y sincero: afirmó lo dicho relatándoles el suceso:

– La moto la compré hace como unos cuatro meses antes de la concentración, la verdad yo ni idea tenía de cómo estaba este rollo pero siempre me llamó la atención; junté una lanita y esto fue lo que pude comprar. Se la compré a un tal Joaquín, la moto estaba enterita.

Un día al poco de haberla comprado, pues no se me ocurre irme solo en ella desde mi casa hasta Saltillo. Y que ahí voy, despacito, tu sabes, esta máquina no da para ir a más de 80 km/hr sostenidos. La verdad iba con mucho miedo pero bien emocionado. Total que de aquel recorrido me tomé unas fotos y las subí a mi muro de la red social, al poco, una amiga que anda bien metida en esto, vio las fotos; me dijo, según ella, que eso es de los buenos bikers y me sugirió que me juntara con un grupo que se reúnen los jueves en el barrio antiguo y entonces fui.

Cuando fui, vi mucha gente con motos, llegué saludando y la raza se portó bien buena onda y así empecé a ir los jueves. Ahí fue donde conocí a un señor que le dicen el Copachó.

Luego me invitaron a una concentración que hubo ahí en la ciudad. Llegué y vi bastantes motos bien grandes y bien bonitas. Yo dije: ¿qué fregados ando haciendo aquí? Yo con mi motoneta, pues claro que me sentí menos, total que dije: no'mas me tomo una cheve y me voy, estaba algo desilusionado. En eso me encuentro al Copachó y me dice: "vente, acá estoy con unos amigos" y como me vio algo agüitadillo me dice: "la moto no hace al motociclista, el mono es el que cuenta". Yo ya estaba a punto de irme pero fue gracias a lo que me dijo ese señor justo en ese momento que me cambió todo.

Yo le dije que tenía ganas de pertenecer a un moto-club y me recomendó que fuera con unos que se juntan allá por el norte de la ciudad: fui pero lo primero que me dijeron era que no podía entrar porque mi moto era muy pequeña y que no aceptaban motonetas porque atrasaban al grupo. Luego el Copachó me recomendó que fuera con otro moto-club, que son los Black buzzards. Ahí me encuentro a Joaquín, el que me vendió la motoneta y que precisamente era el presidente del club. Le digo que me gustaría integrarme a ellos y me dice: "no se puede, es que las motonetas no pueden andar en carretera; además, necesitas una moto más grande para que te respeten". Así textualmente me dijo. Yo obviamente le di las gracias pero no le creí nada de lo que decía.

Después le cuento al Copachó lo que me había pasado y dice: ¿porqué mejor no hacemos un moto-club nosotros? Ya entonces nos juntábamos unos cuatro amigos a rodar y nos pusimos "los Torcuetes".

Ahí en el punto, empiezo a conocer a más banda; al poco tiempo me entero del evento de León, lo pensé y me decido a ir. Se lo comento al Copachó y me dice: "estas loco, no vas a llegar, está bien lejos y bien peligroso, te vas a joder la moto..." me regañó, me dijo que estaba idiota y no sé que tanto más. Pero como veía que no'mas me le quedaba viendo con cara de "no te estoy escuchando y me vale lo que digas, yo como quiera me voy", después de la regañada, voltea y me dice: "¿sabes qué? Olvida lo que te dije, ve. Que nadie te quite la intención de hacerlo, lo único que te voy a decir es: ¿conoces tu moto?", le dije que sí. – Entonces vete y vívelo tú mismo para que nadie te lo cuente.

Me mandaron hacer una camiseta con el logo del moto-club para que fuera como representante y una noche antes de mi salida, hicieron una junta extraoficial de despedida y entonces, todos me dieron algo para el camino: unos un bote de inflar llantas, otro una cajita de herramientas, etcétera. La única condición era de que se los regresara o más bien dicho: que yo regresara bien para entregárselos personalmente.

Salí el miércoles a las cinco de la mañana, sabía que iba a hacer mucho tiempo, por eso me fui de madrugada.

Me sentía como con la primera novia, iba bien emocionado; no conocía nada y todo era nuevo para mí: quería saber qué había detrás de cada montaña.

– ¿Ibas oyendo música? ¿Cómo le hacías para soportar el camino tan largo? – Preguntaron Vicente y Raúl.

– Había instalado unas pequeñas bocinas pero la verdad no se escuchaban. Nada más cuando me paraba en alguna gasolinera a descansar, me servía de descanso a mí y también para el motorcito.

Yo venía siempre por el lado derecho del carril de baja. De todas formas, los traileros cuando me sobrepasaban, se cambiaban completamente de carril, pero en una de esas, después de Matehuala siento que un tráiler me sobrepasa y se me empareja muy cerca, yo entonces me salgo al acotamiento para que me sobrepase pero todavía lo siento a un lado, entonces le acelero un poco más y el traliero hace lo mismo, ya entonces me empecé a sentir nervioso; luego bajo la velocidad pensando que a lo mejor quería dar vuelta, él hace lo mismo y yo lo vengo sintiendo a un lado; entonces ya volteo y alcanzo a ver al chofer por la ventanita que tiene abajo la puerta del copiloto: sonriendo el pela'o me señala con el dedo como diciendo "tu" luego se apunta a la cabeza girando el dedo como diciéndome "estás loco" y agita el pulgar levantándolo como felicitándome, lo saludo y hace sonar fuerte la bocina del tráiler para saludarme y despedirse.

Yo llevaba dos mil pesos nada más: mil los había guardado en la cartera para la gasolina y las casetas y los otros mil los llevaba para comidas y bebida, que al cabo llevaba tienda de campaña y bolsa de dormir. Ese dinero que había separado lo metí en el casco: según yo, para por si me quisieran robar, ahí sería el último lugar donde lo irían a buscar pero seguramente en una de esas que me lo quité, se me cayó el dinero y me vine a dar cuenta hasta que llegué a León allá como la las siete de la noche.

Lo primero que hice fue ir al lugar del evento. Yo no sabía pero no dejan entrar motos chicas, según esto porque luego se llena de mucha gente local que trae sus motos pequeñas y luego no hay espacio para los que vienen desde lejos. El caso es que me paro en el área de registro y unos que estaban ahí, me ven como que "a este no lo van a dejar entrar" pero a la hora que lleno mi registro, el chavo me dice: ¿qué onda compadre, de dónde eres?

Le digo: "Vengo de Monterrey" – ¿vienes de Monterrey en eso? ¡qué huevotes! – responde asustado, y en eso los que me habían visto llegar en la motoneta, al oír eso, voltean y se me quedan viendo asombrados.

Como que el mismo chavo del registro ha de haber pensado: "este viene de Silao o de por aquí cerca y ahorita le voy a tener que decir que no puede entrar".

Adentro del evento me encuentro a unos amigos de Monterrey y me pongo a platicar con ellos; de rato vienen los organizadores del evento que me andaban buscando y me invitaron a que me fuera a tomar unas cheves con ellos. Todos se portaron de poca, súper buenos anfitriones, no me lo podía creer.

Luego alguien me pregunta que dónde me iba a quedar y les digo que ahí mismo, que ahí traía casa de campaña y sleeping, pero de volada salieron varios a ofrecerme sus casas para quedarme a dormir. Total que me fui con uno de ellos que vive por ahí cerca y en el camino nos paramos a unos tacos; la verdad que ya tenía hambre pero a la hora de pagar, aunque no traía dinero, no me quise ver muy encajoso y saco la cartera. En eso el amigo me detiene y dice: "aquí tu dinero aquí no vale" y así como él, nadie me dejó que pagara nada. Al menos por eso no me tuve que preocupar.

Al día siguiente que era jueves, me fui a dar la vuelta para conocer, pero después de un rato me aburrí y llegué otra vez al evento. Para entonces no lo podía creer, parecía que todos ya me conocían, se me acercaba raza a tomarse fotos conmigo y con la moto. Lo más gracioso era que a todo el que le decía que había llegado desde Monterrey en la motoneta, siempre me contestaban con la misa expresión: "¡órale, qué huevotes!" Como que la usan mucho por allá.

Hubo unos señores que también iban de Monterrey y me acuerdo algo que me dijo uno de ellos que me dio mucho orgullo: "de nuestro moto-club iban a venir como unos diez güeyes más, a la mera hora nada más vinimos mi compadre y yo, toda la bola de maricones que traen sus maquinotas de mil seiscientos se rajaron porque no fuera a ser que sus motos no llegaran y mira tú. Déjame tomarme una foto contigo para a ver si así les da vergüenza a mis compañeros que yo no sé para qué quieren esas motos si no'mas les sirven para darle la vuelta a la manzana los fines de semana".

– ¿Y cómo le hiciste con la lana? Si te habías quedado nada más con los mil para gasolina – Pregunta Vicente.

– Pues te digo que no me dejaban pagar: ni la comida ni la cheve y nada más la noche del sábado usé la tienda de campaña porque esa noche, de plano me puse hasta la madre de pedo y ya no pude manejar; todas las demás noches, la raza de los moto-clubes siempre me ofrecieron dónde quedarme en casa de alguno de ellos.

El momento más chingón para mi, el mejor de todos, cuando me sentí el más afortunado del mundo: fue el sábado durante el concierto que me mencionaron por el micrófono: la gente gritó y aplaudió. Me hicieron sentir como si hubiera salvado al mundo pero yo para nada merecía tanto homenaje, lo único que había hecho era haber ido en mi motonetita hasta allá.

Todo el tiempo me acordaba de mis amigos los Torcuetes, tanto deseaba que estuvieran ahí para compartirles todo eso, decía yo: ellos me prepararon para absolutamente todo menos para esto. Era increíble como algo tan sencillo se volvió tan especial.

El domingo me levanté bien tarde y me fui a despedir de unos amigos de un moto-club, luego de otros, y otros y no quería dejar de despedirme de todos porque la verdad se portaron súper bien pero se me empezaba a hacer tarde para el regreso, ya eran las cuatro de la tarde y todavía despidiéndome. A algunos nada más pasé y me despedí de lejos porque me esperaban dieciséis horas de regreso.

Antes de llegar a Matehuala me alcanzó la noche. La verdad que con las desveladas y la manejada venía ya bien cansado, nada mas iba pensando en dónde pararme para llegar a dormir. En una de esas, me paro en una gasolinera, a ver si en algún lugarcito podía poner mi tienda de campaña, le pregunto al despachador y me dice: déjame le pregunto al supervisor pero creo que no hay problema. Yo me muevo más adelante en lo que el chavo regresaba, en eso que veo llegar un carro con gente de no muy buena calaña, se veían de a tiro unos malandros; yo ni cómo hacerle para que no me vieran porque estaba justo delante de donde se pararon, y yo sordeándome para no llamar la atención. Nada más oí los pasos de uno que venía hacia mí, en eso me dice: qui'hubo compa! ¿de dónde viene? – yo me helé todo, volteo y le digo: vengo de León – ¿y para dónde vas? – voy a Monterrey, le digo... ¿y a que no sabes qué me contesta? Igualito que todos: "¡¿en esa cosa?! ¡qué huevotes!" – dice.

A mí ya se me hacía que me iban a secuestrar, que me iban a hallar muerto. Pero me dice el bato: Vete con mucho cuidado, más adelante hay un motel, llegas y dices que vas de parte del "picudo" y no te van a cobrar; El güey se da la media vuelta, agarra su radio y escucho que dice: ¡Hey, cabrones! Va un camarada en una motoneta roja ¡no me lo vayan a tocar!

– ¿Y qué hiciste? – Preguntó Raúl.

– Nada, yo estaba bien asustado, agarro la moto y que me largo de ahí, hasta el cansancio se me quitó. Que le empiezo a dar y a dar seguido sin parar.

En una de esas me detengo en un parador a comprarme un café, nada más me acuerdo que dejé tantito el café en el piso, a un lado de la moto, me recosté un poco en el asiento y me quedé bien dormido, en ese momento no supe de mi.

De pronto me despierto ya con la luz del sol en la cara y lo primero que hago fue ver que no me hubieran robado nada. El café seguía donde lo había dejado, obviamente ya frio pero aun así me lo tomé y así le di hasta que llegué a mi casa.

Un cuate me enseñó un pequeño ritual, me dijo: todos los viajes, hasta los más largos, inician cuando pones un pie afuera de tu casa, y terminan, o deben de terminar, cuando pones los dos pies dentro de tu casa. Así que cuando llegues, pon un pie al cruzar la puerta, luego el otro y di: "ya estoy en casa".

– ¡Qué barbaridad, Ramón! Ya tienes que contarles a tus nietos. Y al final de todo, me da mucho gusto que a todos esos que te discriminaron, que te dijeron que las motonetas no eran para andar en carretera, que debías tener una moto grande para que te respetaran; los hiciste que se tragaran sus palabras demostrándoles que estaban completamente equivocados. ¡En hora buena! Mucha gente tiene esa idea materialista de valorar a las personas por lo que tienen y no por lo que son y presumen de tener una vida llena de cosas cuando les falta lo más importante.

– Así es Vicente; y como dijo el célebre José Alfredo: "No hay que llegar primero pero hay que saber llegar".

# CAPITULO 22

# BIENES SON PARA REMEDIAR MALES

Al paso de los meses y de seguir una relación a distancia, Ariana se fue a vivir donde la misma ciudad que Vicente para estudiar. Nada deseaba más ella que tener cerca a su motociclista. De manera que junto con el afán de hacer carrera en una ciudad, la parrense logró sus dos anhelos pidiendo a sus padres que la mandasen a estudiar tal como ella lo pretendía.

La pareja vivía un encantador romance: reían, tenían sus pequeñas discusiones que pronto terminaban en enamorados mimos y sensuales momentos. Comúnmente los fines de semana escapaban de la ciudad en la Vulcan a las carreteras cercanas: Vicente metía una botella de vino y una pequeña manta en las alforjas; Ariana: una caja con sushi o tapas de jamón serrano y queso y llegaban a lugares como el Ojo de agua de Bustamante, La Cola de Caballo, Cuatro Ciénegas, Padilla Tamaulipas, Laguna de Sánchez o a cualquier paraje de los tantos y tan escénicos que hay en la región.

Una tarde de sábado, de aquellas con rasgadas nubes rosas; la pareja había pasado una muy agradable estancia a la rivera de un rio enmarcado por centenarios sabinos. Terminado el vino, el piscolabis y de reposar un rato, tomaron el camino rural de regreso. A los pocos cientos de metros, Vicente encontró una desolada senda que se apartaba de la ruta y con una perversa idea se salió por ella.

– ¿A dónde vamos? – Preguntó ingenua la joven.

– Está bonito el camino este, quiero ver a donde llega. – A ella le pareció rara la decisión pero no quiso preguntar más, tal vez intuía las apasionadas elucubraciones de su novio.

Más y más se adentraron cuidadosamente por la brecha entre el monte y al encontrar una saliente, se desvió de la brecha y se detuvo a los 20 metros en aquella soledad; solo el cencerro de alguna chiva de escuchaba y autos que transitaban esporádicamente por la carretera allá a la lejanía.

Las olas del sonido del motor apagado se dispersaron hasta desaparecer a la distancia; la esbelta chica con sus hermosos ojos bien cerrados y labios encendidos, prendiéronse de los de su amante sin sonrojo y desprendida de pena se dejó amar. Con el erotismo de las caricias se desembrazaron de las botas e inmediatamente de toda su ropa. Parado él con la moto entre las piernas, se hiso rodear por las de su ninfa; en sus brazos él la tomó y con delicadeza la depositó de espaldas al tanque de la moto. Sus pechos firmes y su exquisito vientre yacían al aire: vibrantes se estremecían por la fuerza del vehemente jinete que como animal desatado arremetía en la delicada sílfide quien gemía desposeída de su cuerpo.

Ella parecía un hada atrapada en aquel trance, él: un minotauro hechizado de lujuria por los encantos de la sensual criatura: más y más fuerte le encajaba ella las uñas reclamándole su ímpetu para volar más alto y estallar en el cielo. El mundo alrededor se detuvo mientras se acercaban al punto donde estallan las estrellas fugaces, estaban en el limbo enzarzados en su frenesí: no había brecha, ni nubes, ni cencerros de cabras; solo lejos, muy lejos, el murmullo de una camioneta andando por el empedrado.

Sin reparar en el universo, los amantes seguían en la erótica conflagración, cuando él se detuvo: el murmullo del vehículo ahora más claro se escuchaba.

– ¿Qué pasa? Preguntó la bella volviendo en sí.

– No es nada, ha de ser una camioneta que va allá por el rio – Y en diciendo esto, arremetió de nueva cuenta como si nada pasara, mas ahora con un oído abierto. No pasaron ni dos minutos cuando el ruido de aquel vehículo volvió a llamar la atención de los desnudos amantes.

– Parece que vienen.

– ¡Shhh! Deja escucho a ver para donde van – Respondió Vicente pero eso no le hiso querer cambiar de situación y continuó en su acometida pero ahora ya más atento en el ruido del vehículo que en su trance, al igual que ella. Fue cuando de pronto, no les quedaron dudas: el vehículo venía en su dirección y a escasas decenas de metros. Demasiado cerca ya para ocultar su inmoral faena.

– ¡No voltees! – susurró al oído Vicente y ambos se quedaron como estatuas esperando que no fuera una unidad de municipales.

Dos rancheros lugareños venían en la destartalada camioneta a paso lerdo casi en frente de los impúdicos jóvenes, desnudos en pleno encuentro amoroso haciendo como el avestruz. Así como se acercó, igualmente se alejó la acerada carreta dejando al par de fogosos truhanes como chiquillos jugando a las estatuas. En el momento en que los rancheros se habían alejado ya, la pareja irrumpió en carcajadas al unísono de tan singular travesura.

\*                    \*                    \*

"Tengo que hablar contigo" es la frase que presagia, en la mayoría de los casos, una situación nada agradable y el suspenso se siente con más filo con la entonación de misterio.

Vicente recibe un día la llamada de su novia, quien antes que nada, le soltó de golpe aquellas palabras. Ante la negativa de dar más explicaciones de momento, una ametralladora de pensamientos le asaltaron. Lo que Ariana debía decirle, no era para hablarse por teléfono, entonces acordaron de verse esa misma tarde en casa de ella.

De las posibles noticias que esperaba Vicente, la más probable era la que tal vez menos temía, de manera que no se preocupó mucho hasta tener a Ariana en frente.

– Estoy embarazada.

– ¿Estás segura?

– Sí, ya hace más de dos semanas que debió haberme bajado, ya me hice una prueba de embarazo y salió positiva.

– No me lo esperaba pero no me sorprende, por alguna vez que no nos protegimos íbamos a terminar embarazados.

– ¿Qué piensas?

– Siento raro: te digo que me pesca desprevenido y tampoco creas que ando muy bien como para tener un niño, pero sí lo quiero tener y eso me emociona.

– Yo también estoy asustada pero también me emociona saber que voy a tener un hijo tuyo y tengo miedo pero a la vez estoy muy contenta. Siento bien raro.

– ¿Si, verdad? Mira si muchas familias les ha pasado lo mismo y han salido adelante, no veo porque nosotros no. Además yo te amo y me harías el hombre más feliz del mundo si me dieras un hijo, pensando en eso se me quita el miedo y estoy entusiasmado.

– Ella no dijo más, con lágrimas de felicidad en sus ojos y con un tierno beso en los labios, Ariana le dijo todo a su novio, sus temores desaparecieron, incluso el de darles la noticia a sus padres quienes siendo de una familia conservadora, seguramente tomarían la noticia con recelo.

– No te preocupes amor, voy a hablar con tus papás, les voy a decir que yo te voy a responder. Te amo y les voy a pedir tu mano como debe de ser. No es así como esperaba pedirte matrimonio pero me estás diciendo que voy a ser papá y por eso no pienso en esas formalidades.

– Te amo, mi vida, no sabes lo feliz que me haces al decirme eso, De hecho ya hay tantas parejas que viven en unión libre que eso ya no me importa.

– ¿Pero si te quieres casar conmigo?

– ¡Por supuesto que sí!

– Además, tus papás van a poner el grito en el cielo si no nos casamos. Tu papá es capaz de cerrar las puertas de la iglesia y ponerme una escopeta en la cabeza hasta que le diga al padre "sí, acepto"

– ji ji ji no seas exagerado.

Ahora estoy más tranquila ya platicando contigo pero todavía tengo miedo, no sé qué le voy a decir a mis papás, se van a enojar mucho.

– Tú no te preocupes, habla primero con tu mamá y dile que nos queremos casar y luego le dices que estas embarazada y verás que todo va a salir bien.

– ¿Pero cómo le vamos a hacer? Imagínate todos los gastos y a mi todavía me falta para terminar la escuela.

– Pues echándole ganas y a vender la moto, no va a quedar de otra.

– ¡Ay amor, tu moto! No la vendas, le diré a mis papás que nos ayuden.

– No amor, imagínate: si así no creo que les vaya a caer en gracia la noticia, ¿Qué tal que encima les pidamos dinero por no vender mi juguete? Ni modo amor, bienes son para remediar males, total que ya nos compraremos otra después.

– Hay momentos a veces difíciles en la vida de un hombre, obstáculos en el camino, donde es de buenos arrieros, hacerles frente sin importar que para pasarles haya que sacrificar hasta la más consentida de sus mulas, a fin que al término de la jornada, el pago por el esfuerzo es, en la mayoría de los casos, más alto que lo perdido.

He que los padres de Ariana tomaron la noticia mejor de lo esperado: al principio reaccionaron con enojo, mas luego se serenaron ante las razones y los buenos sentimientos de su hija y futuro yerno quienes les darían un nieto. Los suegros insistieron en hacer por lo menos una modesta recepción para familiares y amigos cercanos. Vicente sabía que con sus ingresos y pocos ahorros, no serían suficientes para los gastos del embarazo, parto y la casa; afligido puso el anuncio ofreciendo a la Vulcan en venta: de aquellos fierros se había encariñado pues por tantos kilómetros le había llevado en cantidad de horas felices que pasó; imborrables recuerdos de aventuras no podían más que causarle un sentimiento de pérdida. Se preguntaba si ¿es verdad que los bienes materiales dan la felicidad? o si ¿somos nosotros mismos que hacemos de ellos objetos felices, cuando en nuestras manos nos provocan los placeres para los que se crearon? son herramientas para crear momentos que le ponen sabor a la vida. ¿Y qué una vida feliz no es la suma de cientos de pequeños momentos de regocijo? Tal vez no lo sea así para todo el mundo, pero para quienes solo eso poseen, no tiene nada de malo en apoyarse en un instrumento como el renco de su bastón.

Su mejor consuelo era pensar como si de aquellos fierros que tanto quería, fueran a transformarse en una cuna para su hijo que venía en camino.

Un comprador llegó, la vio, la probó y La Vulcan eligió a su nuevo dueño; otro tipo joven, primerizo como motociclista a quien darle más de sus años de vida útil. Vicente se la entregó en su casa y pidiéndole que la tratara tan bien como él, puso las llaves en las manos de Rubén.

# AGRADECIMIENTOS Y REFERENCIAS

Un agradecimiento a **TOHME CONSULTORES S.C.** Administrador de seguros y fianzas y en especial al Lic. Carlos Tohme Canales por su fe y apoyo a este proyecto. Para dudas y contratación de productos, favor comunicarse al (01-871) 193-27-17 al 21, vía email: carlos.tohme@ tohmeconsultores.com o por medio de su página web: **www.tohmeconsultores.com**

Todas las motocicletas de las que se hacen mención son marcas registradas y no son propiedad del autor.
Para referencia gráfica de los modelos mencionados y muchos más, puede consultar la página:
**http://motorbike-search-engine.co.uk**